独特的"煤味"

中国煤矿文学论稿

赵 蕾 著

应急管理出版社

·北京·

图书在版编目（CIP）数据

独特的"煤味"：中国煤矿文学论稿/赵蕾著 . – –
北京：应急管理出版社，2020
ISBN 978 – 7 – 5020 – 8082 – 2

Ⅰ.①独…　Ⅱ.①赵…　Ⅲ.①中国文学—当代文学—
文学研究　Ⅳ.①I206.7

中国版本图书馆 CIP 数据核字（2020）第 075491 号

独特的"煤味"　中国煤矿文学论稿

著　　者	赵　蕾
责任编辑	王　坤
封面设计	优盛文化

出版发行　应急管理出版社（北京市朝阳区芍药居 35 号　100029）
电　　话　010 – 84657898（总编室）　010 – 84657880（读者服务部）
网　　址　www. cciph. com. cn
印　　刷　定州启航印刷有限公司
经　　销　全国新华书店

开　　本　710mm×1000mm$^1/_{16}$　**印张**　11$^1/_2$　**字数**　210 千字
版　　次　2020 年 9 月第 1 版　2020 年 9 月第 1 次印刷
社内编号　20200209　　　　　　**定价**　48.00 元

2017 年度河北省社会科学发展研究课题"大众文化背景下煤矿文学发展策略研究"（201703050103）项目成果。

前 言

经过一个世纪的发展，中国文学创作从冀图"走向世界"的"眺望姿态"转向讲述"中国故事"的文化自信，中国作家努力从新的历史节点开始挖掘中国经验、构筑中国故事时，一定会发现淳朴、厚重的煤矿文学在中国文学叙述的长河中熠熠生辉。

中国煤矿文学伴随煤炭能源产业的发展不断成长，已经成为我国重要的行业文学类型，在文学创作、作家培养方面都取得了突出的成就，并形成了基层创作、期刊阵地、评奖推广等一套较为完善、成熟的体系。煤矿文学艺术风格朴实厚重，如那宝贵的乌金一般，没有光鲜亮丽的外表，却给人以光与热的温暖，这一具有"煤味"风格的行业文学群落以其独特的言说方式，折射了中国煤炭工业的发展，并通过自身独有的煤矿视角对中国社会生活进行艺术呈现，对于中国煤矿文化建设及当代文学史建构都具有重要意义。在以媒体化、市场化为重要特征的大众文化背景下，煤矿文学的创作态势、话语环境发生了巨大变化，其独特创作机制和行业背景的局限与束缚日益显现，在众声喧哗的大众文化语境中，煤矿文学该如何发展，无疑成为一个极富现实性与探索性的命题。

目前，学界对煤矿文学的研究关注程度还不够高，研究成果也不多。通过读秀、CNKI 中国学术文献总库（含中国学位论文全文数据库）和龙源期刊网等渠道检索查询发现，对煤矿文学的研究多围绕煤矿作家的单部作品的赏析开展，多集中于刘庆邦、蒋法武、荆永鸣、叶有贵等知名作家，刘庆邦作品研究的数量最多。这些研究文章立足作家与作品艺术风格、主题思想及现实影响展开论析，对发掘煤矿文学内涵，传播煤矿文学作品，提高煤矿文学与煤矿作家的社会影响有积极作用，但对煤矿文学的整体发展状况及其在中国当代文坛的定位的把握相对欠缺。在查阅的相关研究论文中，突破作家、作品研究，而能够着眼煤矿文学整体发展态势、特征进行相关论述的文章不多，其研究点主要为以下三方面：一是对煤矿文学发展流脉的分析。例如，成善一的《漫谈"煤矿文学"八十年》、赵蕾的《中国煤矿文学发展综述》从作家、作品资料的角度对煤矿文学的发展史做了梳理。黄珠好的硕士毕业论文《论刘庆邦的煤矿文学》对刘庆邦煤矿文学作品从美学、社会学层面做了较为全面、深入的探析，其中对煤矿文学的历史源流、时代背景、话语环境做了言简意赅的阐述，具有一定的理论深度。二是对煤矿文学作家群体的关注。例如，李韦的《解读平庄煤业集团作家群现象》、赵爱华的《煤矿作家群现象研究》《从荆永鸣的创作看平庄作家群的发展》，从群落视角对煤矿文学创作主体特征进行了梳理总结。三是对煤矿文学传播与评价情况的研究，如赵蕾的《乌金文学奖社会价值论》《乌金文学奖社会影响调查分析报告》、王金海的《关于煤矿文学创作与〈小荷〉杂志今后发展前景的研讨》、李学恒的《矿区文学是煤矿企业文化建设的重要组成部分》等。中国矿业大学公共管理学院成立煤矿文学与工业文化研究中心后，在史修永教授的带领下，煤矿文学研究出现了一批新的成果，代表专著有煤炭工业出版社 2017 年出版的《乌金问道——煤矿作家访谈录》、中国矿业大学出版社 2015 年出版的《多维视野中的中国当代煤矿小说》。此外，中国矿业大学煤矿文学与工业文化研究中心的硕士生也多以煤矿文学为选题完成硕士毕业论文，如王惠的《孙友田煤矿诗歌的美学研究》、袁碧的《谭谈煤矿文学的审美阐释》、李茜的《新时期小说中矿工形象研究》、周李帅的《刘庆邦煤矿文学的文化阐释》、张明盼的《生态批评视域下的新时期煤矿小说研究》等，对更多煤矿作家给予关注和研究，也开拓了诸如生态批评等新的观察视角。但是总体而言，学界对煤矿文学的整体关注与研究深度尚显不够，特别是缺乏对煤矿文学当下性文化特征、文化语境全面深入的学理探讨。

本书以文论形式从发展状况与创作特点层面展开对中国煤矿文学的探讨论述，分析煤矿文学的艺术特性，分析煤矿文学当下创作面临的症结与挑战，探求、总结煤矿文学发展的思路与途径，为中国煤矿文学的进一步繁荣发展提供学理与现实层面的建议，同时努力提升煤矿文学社会影响力与学术知名度。

本书重点之一在于对中国煤矿文学创作现状的思考以及对"煤味"艺术特征的分析。通过对中国煤矿文学创作状况的论析，着力实现对中国煤矿文学整体创作风貌的把握，其中包括对煤矿文学作品所呈现的艺术特性、言说方式、思想深度、创作主体及文化内涵的评析，从而展现煤矿文学创作对中国当代文学发展所做的重要贡献，并以之为切入点探查煤矿文学创作机制对煤矿作家及其创作的支持、引导及限制。本书的另一重点是分析新时代文化背景下煤矿文学的生存状况，包括对文学创作在煤矿领域文化整体构成中地位的考察，煤矿文学向新媒体的转化和融合，探讨、总结新时代煤矿文学对煤矿企业文化建设的意义、对中国当代文学的价值，以及今后的发展之路。

本书的难点和创新点在于，总结煤矿文学在作品布局和作家培养两方面所取得的成就和局限，全面分析、评价中国煤矿文学创作现状和艺术特色，把握大众文化背景下煤矿文学的生存状态，结合煤矿文学创作机制探讨煤矿文学新时代、新背景下的新生之路。

因为工作事务和自己的懒散，整理完成这部薄薄的书稿用了足有两年的时间，期间常常因为一个问题去寻找答案获取查阅资料就忘了初衷，循着阅读的线索越走越远，当回过神来重新进入书稿，可能已经过去了相当一段时间，这不仅"浪费"了时间，也使得这本书稿在整体结构上逻辑联系不紧密，各部分篇幅容量也不匀称，关注多的内容就多一些，而有的问题就过于"精炼"。好在自己倒还享受这种学习思考的方式，就好像要去一处名胜游览，在途中流连误了行程，但毕竟收获了沿途美景。但这对于本书却不免缺憾，相当于磅礴宏大的煤矿文学本体而言，自己的思考、论述的广度和深度远远不够，在具体观点上也不乏片面之处，正因为这"散"和"浅"，只好将书名定位"论稿"，敬请专家和读者批评指正。

当然，敝帚自珍，这部书稿虽然浅薄，但也算是自己多年来关注中国煤矿文学的一个小结，从 2008 年申请第一个校级相关课题立项，到现在已逾 10 年，在对煤矿文学的关注和不断学习中，自己对中国煤炭工业和煤矿工人的贡献与伟大有了更深的体会和更高的敬意，期间也收获了很多的帮助和感动，其中既有来自成善一、刘庆邦、庞崇娅、李星桦等前辈老师宝贵的指导，又有来自毕竟悦、赵磊、周苏甲等基层煤矿同志真诚热情的帮助，当然更少不了赵爱华、郝江波等课题组成员以及华北科技学院文法学院各位领导同事的大力支持，在此一并致以最诚挚的谢意。

作　者

2020 年 1 月

目　录

第一章　火与诗的宿命：煤矿文学发展综论

煤矿文学有三层含义：一是煤矿题材作品，二是由这些作品建构的文学现象，三是专指煤矿领域作者的创作。前两者是就作品而言的，涵盖煤炭系统内部与社会上作家创作的煤矿题材作品，一般来说，取材于煤矿、反映矿工生活的文学作品统称为煤矿文学。历经几十年的发展，中国煤矿文学在整体规模与作品质量上都达到前所未有的高度，既拥有刘庆邦等知名作家，又拥有大量的基层创作队伍、各类相关组织与出版刊物，2011 年，第六届乌金文学奖成功落幕，成为煤矿文学发展成果的集中展示与显著标志。2017 年 3 月 30 日，中国煤矿文联召开第七届全国煤矿文学乌金奖第一次推选工作会议，第七届全国煤矿文学乌金奖推选范围是：2010 年 1 月 1 日至 2015 年 12 月 31 日煤炭行业作者创作及煤炭行业外作者发表在省部级以上报刊或正式出版的煤矿题材文学作品。经过 4 个月的征集，共收到符合评奖标准的参评作品 290 部（篇），申报作品的煤矿企业集团有 47 家，涵盖全国 16 个省（自治区、直辖市）。初评阶段分为长篇小说、中短篇小说、散文、诗歌、报告文学和文学评论 5 个小组，进行"乌金奖"作品的推选初评工作。各类作品初评后经过集中讨论和研究，提出初选的作品及推选意见，提交第七届煤矿文学乌金奖终评组，最后遴选出"乌金奖"各项奖项。"乌金奖"终评评审组由中国作家协会和中国煤矿文联聘请专家组成。

几经时代变迁，煤矿文学不断发展壮大，逐渐成为煤炭系统上下沟通的文化桥梁，成为煤炭系统传播优秀企业文化、建设矿工精神家园的重要阵地。当下，中国进入经济深化改革、建设文化强国的新时代，中国煤炭行业及与之紧密相关的煤矿文化、煤矿文学也随之进入一个新的变革期。深入、全面地审视中国煤矿文学的发展状况、社会文化背景及其创作机制，思考煤矿文学发展的命运与走向，是一项极为必要也大有可为的工作。

第一节　煤炭工业与文学——相伴相生的诗

从定义即可看出煤矿文学与煤炭工业息息相关，而就其近百年的发展历程而言，也从不同侧面展现着煤炭行业和工人的生存状态与风云变迁，其规模和成绩也随着煤炭工业的壮大而日益扩大和提高。总体来看，中国煤矿文学大致可以分为自发状态的肇始期、引导发展期、作家作品繁荣争鸣期和多元分化的成熟期四个阶段。

第一阶段是 20 世纪二三十年代，是中国现代文学喷薄发生的时代，而煤矿文学也随着现代文学与煤炭行业的发展肇始发生。那个时代的煤矿和工业掌握在官僚和资本家手里，矿工生活在水深火热之中，进行煤矿生产毫无生命安全的保障，一天劳动时间长达 16 小时，工伤事故频繁发生。现代文学作家在怜悯、愤慨的情绪中创作了最初的反映煤矿生活的现代小说作品。其中，较为著名的是龚冰庐的小说集《炭矿里的炸弹》（1927 年）和《炭矿夫》（1929 年）。在 20 世纪 30 年代，萧军发表的短篇小说《四条腿的人》（1936 年），毕焕午出版的诗集《掘金记》（1936 年）中有《人市》《下班后》《溃败》《幸运》等煤矿题材作品，这些短小精悍的作品以深刻的批判性，通过矿工的视角，真实呈现了旧社会煤矿原始、落后的生产方式和恶劣的生产环境，反映了当时煤矿黑暗的现状，以同情的笔触描绘矿工的悲惨生活与朦胧的觉醒，揭露、批判了社会的黑暗与不公。

第二个阶段 20 世纪四五十年代，是中国煤矿文学的蓬勃发展期。在这一时期，煤矿文学随着煤炭行业的新生，以茁壮有力的姿态在中国文坛蓬勃发展。1945 年抗日战争胜利，1949 年中华人民共和国成立，被外国侵略者霸占、遭到严重破坏的煤矿陆续回到人民政府手中，中国煤炭行业成为社会主义工业建设的重要力量。为了推进煤矿生产建设，国家陆续指导推进、健全了与煤炭系统相配套的各路专业队伍，包括地质勘探、煤矿设计、建井施工等，中国煤炭行业在中国人民的建设下蓬勃发展。由于煤矿资源大多都在偏僻的深山老林，中国煤炭工业建设者的生活环境和条件异常艰苦，煤矿建设者常年面对的是没路、没水、没粮、没电、没房子的荒山野岭，杳无人烟，而且常常连勘探、采挖机器等专业设备也一无所有。煤矿建设者凭借不屈的意志和建设祖国的热情，用自己的血肉之躯克服了各种难以想象的艰难困苦，用擎天掘地的铮铮铁骨将自己塑造成带给中国温暖和力量的"太阳神"大军。也正是在这样的时代背景和历史机遇下，从 20 世纪四五十年代的解放区开始，毛泽东的《在延安文艺座谈会上的讲话》精神引导一批革命作家自觉将目光投向人民群众生产生活的方方面面，关注煤矿题材，深入煤矿第一线，创作煤矿文学作品。到中华人民共和国成立，煤矿成为中国人民自己的重要的生产资源，现时代的作家将讴歌矿工及煤矿建设、传播弘扬矿工的英雄事迹和主人翁形象作为重要的创作题材。同时，煤炭系统也有意地培养自己的作家，中国煤矿文学呈现出繁荣发展的良好局面，其中很多作品在中国文学发展史上留下了浓墨重彩的一笔。这一阶段代表作有苗培时的短篇小说《矿工起义》（1946 年）、女作家李纳的短篇小说《煤》（1948 年）、萧军的长篇小说《五月的矿山》（1956 年）、王火的中篇小说《赤胆忠心》、艾青的短诗《煤的对话》等。值得一提的是著名作家康濯的《黑石坡煤窑演义》（1949 年），其是第一部煤矿题材长篇小说，也是中华人民共和国成立后最早描写工业生产的代表作品之一。

　　第三阶段是 20 世纪 70 年代末到 80 年代。这一时期可以说是中国煤矿文学的发展繁荣期，煤矿文学创作走向组织化、规模化，涌现出大批优秀作家、作品，百花齐放，百家争鸣。这不仅表现为煤矿作家、作品在煤炭系统内部的发展，还突出表现为煤矿作家、作品的知名度和社会影响力日益提升，煤矿文学成为文坛瞩目的重要的行业文学现象，与同时期其他类型文学共同标识文学的时代特征。这种情况与 20 世纪 80 年代中国文化与经济的发展有着密切关系，随着中国经济在"文化大革命"结束后的复苏和各种文化思潮在中国大地的百家争鸣，中国煤矿文学也迎来黄金发展期。自 1978 年十一届三中全会以来，中国进入改革开放的新时期，经济建设成为国家和社会的中心任务，煤炭工业逐步走上了健康稳步发展的轨道。煤矿生产秩序得到恢复和重建，采掘、运输、销售体系也日趋完善，新型高效的采掘机械逐步健全，作业生产条件日趋改善，煤炭行业稳步调整攀升，1982 年，全国原煤总产量达到了 6.66 亿吨。煤矿产能的增长在满足居民生活用煤的同时，也极大地推动了国民经济的发展。与煤炭工业发展相伴的是煤矿文艺创作的春天与繁花锦绣。1982 年，煤矿文化系统的组织机构——中国煤矿文化宣传基金会应运成立。该基金会以"文艺为人民服务，为社会主义服务"和"百花齐放，百家争鸣"为指导方针，协调、组织、指导、支持全国煤炭系统群众的文化艺术活动，丰富煤矿工人文化生活，培养文艺工作队伍，推动煤矿文化艺术事业不断发展壮大。该基金会对煤矿文学最直接的推动力之一就是组织开展乌金文学奖评选，用以鼓励、引导、推进煤矿文化艺术创作。乌金文学奖奖掖并推广了大量优秀煤矿文艺作品，而且由于与中国作家协会联合评奖，乌金文学奖成功选拔、推出了一大批优秀的煤矿作家，如刘庆邦、蒋法武、谭谈、孙少山、周梅森、谢友鄞、荆永鸣、孙友田等，这也极大地提高了煤矿文学的社会影响力。随着该基金会系列工作的开展，煤炭行业文学组织建设不断增强，各大煤矿集团先后成立文联、创作协会等文化艺术组织，许多组织还推出了自己的文学刊物，这既是广大煤矿文学创作者热情和积极性的集中体现，也是推动煤矿文学深化发展的巨大动力。这个阶段煤矿文学的突出特点表现为创作者与蓬勃壮大的煤炭行业有着密切联系，许多创作者是扎根煤矿 10 年以上的工作人员，富有煤矿生产生活经验，对矿山、矿山生活有着深厚的感情和独到的思考，这就为煤矿文学作品创作奠定了坚实的生活基础，煤矿文学具有贴近矿工生活、富于现实性和感染力的艺术特点。同时，受 20 世纪 80 年代中国文化思潮的影响，煤矿文学创作也努力借鉴对西方现代性表现手法，如《魔鬼巷道》中的冥想，《操人别传》中对"操人"形象的幽默、夸张的塑造手法等，体现了煤矿文学作家进取、创新的一面。

第四个阶段是 20 世纪 90 年代以来，是煤矿文学多元分化发展时期。1996 年，我国煤矿产量达到 13.7 亿吨，比 1978 年增长 122.4%，成为世界第一产煤大国。此时的煤矿文学在一路高歌猛进后已经取得了丰硕的成果。1991 年，中国煤矿文联作家协会成立，《同煤文艺》《银河》《热流》《阳光》《黑海潮》等一批煤矿文艺刊物面世发行，成为中国煤矿文艺创作的阵地，培养了新一代煤矿文艺作家。平煤集团、兖州煤矿、大同煤矿和平朔煤矿于 2004 年被中国煤矿文联确定为煤炭系统"四大文学创作中心"，中国煤矿文联的正式会员超过 3 000 人，许多大型煤矿企业的地方文化协会会员也超千人规模。可以说，此时中国煤矿文学创作队伍形成了老、中、青相结合的梯队结构，在创作主体条件上，有能力将不同年龄、岗位、环境中人的生活状态和精神追求真实而深刻地反映到作品中，从而进一步拓展了煤矿文学创作的广度和深度。从这一点上讲，此时的中国煤矿文学发展达到了一个鼎盛期。但与之相伴的时代语境却发生了巨大变化：与市场经济发展相伴，20 世纪 90 年代中后期特别是 21 世纪以来，影视文艺和各种网络媒介文化作品迅猛发展，以轻松、娱乐、碎片化为特征的大众文化作品成为人们青睐关注的主体。相比而言，包括煤矿文学在内的整个中国文学都在经历被边缘化的尴尬处境，时代语境下的煤矿作家也主动或被动地进行创作上的转型，煤矿文学与影视媒体联姻（甚至后者影响超越前者）成为新宠。与中国经济产业结构改革相伴，21 世纪的煤矿文学在困惑、转型的多元分化中探索前行。

从其发展历程上来看，中国煤矿文学伴随着我国煤炭工业共同走过了一条从无到有、逐步发展壮大、繁荣丰盛的道路，煤矿文学的成长与中国煤炭行业发展及煤炭系统对矿工文化生活的高度重视紧密相关，煤炭系统各种文化组织积极介入与支持，是中国煤矿文学发展功不可没的力量。

第二节　煤矿文学与社会——奔流奋进的歌

从创作题材上看，煤矿文学的发展有这样一条轨迹：由写矿工生产生活、讴歌煤的光和热到塑造煤矿英雄、挖掘煤矿精神，再到揭示矿难、凸显人性，而后以煤矿生活为基础，走出煤矿，连接更为广阔的社会生活。

在煤矿文学自发肇始期的 20 世纪二三十年代，煤矿文学题材多为描写矿工的黑暗生活现状，揭露普通矿工被剥削、被压迫的痛苦，如萧军 1936 年写的短篇小说《四条腿的人》，创作背景是他与朋友吕吟声在淄博参观外国人办的一座煤矿时，看到被砸伤的残废工人爬着从井下往上背煤，而外国老板根本不管他们的死活。对此，萧军极其愤怒，了解情况后写下这篇小说，以此揭露帝国主义资本家对煤矿工人的残酷压榨，向异国剥削者和黑暗落后的社会发出控诉。龚冰庐也在这一时期出版了《炭矿夫》等反映矿工人罢工斗争的作品。曾有论者认为他的小说是创造社"普罗小说"中优秀的杰作，称其能"集中笔力写他比较熟悉的矿山生活和处于社会最底层的劳动者，通过对这一部分人的描写反映了旧中国最悲惨的人生和最残酷的阶级压迫"[1]。

在现代新诗中，朱自清作于 1920 年的《煤》和郭沫若"五四"时期《女神》集中的《炉中煤》是现代文学中"借煤言志"诗歌的代表，通过对煤发光发热的吟咏，书写光芒万丈的"五四"时代精神：郭沫若以炉中煤火，讴歌炽热的爱国情；朱自清用诗歌中的"地下煤"象征底层劳动者，用煤的光和热隐喻人民开创光明世界的伟大力量。现代文学史中这类较早挖掘煤的象征意义的作品成为中国早期煤矿文学的一朵朵奇葩。

在 20 世纪四五十年代中国煤矿文学发展的第二阶段，煤矿文学作品从题材上看大多注重塑造煤矿工人英雄形象，挖掘煤矿工人特别能战斗的精神，如苗培时在他的短篇小说《矿工起义》中，记述了 1945 年山西石圪节煤矿工人在抗战胜利前夕英勇起义的故事：日寇阴谋在撤退时炸毁煤矿，广大煤矿工人在中国共产党地下组织的领导下，与八路军里应外合、英勇护矿，最终消灭敌人、取得胜利。这篇小说被誉为中国文学史上反映煤矿工人斗争的第一篇文学作品。在此时期，彝族女作家李纳的小说《煤》讲述了堕落的小偷在哈尔滨矿山改造，受工会主席与矿工工友的帮助重做新人的感人故事。这篇被认为是不可多得的描写煤矿工人生活的作品，一发表就被文坛广泛关注，后来还被中国香港、美国、苏联及东欧一些国家的文学刊物译载。著名作家叶圣陶和端木蕻良都充分肯定该小说在人物塑造和语言艺术方面的成功。到 20 世纪80 年代，受"文学是人学"思潮的影响，评论界日渐重视人的价值观念在文学作品中的体现，这篇作品再次被众多评论者关注。安尚育在《建国 60 年 60 个彝人之李纳》（载于《民族文学研究》1988 年第 1 期）中认为《煤》虽是短篇小说，不如《白毛女》容量大，但其着眼精神世界，以揭示"旧社会把人变成鬼，新社会把鬼变成人"的主题，其认识价值和社会影响更为深刻。评论家刘梦溪在对《煤》的分析中指出："旧社会把许多人抛出生活的正常轨道，使他们丧失人格的尊严，新社会一项重要任务则是把人的尊严重新加以唤醒，而要做到这一点，必须关心人、信任人、理解人、尊重人，即把人当作人，才能唤起人的尊严。《煤》这篇小说揭示的就是这样一个朴素的道理，李纳同志的立意是很深刻的。"[①]不难看出，从"人"的精神价值回归这一意义上来说，李纳的《煤》是煤矿文学较早成功地以现代观点刻画人的精神世界与心理斗争的作品。

在煤矿文学长篇小说创作方面必须提到两部作品。在中华人民共和国成立后第一批描写工业生产的文学作品中，康濯的《黑石坡煤窑演义》是第一部描写煤矿生产生活的长篇小说。该作品以章回体的形式描写山西阳泉工矿区人民在新旧两个时代的生活面貌，以一个技术精湛并热爱劳动的窑工张大三为线索，描述了工友在不同社会制度下的遭遇，成功塑造了张大三这个挣扎于旧社会、站立于新社会的矿工形象。《赤胆忠心》（1956年）是作家王火以抗日民族英雄节振国的事迹为题材创作的中篇纪实小说，堪称第一部反映冀东地区工人革命斗争的小说，囊括了节振国的主要革命斗争事迹，成功塑造了节振国这位煤矿英雄形象。小说先是在《中国工人》杂志上连载，又经评书表演艺术家袁阔成改编，在中央人民广播电台连播，后由工人出版社出版，还被译成多国文字向国外发行，使节振国这个矿山英雄名传四海，家喻户晓。

在煤矿诗歌领域，艾青作于1937年春天的诗歌《煤的对话》收录于1942年出版的诗集《旷野》。诗歌篇幅短小，只有12行，以煤作为载体，用拟人化的手法，采取对话的形式来抒写煤遇着火就会燃烧，就会发光发热的优秀品格，同时将煤与苦难的中华民族联系起来，表达了诗人意欲唤醒民族抗争精神，憧憬苦难民族的光明未来的主旨。短诗《煤的对话》的最重要的文学价值在于丰富、提升了煤的象征内涵。孙友田被称为"新中国第一代煤矿诗人"，他的两部诗集《煤海短歌》和《矿山锣鼓》在20世纪50年代出版发行，一度轰动中国诗坛。在1960年6月召开的"全国文教群英会"上，他作为煤矿"工人诗人"代表到京赴会，与"农民诗人"代表王老九并称"中国工农二诗人"，成为当时中国煤矿人的骄傲。

"文化大革命"结束到20世纪80年代是煤矿文学发展的黄金时代。随着煤炭系统文化组织的建立，煤矿文学得到了强有力的扶植，煤矿文学的社会影响力和艺术表现力都大大加强，出现了刘庆邦、蒋法武、谭谈、孙少山、周梅森、谢友鄞、荆永

---

① 刘梦溪.李纳小说偶谈·文学的思索[M].北京：中国文联出版公司，1985：26.

鸣、孙友田等众多文坛高知名度的作家，各级各类的煤矿文艺组织和刊物大量出现，煤矿文艺创作者的热情和积极性也很高。基于作家坚实的生活基础，本时期煤矿文学在题材上的最大突破是更加真实深刻地反映煤矿生产、生活，将笔触勇敢地直指矿难，展现出煤矿作家对矿山、矿山生活深厚的感情和独到的思考，以及对人性的深刻思考。

孙少山的《八百米深处》是这一时期的优秀作品，至今也堪称中国煤矿文学的代表作。该小说以矿难为切入点，以细腻的心理描写和细节描写，真实、深刻地讲述矿难中矿工勇敢自救的故事。这篇感人至深的作品被评为 1982 年全国优秀短篇小说。这篇小说之所以如此真实、感人，重要原因之一是小说的作者，日后著名的煤矿文学作家孙少山，当时就是一个整日生活在 800 米深处的矿工。此后，孙少山又创作了被称为"黑色系列"的小说《冒顶》《黑色的幽默》等。孙少山最早将作品视角锁定中国矿难，拓展和深化了煤矿文学创作题材，赋予煤矿文学更大的震撼力和感染力，其作品表现出的对生活带有存在主义意味的理解即便是在今天依然让人感觉内蕴丰厚。孙苏在《从边远到边缘》中这样评价《八百米深处》："一种对生存方式的来自生活的哲学思考，对形而下的人群的最形而上的认知，对他们的最朴素的价值观的肯定，最终集合成对人性、人的力量的信任和赞美。"[①] 另一位当代文学著名作家周梅森的创作也起始、成长于煤矿文学，发表在《花城》1983 年第 6 期的中篇小说《沉沦的土地》是其成名作，也是本时期煤矿文学的重要作品。该小说讲述了 19 世纪 20 年代的一场人物关系错综复杂的煤矿斗争，通过矿主、矿工、农民以及军阀之间的冲突、对抗，深刻反映了旧中国腐朽落后的经济形态和精神状态，也揭示了蕴藏在斗争、冲突中革命的力量和人性的光辉。在这篇早期的小说中，已经鲜明呈现出周梅森关注历史、关注经济的创作特征，他在广阔的时代背景中表现了土地、岁月、古老文明沉沦与整个民族心路历程的互为因果的关系，共同毁灭的结局更把这段悲剧提升为对整个民族的历史观照。尽管现在周梅森被人称为"经济小说作家""政治小说作家"，但类属煤矿文学的《沉沦的土地》，无论是其艺术性还是其主旨的深入程度，都堪称周梅森最杰出的代表作。"短篇小说王"刘庆邦也在这一时期崭露头角，他的短篇小说《走窑汉》（1980 年）讲述了矿山中的一个略带心理偏执的矿工，因为妻子被队长侮辱而复仇的故事。该小说在客观平淡的叙述氛围中展示了一个本质心地善良、安分守己的青年矿工，在内外交困、走投无路的情况下，人性阴暗面急剧膨胀甚

---

① 孙苏. 从边远到边缘 [J]. 读书，2006（3）：82.

至异化的过程，以悲剧诉说发挥民间原始强力的合理性与必然性，堪称煤矿文学中心理描写的杰作的领域。在诗歌领域，第二代煤矿诗人将历史、哲理写入诗歌，题材和视野更为宽广，语言技巧和诗体形式也更为自由丰富，极大地丰富、拓展了煤矿诗歌创作。秦岭的《大长江》《燃烧的爱》《沉重的阳光》、周志友的《彩羽集》、冉军的《父亲：矿井运输工》、段永贤的《我和乌金》、刘欣《阳台上的爱情》、郭安文的《下井》等是这一时期煤矿诗歌的代表作品。

20 世纪 90 年代以来是煤矿文学多元分化发展时期。煤矿作家不断发展成长，创作的选材与主题超越了煤炭行业领域，在中国当代文坛的影响也超出"煤矿作家"的桂冠，许多作家已跻身当代文坛一流、一线作家之列，其中最著名的作家就是周梅森、刘庆邦。这一时期，周梅森的长篇小说《忠诚》《绝对权力》《至高利益》《国家公诉》《人民的名义》红遍大江南北，他因之被誉为"中国政治小说第一人"。煤矿作家刘庆邦原本是地道的煤矿工人，其作品多次荣获鲁迅文学奖、老舍文学奖这两项中国文学大奖，优秀小说作品《神木》《卧底》《红煤》《灯》《种在坟上的倭瓜》《响器》广受好评，许多作品还被译介到国外。刘庆邦的作品题材基本由两部分构成：煤矿和农村。他对包括矿工在内的底层民众生活有一种深入而持久的关怀，努力以自己的心灵去真诚地体味他们的世界。他的作品以其强大的表达力量，践行着关注现实生活中沉默的大多数的文学责任。从这一点上说，刘庆邦的创作早已超越了煤矿文学行业文学的类别的界限，正如有评论者所述："刘庆邦关注底层人的高贵生命价值的书写，无疑为我们的判断提供了道德标准与深刻的意义，大大提高了文学的精神品位。"[①] 周梅森、刘庆邦日趋丰富深刻的文学创作已不再适合仅仅用煤矿文学来冠名定位，这既是作家在煤矿文学创作基础上个人艺术生命力的勃发，也体现了煤矿文学作家的成长之路，当然也从侧面反映出煤矿文学所蕴含的实力和深厚底蕴。但同时，随着"老煤矿作家"的艺术突破和发展，作为行业文学的煤矿文学也在召唤着新一代煤矿作家成长，不然难以保证煤矿文学不会出现"青黄不接""门庭冷落"的局面。在诗歌领域，第三代煤矿诗人叶臻最具代表性，其诗行中洋溢着忧郁、关爱、飘逸的人文情怀，充满对煤矿和矿工的热爱和敬重，极具当代性和现实主义精神，《巷道，生命的峡谷》《煤神》《煤炭之光》《矿工号子》和近百行的长诗《挽歌》等作品使中国煤矿诗可以在 21 世纪卓立诗坛。

21 世纪以来，煤矿文学少有力作出现，代之而起的是相关影视作品的发展，如

---

① 闫建华. 卑微人生的关注 美好人性的挖掘——透视刘庆邦小说的底层关怀 [J]. 理论界，2006（6）：20.

《盲井》（改编自刘庆邦《神木》）《黑金地的女人》《命比天大》《燃烧的生命》等一系列作品。2011 年底播放的长篇电视连续剧《解放区的天》，是我国第一部反映煤炭工业题材的电视连续剧。该剧以鹤岗矿区 1945 年 8 月到 1946 年 5 月这个时段为时代背景，讲述了鹤岗矿区工人在中国共产党的领导下，为保护矿山、恢复生产贡献聪明才智和辛勤汗水，以快出煤、多出煤的实际行动支援解放战争，勇敢同日寇残余、封建把头、周边土匪以及暗藏的国民党特务进行殊死较量的故事，展现了中国煤矿工人顽强斗争、勇于奋斗的伟大精神。

第三节　文学内涵与价值——执着追求的魂

煤矿文学作为行业文学，在精神文化探寻与现实的"载道"意义之间有着独特的结合，它追求的不仅是艺术层面的尖峰境界，更关注现实煤矿人的生产、生活。煤矿文学的文化内涵首先即在于煤矿文学对我国煤炭系统文化建设发展功不可没，二十余年来，对鼓励、推动煤炭系统职工的文学创作，提高矿工文化素质发挥了重要作用，是煤炭系统文化的重要组成部分，在社会功能上，为营造煤矿安全文化发挥了重要作用。对中国文坛而言，煤矿文学对中国文学艺术的发展繁荣具有不可抹杀的价值，推出了大量艺术和思想兼备的杰出之作，也推出了一大批优秀的煤矿文学作家，推进了煤矿相关题材进入中国文学创作选材视野，拓展了文学创作疆域，还为中国影视创作提供了优秀的底本。

一、煤矿文学对煤矿文化建设的重要作用

煤矿文学在很大程度上属于煤炭系统内文学，在表现煤炭工业生产生活上有着得天独厚的优势。刘庆邦曾经艺术化地描述煤矿文学创作：煤矿生产需要深入大地，穿越黑暗，一点一点向地下的世界掘进，同时矿工还要越过死亡，甚至要越过一个个亡灵，没有哪一种生产比矿工的生产更危险，没有哪一种生活比矿工的生活更深刻。煤矿生活孕育了煤炭系统千千万万的文学爱好者（在针对煤矿领域的文学作品阅读的调查中，80% 的被调查者曾阅读杂志、报纸、专著、网络读物）。乌金文学奖评选是历届煤矿文化节的核心议程，是各矿山创作者与读者极为关注的一项活动，已深深融入矿山文化并成为其亮点。煤矿文学作品成为记录、表现我国煤矿生产、生活的档案，以文艺的形式记载和表现煤矿的生活和生产，挖掘煤矿精神，为我国煤矿建设提供了

有力的精神支持。

煤矿文学作品涉及矿山发展与煤矿工人生产、生活的方方面面，将神秘的矿山世界深刻地呈现在读者面前。其中既有煤矿人革命斗争史的文学记录，如《煤乡英烈传》《血染春秋》《黑魂》《蝎子沟暴动》《卧龙镇》等，依据真实的史料，以历史上有名的"二七"大罢工、冀东人民抗日武装大暴动、鸡西矿工反对日本帝国主义的斗争、阜新侠菜园子"特殊工人"暴动和解放前夕广大矿工同国民党反动派的英勇斗争为历史背景，以深厚的革命激情、朴实的笔触、生动的语言和浓郁的地方特色，展示了当时中国在帝国主义和国民党反动派统治下广大矿工的悲惨生活，揭露并抨击了资本家、洋经理、工贼、把头、汉奸、叛徒的丑恶嘴脸，颂扬了革命英雄主义，艺术地再现了从共产党诞生到中华人民共和国成立，28年矿工革命斗争史。也有对人们在煤炭系统历史变革中心理、思维和情感冲突的深刻呈现，如《跋涉者》《强者》《断层》《篱笆》《鳏夫与寡妇们》等呈现了20世纪80年代煤矿旧有的生产机制与束缚生产力发展的旧思维、旧传统在改革浪潮冲击下的变革，以及人事更迭的过程中矿山儿女内心真与假、善与恶、美与丑意识形态的矛盾冲突，细腻而深刻地揭示了特定历史变革时期，真善美与假恶丑的人性交锋。作品通过描写矿工在特殊工作环境下高强度、极度压抑空间的劳作之后，对于性的揶揄和对女人的热情关注，揭示矿工的真实生活，以对人原始欲望的直白表达展现人性的本来面目。当然煤矿文学也会通过热情洋溢的文字抒发优质原煤运出时的欣喜，感叹矿上生产设备的更新和安全措施的加强，用文学之笔书写矿山天地里生产生活的巨大变化。

煤矿文学的一项重要成就是成功塑造了一大批血肉丰满、形象鲜明的矿山人物形象，为世人建构了一个丰富多彩的矿山人物画廊：扎根矿山几十年的老一代矿工（《在那间小屋子里》的师傅），身为家庭和企业骨干的中年矿工（《大雪歌》中的老丘、老徐），初入矿井的青年矿工（《窑工生涯》中的"我"），遭遇重重波折的矿上管理人员（《窑谷悲歌》中的李春生、《这架老爷车》的舒国卿），黑心辣手的小煤窑矿主（《东家》中的张富海），心怀鬼胎、坑蒙拐骗的流氓（《操人别传》的操人）；让矿工心系的纯洁少女（《深情》中的秀花），温柔敦厚的矿嫂（《不能重叠的身影》中的母亲），泼辣成性、嬉笑怒骂、在男人堆里摸爬滚打的风流女子（《东家》中的老四）。这些人物个个生动鲜活，性格鲜明，展示了矿山儿女朴实、忠厚的那一面，同时深刻揭露了人性软弱、无能、卑鄙的那一面。发生在这些人物身上的故事也是多姿多彩的：初次下井的忐忑和慌乱；井下黑暗世界的阴森恐怖，巷道的深邃、掌子面掘进的艰难，水、火、瓦斯、坍塌的灾害时刻威胁矿工的生命，煤灰的常年侵蚀、痰中带煤块的严重肺病；井上亲人殷切期盼的心情，日常生活吃、喝、情感的牵系，利益的争夺，死亡的濒临和贫穷的逼迫，矿山儿女的喜怒哀乐、悲欢离合一一呈现。通过对这些人物、故事的刻画，既展现了矿山儿女的朴实、勤劳与自强，也暴露出矿山特殊环境中各色人等性格多样的人性本质，充分发挥了文学揭示生活和道德教化的双重功能。煤矿文学作品对煤矿生产、生活的描述使远离矿山的大众群体有了了解煤矿、熟悉矿工的窗口，成为记录和传承煤炭文化及历史的宝贵资料，特别是从 1949年到 20 世纪 90 年代，煤矿文学的这种作用和功能更加突出。它们以艺术的形式而不是理论性的讲解，用血肉丰满的人物、离奇曲折的情节、丰沛饱满的情感来表现煤矿生产，展现煤矿生活，让民众在审美感受中更真实、更深刻地认知矿山世界。

除此之外，煤矿文学创作还发挥了振奋煤矿精神、凝聚矿工力量的重要作用。被人称为普罗米修斯的中国矿工为国家经济建设做出了巨大贡献。煤矿工人生产环境艰苦、危险性高，长期工作在地层深处，面对阴冷或高温，水、火、瓦斯、煤尘、地压等灾害、灾难的威胁，像煤炭能源一样，默默地为人们贡献着光和热。也正因如此，用"乌金"指代煤炭，也用"乌金"形容勇敢坚韧的煤矿人品格，歌颂煤矿工人的高尚情操、感人事迹，描述煤矿企业的贡献、煤炭工业在国民经济发展中的重要地位和作用。孙友田的诗句"我是煤，我要燃烧"被誉为"当代矿工宣言"，展现了矿工无私奉献的伟大胸襟，也体现了矿工的豪迈激情。煤矿文学把握了矿山发展壮大的强劲脉搏，让读者体味矿山儿女的酸甜苦辣、人生百味，更诗意畅想和谐矿山的美好未来。现代管理学认为，一个组织的凝聚力不仅与物质条件有关，更与精神条件、文化条件有关，企业文化的重要性也在于此。煤矿文学在文学文化层面体现了煤炭行业和煤矿工人的重要价值，有利于民众通过文艺途径了解煤矿和煤矿人，有助于煤矿生产的科学管理和效率提升，也有利于社会和谐氛围的形成。

煤矿文学对打造煤矿安全文化意义重大。煤矿安全文化是指煤矿职工在安全生产中表现出来的意识、素养等精神层面的范畴。随着全社会行业安全意识的不断增强，已有研究者从煤矿文学创作角度对此进行了论述，如刘伟厚的《躲不开的悲剧——试论刘庆邦的矿井小说》（载《南京师范大学文学院学报》2005 年第 4 期）、白书鹏的《刘庆邦的矿井小说对安全文化建设的启示》（载《华北科技学院学报》2007 年第 1期）就很有代表性。煤矿文学的创作与传播为营造煤矿安全文化、促进安全生产发挥了重要作用。煤矿文学作品在忠实描述矿山生活的同时，将煤矿生产的全过程展示出来，客观上具有普及安全知识的作用，在一些描写矛盾和冲突的作品尤其是矿难作品中，更是直接描写煤矿安全生产意识和生产条件的缺失以及由此造成的惨痛后果，表达了作者希望全行业重视安全生产、培养安全意识。煤炭行业一直是一个事故多发的行业，而且一旦发生事故，人员伤亡率很高。20世纪80年代以来，党和国家逐步健全煤矿安全生产的法律法规，煤矿企业也完善了安全管理制度，开始重视设备投入和科技进步，安全状况得到较大改善。但不得不承认，我国煤矿事故发生率和工人伤亡数仍是令人触目惊心的。之所以如此，当然有诸多原因，但安全文化的缺失无疑是其中极为重要的一项。煤炭系统长久以来没有真正明确和树立安全生产的人本理念，煤矿生产缺乏安全文化的核心要素，"唯利是图、漠视生命，重视产量、忽视安全"的情况仍在各级煤矿中存在。而相当数量的煤矿文学作品将批判矛头直指于此，特别是一些涉及矿难的作品，真实描写了矿主草菅人命、矿工愚昧无知甚至认为死人是理所应当的现实情形，深层探究了矿难背后潜藏的社会和人性的因素，严厉批判了从矿主到工人、到家属安全观念薄弱的错误行为，以血淋淋的教训警示、呼吁人们树立安全意识、创建安全文化，其中渗透了作家真挚、深沉的悲悯情怀。煤矿文学作品的作者是煤矿人，写的是煤矿，读者也多是煤矿人，自然对煤炭系统创建安全文化也更有针对性和说服力。全煤炭系统的乌金文学奖评选活动的一项重要宗旨与责任即是借助文学艺术的手段，更有力、有效地推进煤矿安全文化建设。

二、煤矿文学的文学史价值

对中国文坛而言，煤矿文学最重要的贡献便是推出了一大批优秀作家。中华人民共和国成立之后，煤矿文学开始走向发展与繁荣，煤矿作家大量涌现，推出了一批艺术水准高、有文坛影响力的"大腕"作家，如以刘庆邦、周梅森、孙少山、陈建功等为代表的一批作家，还有张玫同、程琪（《拉骆驼的女人》）、向春（《鳏夫与寡妇们》）、焦祖尧（《跋涉者》）、荆永鸣（《窑谷悲歌》）、刘云生（《爱》）、赵颖（《煤泥河边的梦》）、刘宝生（《渴望出逃》）、秦岭（《沉重的阳光》）、叶臻（《叶臻的诗》）等有实力又有潜力的作家，他们通过自己的细心观察和认真思考，将煤矿生活的酸甜苦辣落诸笔端，成为乌金文学奖的获奖者，并由此走上专业文学创作道路。这些人扎根煤矿十几年甚至数十年，曾是挖过煤的矿工或基层工作人员，他们具有丰富的生活阅历和创作潜力，最初是书写自己的煤矿生活经历的文学爱好者（"短篇王"刘庆邦曾坦言自己是从"写情书"走上文学之路的），乌金奖评选及煤炭系统内文学生产激励机制发现并奖掖了他们的写作才华，将他们的作品与才华推荐给文坛与读者，激励、引导他们最终走上路漫漫其修远的文学之路。

同时，煤矿相关题材进入中国文学创作选材视野，极大地拓展了文学的创作疆域，其中矿难题材最具代表性。在 20 世纪 80 年代，矿难、矿工的生命价值这些词汇还未进入大众的视野，而煤矿作家孙少山就以其第一届全国煤矿文学乌金奖获奖小说《八百米深处》将笔触直指矿难题材，其人其作因之蜚声文坛。该小说讲述了处于无助之中的矿工自我救助的故事。一场矿难过后，五个矿工被埋在了地下 800 米深处。他们从未指望过外力的救助，他们把生存的希望寄托在一丝侥幸上，靠他们的合力，打开一堵矿壁，从废弃的相邻矿井中寻找一线生机。之后，孙少山又陆续创作了《冒顶》《黑色的幽默》等被称为"黑色系列"的小说作品，以真实的体验和巨大的文学震撼力将矿难这一"梦魇式"题材推进中国文坛与大众视野之内，通过这种极端题材来揭示矿工群体险恶的生存面，讲述着他们活着的默默无闻和死去的悄无声息，引发大众对矿工生存境况的日益关注。在其引导下，越来越多不回避黑暗面，敢于挖掘矛盾、冲突，真实描绘矿山的优秀作品如原煤般从文学矿井中奔涌而出，越来越多的煤矿领域之外的社会作家也开始关注并投身此类题材和领域创作。许多煤矿文学作品还进入影视、广播领域，被改编成影视剧或广播剧在各媒体播放，尤其是乌金文学奖的首届长篇小说奖的获奖作品，更是起到丰富、振兴矿工题材影视剧的巨大作用，反响强烈。第一届全国煤矿文学乌金奖获奖短篇小说《丹凤眼》（陈建功）被改编成电影《丹凤眼》，深受大众喜爱；江苏电视台与徐州矿务局曾联合摄制以孙友田的煤矿诗为内容的电视诗《煤海欢歌》；乌金文学奖首届长篇小说获奖作品《山野情》（谭谈）被上海电视台改编为电视连续剧《山杜鹃》在全国各地电视台播出；倪景翔的《黑魂》被改编成广播小说剧本《黑魂》，曾获全国市级电台（山东台）二等奖；王火的《血染春秋》由唐山电视台改编为电视连续剧搬上荧屏，使节振国这个矿山英雄名传四海，家喻户晓；焦祖尧的《跋涉者》被改编成电影《跋涉者》；刘云生的《蓝蓝的山桃花》被山西人民广播电台改编播出，获得全国广播剧单本剧三等奖。这都充分体现出煤矿文学对中国文化艺术发展的巨大作用，形成一种互动双赢，煤矿文学与整个中国文坛在互相丰富中不断发展。

三、底层叙事的人文关怀

社会主义市场经济的快速发展极大地提高了人们的物质生活水平，在市场给人们带来丰厚经济利益和高层次物质享受的同时，其实用性与功利性特征一度给中国人文精神与道德价值追求带来冲击。文学作为人文精神皇冠上最璀璨的明珠也一度蒙尘，广大知识分子在 20 世纪 80 年代寄人文关怀和社会改革理想于文学的峥嵘景况成为历史，但中国文学关注人生人性、书写生存真相的人文筋骨绵延不断。矿工来源一般是农村农民、矿工子弟和进城农民工，因而以矿工作为文学切入点便具有广泛的社会代表性。煤矿文学通过书写底层小人物的喜怒哀乐，大胆揭露私营小煤窑与国营大矿的矛盾冲突，展现了小窑主对矿工非人性的压迫剥削，揭示了城里人与乡下人之间的矛盾、矿官与矿工之间的矛盾、基层官员与农民之间的矛盾，真切关注处于底层的小人物的生存状态。通过这些小人物的遭遇和际遇，折射出煤矿作家对国家和社会命运的思考。关注社会底层人物境况的煤矿文学为彰显中国当代文学人文价值做出了重要贡献。

在《红煤》后记中，煤矿作家刘庆邦这样写道："我一直认为，煤矿的现实就是中国的现实，而且是更深的现实。但我不大愿意承认我的小说是煤矿题材的小说。这样说会给人一种行业感，会失去一部分读者。我更愿意把它说成是一部在深处的小说，不仅是在地层深处，更是在人的心灵深处！"① 这是对煤矿文学创作导向和人文价值恰当而深刻的思考。对于优秀的煤矿作家和作品，我们应该超越煤炭行业的视角来审视思考，文本中的煤矿是故事发生的背景与故事人物的环境表征，矿工及其境遇成为展现人性的丰富内涵与复杂的社会意象的典型，在文学上具有普遍性和典型性的价值意义，优秀的煤矿文学作品既是对煤矿人的生存境况的关心，也是在普泛意义上对社会存在和人性存在深刻的艺术表达。也正因如此，刘庆邦的《红煤》被社会文学界誉为当代中国的《红与黑》。

当然，更多时候煤矿文学具有其独特的现实作用和效果，如表达矿工心声、反映煤矿生产问题等，这使煤矿文学成为广大矿工的"最爱"。蒋法武在《瓦斯》中曾做矿工代言人，替矿工说出了说不清、说不得而最想说的"牢骚话"："井下采煤掘进工，报纸上大呼小叫'光荣'，领导做报告口口声声'骄傲'，动起真格的来，是'光腚坐花轿'，找老婆难，要房子难……时下办事，别人难的井下采掘工无一例外都难，别人不难的井下采掘工还是个难！"② 如此痛快地揭示现实中的虚伪与不平，自然深受矿工欢迎。而对矿难的高度关注则对改进煤矿安全生产与慰藉矿工恐惧、孤寂而无处言说的情绪具有莫大作用。在煤矿文学中，矿难中的煤井是一个死亡黑洞，800米地下的阴森，冒顶、塌陷、渗水、瓦斯等事故的恐怖，矿工面对死亡时的恐惧（甚至和老鼠相依相偎）与幻觉，绝处求生的坚韧和挣扎，以文学的形式把井下矿工最真实的环境和感受全面深刻地呈现给世人和煤矿管理层。除了矿难的爆发性毁灭，基层矿工还要坚忍承受生存常态的苦难、生活贫苦的压力、权钱势力的威逼欺压、职业工作

① 刘庆邦.红煤[M].北京：北京十月文艺出版社，2009:374.
② 蒋法武.瓦斯[J].花城，1996(2):213.

的辛劳痛苦……这种描写本身就体现出对煤矿工人深深的理解，而且与新闻报道的写实方式不同，能给人感同身受的印象和触动，也能打动更多的读者关心煤矿工人和煤矿生产。

在煤矿文学中，煤矿人的精神世界是作家关注的重点，呈现出煤矿作家浓烈的人文关怀，正如刘庆邦将自己写作的出发点定义为"要给世界一点理想，给人心一点希望"。

第二章　真与善的丰碑：煤矿文学主题创作论

第一节　苦难与抗争——文学的母题

一、苦难意识

苦难一词在《辞海》中的解释为"痛苦和灾难"，释义呈现了两个指向：一个指向是向内的，是人的内心感受；另一个指向是外在的，是人所处的各种环境。从狭义的个体角度看，苦难可以理解为现实苦难、精神苦难；从广义的社会学角度理解，苦难可以理解为社会苦难（贫穷、动荡、战乱等）和大地苦难（自然、生态苦难）；从哲学角度出发，苦难往往被看成人的基本生存样式与人类的根本生存处境。艾瑞克·卡萨尔说："在一个人意识到即将遭受摧残时，苦难便会发生。它会一直持续到令人崩溃的威胁过去，或是直到有其他方式使那个人能够找回完整的自己……苦难远非仅就肉体而言，总的来说，苦难可以被定义为与一些威胁到个人完整性的事件相关的、极度不幸的状态。"[①]纵观人类的历史，整个人类发展史就是一部苦难史。曹文轩认为："人存在着，其本质必然是悲剧性的；人面对自然，面对社会，面对自己，都要不可避免地陷入困境——甚至是不可克服的困境。"[②]而与苦难相对，抗争苦难、追求个体与群体的幸福则是人类有史以来基本的生存事实和文明印记。与苦难相伴的人类始终在内心充盈着饱满丰盈的苦难意识和与苦难抗争的不屈精神，历史在苦难与抗争双轮驱动下，载着人类向光明、向文明前行。

人类的各种思想意识、宗教信仰都有对苦难的认识和表述。哲学家叔本华认为生命意志的本质就是痛苦，存在主义哲学家萨特宣称人生来就带着烦恼，而马克思主义学说可以看成是采用现实道路和革命手段消除现实世界苦难的人类学说。人们对苦

---

① 迦蒂里安.苦难的创造性维度[M].上海：上海社会科学院出版社，2015：2.

② 曹文轩.20世纪末中国文学现象研究[M].北京：北京大学出版社，2002：19-20.

难的表述都是以人为主体，在人的视域下展开的。人们对苦难的认识，苦难在人内心的投射，人对苦难的关注、正视、思考和反应，就是人的苦难意识。苦难意识是人类的普遍意识，也是古今中外文学史上的重要母题，人们通过文学反观现实的不幸与艰难，用以疏解记录自身坚忍与抗争的历史。

二、文学传统中的苦难书写

文学是人学，是从精神层面观察现实、思考人生、反映人生，探寻人性的秘密，追寻人存在的价值和意义。苦难作为人的一种生活样式与生存状态的表征，是文学无法回避的永恒的主题，苦难书写被称为具有贯穿性和覆盖性的文学创作思索。"文学的基本使命之一就是在这样一些较高的社会学层面上或在哲学层面上来表现人的永无止境的痛苦，以及在痛苦中获得的至高无上的悲剧性快感。"①

每个民族的作家都富有直面苦难的精神，苦难书写屡见不鲜。古希腊悲剧表现了人类的苦难命运；在古希腊悲剧的影响下，英国文艺复兴时期伟大的戏剧家莎士比亚创作了一系列具有自身独特性的悲剧，以其悲剧为代表的戏剧创作标志着英国文艺复兴时期文学的最高成就；在俄国历史长河中，代表着俄罗斯良心的伟大作家秉承人类轴心时代"直心直行"的内在道德律令，在西伯利亚令人恐惧的刺骨寒流中，注视着人间的疾苦、人性的挣扎，用罪与罚、忏悔和反思呈现作家的责任与使命；"法兰西历史的书记"巴尔扎克用他的《人间喜剧》记录了19世纪法国资产阶级的家庭悲剧、人性悲剧。

中华民族是一个饱经忧患、充满苦难的民族，从古到今遭遇的社会创伤和苦难经历不胜枚举。从盘古开天辟地、战国纷争到焚书坑儒、封建专制的种种压迫，从鸦片战争、强敌盘踞到百年沉沦、艰苦抗争，中华民族自古以来就与苦难结下不解之缘。文学对苦难的表现在我国古代的文化典籍所记载的神话中就开始了，盘古开天辟地、女娲造人、大禹治水、夸父逐日都是在呈现早期人类对抗自然灾害的努力。《诗经》的"国风"广泛而真实地表现了下层人民的生活困苦和喜怒哀乐，还有大量以相思苦、失恋愁为核心的反映爱情婚姻生活的人的精神层面的凄苦。楚辞之翘楚，屈原的代表作品《离骚》，顾名思义，"离骚"就是指在自己遭受忧患时所作的诗歌。汉代文人五言诗的最高成就《古诗十九首》，也大都抒发了追求的幻灭、心灵的觉醒与痛苦，满是离愁别恨、失意彷徨，"生年不满百，常怀千岁忧"。"感于哀乐"的汉乐

---

① 曹文轩. 20 世纪末中国文学现象研究 [M]. 北京：北京大学出版社，2002：19-20.

府在中国诗歌史上是一次情感表现的解放。孤苦无助的人在人世间的悲惨遭遇在汉乐府民歌中第一次被具体而深入地反映出来,"秋风萧萧愁杀人,出亦愁,入亦愁。座中何人,谁不怀忧。令我白头"。建安诗坛的领袖曹操纵有"老骥伏枥,志在千里"不可一世的豪情万丈,也悲叹去日苦多,忧乱世不治,哀征战之苦,患贤才不聚以致王业不隆。古代诗歌顶峰的唐诗有山水田园诗,有边塞诗,有离歌,有昂扬向上、勇敢豪迈,有洒脱不羁、傲世独立,有博大胸襟、崇高理想,可是忧愁感慨还是直抵心灵,"白发三千丈,缘愁似个长""抽刀断水水更流,举杯消愁愁更愁",记录兵祸残酷、社会苦难情形的杜甫诗歌到千余年以后的现在还令人深深地感动。宋词一直以悲剧性的感伤忧患为基调,"帘卷西风,人比黄花瘦""衣带渐宽终不悔,为伊消得人憔悴""闲愁最苦。休去倚危楼,斜阳正在,烟柳断肠处"。作为中华民族灿烂文化宝库中的一朵奇葩,辉映千古的元曲饱含了忧愁感伤和人生思考,"兴,百姓苦;亡,百姓苦""我是个蒸不烂、煮不熟、锤不扁、炒不爆、响当当一粒铜豌豆"。明代戏曲"怨谱"说、"苦境"论的悲剧观在某种程度上是戏曲大团圆模式被广泛采用的内在创作心理的体现。"大团圆模式是古代戏曲用以拯救苦难,弥合痛苦最重要的方式,体现了人类渴望从灾难与痛苦中被解救出来的共通的文化心理。"① 明清时代小说的出现让苦难书写有了更为开阔的表现空间,小说与诗词歌赋曲相比,可以涵括更广泛的社会生活,凝聚作者更丰富的主观情志。明清小说中的人生境界、声悲情苦呈现出对社会现实的辛酸悲愤之情,金圣叹感慨"怨毒著书""冤苦设言",张竹坡认为《金瓶梅》就是"悲愤呜咽而作",由此促成小说情感悲愤说基本理论的形成。

　　中国近代处于封建统治最为腐败、黑暗的阶段,是一段备受帝国主义侵略的苦难史。当时,天灾人祸遍布的中国,民弱国虚,不甘被奴役的中国人民群起抗争,自强自救,力求用西方文化取代封建文化。日益看到文艺的力量,发起"文界革命"的思想文化界领袖梁启超强调小说应该"激发国耻""旁及夷情",揭露"宦途丑恶,试场恶趣,鸦片顽癖,缠足虐刑"。现代文学致力表现"人的文学",这时期正是中国民族斗争、阶级斗争和思想斗争尖锐复杂、空前激烈的时期,在"启蒙"和"救亡"的思想指导下,文学描绘下层人民的苦难,鞭挞他们身上愚弱的国民性,描写知识分子的思想苦闷,呼唤个性解放,文学充满"呐喊"的焦虑意味。在当代,"苦难"几乎是新时期文学重要的、核心的叙事资源。20 世纪 90 年代,作家立足于自身的生存经历,超越"瞒与骗",直面日常生活中形形色色的苦难新命题。进入 21 世纪,著

① 杨再红.中国古典戏曲的悲剧性研究 [D].上海:华东师范大学,2006.

名文学评论家雷达明确指出"对作家来说，如何在和谐理念的大背景下，处理悲剧意识、处理苦难意识、处理贫富悬殊题材，如何大胆揭示生活中的矛盾和冲突，可能都是需要深入思索的新课题"①，也是塑造中国文学国际形象的重要途径，衡量当代文学魅力的新标尺。

三、煤矿文学中的苦难书写

煤矿文学是中国文学苦难书写中浓墨重彩的一笔。煤矿文学与煤矿生产紧密联系，苦难、抗争与文学创作如影相随。古往今来，煤矿题材的文学作品不仅记录、反映了人类开发自然、发现煤和利用煤的聪明才智与伟大进程，还饱含着煤矿人深刻而厚重的苦难意识与人文情怀。

古代文学中已知较早的咏煤诗是南朝人徐陵的《春情》一诗。其中的"奇香分细雾，石炭捣轻纨"直接吟咏煤炭，记录了当时香煤饼的使用状况，煤炭开始作为诗歌关注和表现的对象。到了唐代，古人对煤的认识和开采使用范围逐步扩大，煤炭的使用在唐诗中出现较多，著名边塞诗人岑参的《经火山》写道："赤焰烧虏云，炎氛蒸塞空。不知阴阳炭，何独燃此中？"这首诗生动呈现了新疆煤炭自燃的奇特现象。北宋苏轼的《石炭》、宋末朱弁的《炕寝》、金人赵秉文的《夜卧炕暖》、元代汪元亮的《湖州歌》等诗作都记载了当时煤炭的使用情况。明清时期咏煤诗数量增多，其他文体也开始记录和反映煤炭，并且开始不再仅仅反映煤炭给予人温暖和光明的特性，煤炭所带来的苦难灾害在文学中开始有所呈现。清代蒲松龄《聊斋志异》卷10的《龙飞相公》以煤井为题材，提到古时有一个煤井，人们采煤惊动了古墓，龙飞相公因而放水，淹死采煤工人43人，反映了当时煤炭开采恶劣的安全状况，采煤工人的生命安全毫无保障。明代于谦的《咏煤炭》："凿开混沌得乌金，藏蓄阳和意最深。爝火燃回春浩浩，洪炉照破夜沉沉。鼎彝元赖生成力，铁石犹存死后心。但愿苍生俱饱暖，不辞辛苦出山林。"此诗将作者的主观情志寓于煤炭的客观特质中，托物言情，煤炭成为富有内蕴的诗歌意象。清代文人奕绘的《挖煤叹》是煤矿文学苦难书写的范例，反映了挖煤人的辛酸痛苦、悲惨状况："山坳一簇人耶鬼？头上萤萤灯烟紫，木鞍压背绳系腰，俯身出入人相尾。穴门腰狭中能容，青灰石炭生其中。盘旋蚁穴人如虫，移时驼背负煤出，漆身椒眼头蓬松。我立穴上看，深怜此辈苦。"

清代文人钮诱的《采煤曲》记录了清代采煤窑工忍饥挨饿，匍匐于煤井之下像

①　雷达.当前文学症候分析[M].北京：作家出版社，2009：17.

虫豸一样悲苦劳作的惨状，生命像青烟一样，命悬一线，还要忍受窑主的盘剥。徐继畲的《驮炭道》写出了煤炭运输的艰难："驮炭道，十八盘，羊肠蟠绕出云端。""日将亭午望街头，汗和尘土面交流。忽闻炭价今朝减，不觉心内怀烦忧。价减一时犹自可，大雪封山愁杀我。"这无疑是对清代"心忧炭贱愿天寒"的驮炭卖炭翁内心焦灼的描述，映衬出劳苦的窑工内心的绝望和痛苦。清代吴之振的《煤黑子》、祝维诰的《煤黑子叹》、王鸣盛的《采煤叹》等都是反映挖煤、贩煤、运煤人不幸状况的诗作。清代诗人姚椿的《哀山中采煤者》反映了煤窑工人身处恶劣的采煤环境，生命时常遭受冒顶、透水淹井的威胁，"性命竟毫末"，对煤窑工人充满同情，抒发了作者的悲悯之情，感叹煤窑工人的痛苦遭遇。

1840年鸦片战争之后，晚清政府统治下的中国民弱国虚，日趋陷入被动挨打的局面。洋务运动、维新运动失败以后，爱国知识分子在思考、寻找国富民强的发展道路中，逐步认识到改变中国人思想观念的重要性，也就是思想启蒙，由此发现文学艺术的价值和意义。随着诗界革命、小说界革命口号的提出，文学革命应运而生，在新思想的催动下，现代小说、现代新诗逐步完成自身的改革和实验，人们开始用新的文体记录现代生活。当时受尽屈辱的中国煤矿工人的生活陷入前所未有的悲惨中，煤矿文学的苦难书写也拉开了新的序幕。

中华人民共和国成立后，煤炭产业成为中国经济发展、工业起飞的支柱产业、能源产业，并在短短几十年间，推动中国煤炭产能跃居世界前列，为中国的发展做出了巨大贡献，煤矿人是中国当之无愧的功臣。但不能否认也不能忘记，中国煤炭事业翻天覆地的发展变化是无数煤矿人拼搏奉献、艰苦奋斗、流血流汗的成果，他们承受了太多常人难以想象的辛劳与苦痛。与这个历史过程紧密联系的中国现代意义上的煤矿文学蓬勃发展，这一时期煤矿文学中苦难书写既深刻真实地记录了煤矿人的艰难苦痛，又着力书写了当代煤矿人承受苦难、抗争苦难的可贵精神。正是这些身处苦难的煤矿人，以勇气与苦难对垒，用拼搏创造生活，用生命的激情、坚定的信念勇敢坚强地扛起家庭的重担与社会发展的重任，创造了中国能源产业的奇迹，书写了煤矿人直面苦难、抗争苦难的史诗。而煤矿文学则成为用美与真铭记、吟唱着这份苦难，树起煤矿人抗争苦难精神的文学史丰碑。

第二节　勇气与坚韧——生存抗争书写

古今中外的文学家以手中的笔记录下种种苦难和人类在苦难中呼号抗争的不屈精神。中华民族是在饱经苦难中不屈拼搏的民族，有着源远流长的苦难美学。而中国煤矿文学因为煤炭行业特殊的艰苦生产生活环境，自然与苦难主题密不可分，凝聚在煤矿作家心中的苦难记忆成为宝贵、闪亮的创作财富，煤矿人承受苦难、抗争苦难的精神也成为人世间难以磨灭的精神丰碑，铭记苦难经历与抗争精神也就成为中国煤矿文学最突出的创作主题。

一、生存困境的坚韧

煤矿文学对煤矿人生存苦难和抗争勇气的书写首先表现在对煤矿人生存物质的匮乏的揭示中。人的生存需要依赖基本的物质条件。马克思主义哲学肯定物质是第一性的。人的一切活动都要基于生存，人只有活着，才能从事其他的活动。活着所需要的基本物质的短缺是生存性苦难的第一表现，而面对这生存苦难的精神状态则成为判断一个人内在生命力的重要标准。

在煤矿文学中，对煤矿工人物质匮乏的生存性苦难有着真实、全面的表现，并且希冀借此能够唤起对煤矿工人生存条件的关注和改善。更加难能可贵的是，煤矿作家白描苦难的同时，更深层次地揭示出身处苦难中的煤矿人平凡、朴实却让人感叹的勇气和坚韧。著名煤矿作家刘庆邦曾这样评价基层矿工强韧的生命力："矿工多是离开土地、离开田间耕作的农民，农民的心态、农民的文化传统，只是他们比田野耕作的农民更艰难也更具强韧的力量，这是一群看透生死的人。"[1] 每名矿工都肩负着巨大的生活压力，有人甚至身处常人眼中的绝境，但他们没有放弃生活的希望，凭借生存的本能转化出的强大生命力，对抗生活的艰苦、物质的匮乏和精神的压力，用血肉之躯为家庭、为国家坚韧打拼，为中国能源工业开疆扩土，他们默默无闻地坚守与坚忍，正如煤矿中的乌金，没有熠熠光芒的外表，却能在自我燃烧中释放出无限的光能、热能。

而煤矿文学最重要的宝贵之处便在于用文学之笔书写煤矿人这份困守艰险苦难的

---

[1] 刘庆邦. 不看重眼泪是不对的——刘庆邦眼中的矿区生活 [N]. 南方周末，2003-12-23(5).

执着与坚韧。这也正是多年来煤矿人热爱煤矿文学、国人应该支持煤矿文学的原因所在。也许在若干年后，现代化能源产业让曾经的煤矿生产成为历史，人们要想再次体味那些平凡的煤炭行业英雄艰苦抗争的经历与心情，煤矿文学就是最好的读本。

在 20 世纪初，半殖民地半封建社会中的广大人民承受着帝国主义列强的剥削，煤矿工人的生活更是惨不忍睹。在龚冰庐的《炭矿夫》《矿山祭》、萧军的《四条腿的人》、巴金的《雪》、苗培时的《矿工起义》、李纳的《煤》、康濯的《黑石坡煤窑演义》等作品中记述了煤矿工人所承受的艰苦劳动、忍受的毫无尊严可谈的非人待遇。中华人民共和国成立后，在中国共产党的领导下，煤矿生产环境有了很大的改善，但是因为煤矿生产的特殊环境和实际条件的限制，在一段时期内煤矿工人生产物质条件还是非常匮乏。煤矿大多在远离城市的偏远地区，特别是一些非法开采的小煤窑，为了掩人耳目，阻止各种检查，更是一切从简，道路白天用土堆挡住，晚上用装载机移走，煤井巷道常常仅用一些简易的木桩支撑，巷道两旁分布着大小不等的斜洞，里面堆放着乱七八糟的材料，工作面缺乏基本的通风、抽水和监测瓦斯的安全保障设备，工人也没有接受过安全培训，繁重的体力劳动后，有的工人为了缓乏会无知无畏地在巷道里吸烟。生活区的设施更是简陋得让人咋舌，"走出洞口，左拐上坡约 50 米，就是窑工的生活区。矿工洗澡的澡堂上面放着一个一吨的矿车，悬空后里面有几个即将烧尽的煤块，矿车前面通着一根水管，一直接到下面的澡堂里。澡堂是个简陋的窑洞，底部的地面用水泥抹了抹，高低不平，黑如墨汁的水深不过 10 公分，散发着刺鼻的异味……出了澡堂下坡走 20 米，便到了工人的'宿舍'。这是 4 孔规格不等的窑洞，窑洞门都已经损坏得不成样子，粗糙的墙壁被熏得乌黑，胡乱搭建的几块木板就是所谓的床。窑里光线极暗，三个工人光着膀子，挤在两块相邻的床板上，身子被煤一样黑的被褥半掩着，被褥是共同的，从来没有叠过，也没有洗过。一拨儿工人走了，另一拨儿工人会接着用。"[1]

即使是在国有煤矿，一线煤矿工人的生存物质条件也是非常艰苦的，往往是几个人住一间单身宿舍，宿舍家具也很简单。在 20 世纪七八十年代，采煤工人大多是农村户口，有些煤矿工人在农村老家好不容易娶了媳妇，解决了婚姻问题，但是房子问题又来了，成家后就要从单身宿舍搬出去，矿上的房子特别紧张，煤矿工人干了七八年，从临时工转成正式工，从农业户口转成城镇户口，然后要再等个五六年，可能依然分不到房子。煤矿工人只好相互帮助，发挥聪明才智，用废料搭建住处："在

---

[1] 王成祥.陕西煤老板 [M].北京：中国工人出版社，2013：219.

去泰安学习前，红军和安安在安装工区老乡的帮忙下，把一直闲在角落里的几个采煤机包装箱'买'出来，请人帮忙，在排水沟边上找了一块空地，搭了两大间棚户房，还外接一间小厨房。"①或者就地取材，自己采石头，运石头，垒墙，盖顶，自己盖房子："小屋是丈夫在工友的帮助下，在山上就地采石头垒成的，屋顶上盖的也是石头片子。"②"她家的屋门是用几块板皮钉成的，看上去很简陋。好在对缝不严的板皮外面又钉了一层胶面风筒布，风雪总算钻不进来。小屋极小，大约只有五六平方米。一张小床就差不多占去了三分之一，一台煤火又占去四分之一，加上锅碗瓢盆、油盐酱醋、面袋子、米袋子、擀面板、擀面杖，还有一只盛衣服的旧纸箱，屋里几乎没有剩下什么活动的余地。"③

　　住处解决了，再来看看煤矿工人日常生活的基本物资，除了烧的煤炭几乎什么都缺，煤矿资源大多在偏远地区，为了方便上下班，很多煤矿工人自建的居住区就在煤井附近，周围难以寻觅市场，一些基本生活物资都要到很远的地方去采购。有的煤矿甚至连人们平时用水都有限制，要去供应点接水。"南山和北山的山坡上都住有不少矿工和他们的家属，两山之间的山脚处只有一只水龙头，山上的人们用水只能到水龙头下面接。他们不排队不行吗？不行。因为矿上一天只供两次水，上午是八点到十点，下午是从五点到七点，过了这两个时间，水龙头的龙嘴就闭得紧紧的，一滴水都不出。"④与艰苦的生存条件形成强烈反差的是煤矿工人所从事的超强度、超负荷的体力劳动。煤矿工人往往把下井说成下苦，在爆破石头层勘探新煤层时更是"四块石头夹一块肉"，井下的艰苦是常人难以想象的。而煤矿工人付出的不仅仅是辛苦，更令人恐怖的是，还要面对矿难造成伤残甚至被夺去生命的危险。

　　煤矿文学真实而深刻地呈现了煤矿工人生产劳动的艰苦环境。通过阅读煤矿文学作品，我们得以走近煤矿工人的日常生活，得以近距离感受这些能源产业英雄的艰苦生活。难以想象，许多煤矿工人就是在这样艰苦的生产生活条件下，坚韧拼搏，日复一日地完成高负荷煤矿生产任务，为中国能源产业做出巨大贡献。这些具体的生活情形难以从新闻报道或生产报告的数据中体察想象，而煤矿文学为我们提供了宝贵的文学镜头，用文学之笔书写煤矿人困守艰险苦难的执着与坚韧。我们在感慨唏嘘的同时，怎能不为煤矿人坚韧顽强的生命力和拼搏精神而感动？这也正是煤矿文学最难能可贵之处。

---

①　胡西友 . 三个煤机手 [M]. 北京：中国电影出版社 ,2015:50.

②　刘庆邦 . 哑炮 [J]. 北京文学（原创版）.2007(4):5.

③　同上。

④　刘庆邦 . 哑炮 [J]. 北京文学（原创版）.2007(4):11.

二、直面矿难的勇气

煤矿文学对煤炭行业苦难主题的把握还在于煤矿作家对煤炭行业生产的危险有充分认知和深刻体会，并通过矿难题材作品将煤矿工人艰险的生产处境和付出的巨大牺牲呈现出来，以之警醒世人和铭记那些无名的、无声的消逝和牺牲。

在我国生产生活中，煤矿生产是不可或缺的。我国煤炭资源储量丰富，“预测地质储量超过 4.5 万亿吨，是世界煤炭第一生产大国，2016 年探明储量为 1.6 万亿吨，占到全球总量 21.4%。我国在相当长的一段时期处于煤炭经济向石油经济转化的经济发展阶段，煤炭资源在我国能源结构中占据着重要地位”。① 富煤缺油少气的能源状况也使我国能源结构中以煤炭为主要能源的格局难以改变，煤炭生产可以满足 70% 以上的电力、8 亿多吨粗钢、24 亿吨水泥、7 000 万吨合成氨，以及煤制油、烯烃、乙二醇、甲醇等现代煤化工产业发展需要。《能源发展战略行动计划（2014—2020 年）》中提出：“到 2020 年，我国国内一次能源消费总量控制在 48 亿吨标准煤左右，煤炭消费比重控制在 62% 以内，煤炭现在是，将来一段时间内也仍将是我国的主体能源。”② 同时，作为产煤大国，我国的煤矿安全生产水平虽然有所提升，但依然不容乐观。据 2019 年全国煤矿安全生产工作会议统计数据，“2019 年全国煤矿发生死亡事故 170 起、死亡 316 人，同此分别下降 24.1% 和 5.1%；继 2018 年百万吨死亡率首次降到 0.1 后，2019 年继续下降 10.8%，为 0.083”③。可以看出，虽然我国近年来煤矿安全生产状况有很大改善，但是因为煤矿井下特殊的工作环境和开采技术的限制，煤矿生产依然有许多未知的风险，生产一线死亡和伤残的危险依然存在。正如应急管理部副部长、国家煤矿安全监察局局长黄玉治所言：“当前煤矿安全生产仍处于爬坡过坎期，保持煤矿安全持续稳定的压力在加大、难度在增加，防范遏制重特大事故的把握性还不高，稍有不慎就有可能发生惊天动地的事故。必须增强忧患意识和底线思维，来不得半点马虎和丝毫松懈。”④

“煤矿危险源广布、无法彻底消除，现有技术手段无法长期有效治理，是煤矿重特

---

① 2018 年全球及中国煤炭行业产量及能源结构分析 [EB/OL]. (2018-05-15). http://www.chyxx.com/industry/201805/640925.html.

② 同上。

③ 黄玉治. 当前煤矿安全生产仍处于爬坡过坎期 [EB/OL]. (2020-01-09). https://www.thepaper.cn/newsDetail_forward_5469292.

④ 同上。

大事故预防困难的根本原因。"①造成血淋淋事故的原因除了技术上不可预防的原因外，还有许多是源于管理缺失所造成的人祸。"煤炭产量大，开采与安全保障技术、管理水平发展不均衡是重特大事故预防困难的直接原因。有生产才有事故，我国煤炭产量巨大，密集的生产活动为事故发生提供了前提条件。"②众多报道和资料曾显示，每年的煤矿事故中，相对缺乏规范管理和安监设施的中小煤窑占比大，特别是乡镇中小煤窑。乡镇中小煤窑管理落后，经常有严重超定员生产情况，欠缺基本的安全技术保障，实际生产中唯利是图，甚至严重超层越界，非法盗采国家资源，违法违规开采，一旦出现事故，矿方又盲目组织施救、蓄意迟报，加剧伤亡状况数。近年来，我国积极进行煤炭产业改革，整治中小煤矿企业，既是顺应产能经济变革大趋势，也是提升生产安全管理水平，降低煤炭行业事故率，保障煤矿工人生命健康安全的重要举措。中国正积极进行能源产业提能增效、降事故的产业变革，收效明显。可以看到，从国家战略层面到具体煤矿企业，都将煤矿安全生产，降低事故率、死亡率作为重要的管理指标。

在上述我们了解了中国煤矿生产安全状况的同时，应该能够感受到：众多新闻报道和安全报表中的事故与死亡以数字的形式呈现在大众面前，国家相关部门、相关领导将之作为管理决策的重要参考依据和施政指标；不知有多少人去联想过其背后的意味，对普通人而言，许多人或是客观理性地思考，或是一带而过地浏览，很少人能有感情和精神上的刺激与触动。而对熟悉煤矿、关注矿山的煤矿作家来说，他们能够明白甚至能亲身感受那些数字背后的血与泪，能够想象矿难将给矿工及其家庭带来怎样的打击。他们将这些数字中的个体还原到文本中去，让读者可以随当事人一起去感受那危险、那死亡的气息和压迫，可以随死难者家属一起体味失去挚爱和希望的痛苦与绝望。正是这样，众多煤矿作家带着悲悯、愤怒与希望将"矿难"这个沉重的题材写入自己的作品。

煤矿生产是一种特殊的生产行业，属于典型的高危行业。一线采煤工从地面坐罐笼车或者柴油防爆车来到地下 800 米深处，还要在幽深黑暗、四处煤尘飘浮泥泞、坑洼不平的巷道中，步行十几分钟甚至一个多小时，才能到达采煤工作面，在这种氛围中人必然会感到衰弱、胆怯、紧张甚至惊恐，尤其是初入矿井的工人。而工作面的环境是无边无际彻底的黑暗，潮湿闷热，充满粉尘、浑浊的空气，令人窒息。在这里，还有可能要面对顶板垮塌、瓦斯中毒、瓦斯爆炸、放炮崩人、煤气起火及煤层

---

① 朱云飞，王德明，李德利，等 . 2000—2016 年我国煤矿重特大事故统计分析 [J]. 能源与环保 ,2018(9):40.

② 同上。

渗水等安全事故。正如刘庆邦小说中所写:"钻进石头缝子里掏煤,井下死人容易些,也多一些。除了日常的零星的死亡,稍有不慎,碰上透水和瓦斯爆炸,还会造成大面积死亡。"①

矿难,用"难"字描述采矿过程中发生的事故,其造成伤亡的危险性可想而知。煤矿文学将矿难的悲惨、恐怖艺术地呈现出来,也将煤矿从业人员面临的向死而生的生存困境揭示出来。虽然人都固有一死,每个人都要面对死亡的必然结局,死神永生!不过对很多常人尤其是年轻人来说那还是遥遥无期的事情。但是在煤矿生产中,死神不仅永生,而且常在,死亡的阴云密布于矿井下,曾经在煤矿工人间自嘲上班是"人未咽气先'入土'"。回顾历来的煤矿生产事故,死亡是非常平常但也极其凄惨的,1960 年山西大同老白洞煤矿瓦斯爆炸事故死亡 682 人,2005 年辽宁阜新孙家湾矿难死亡 214 人。照比新闻中冷冰冰的数字,煤矿文学对矿难死亡的描述则真实展示了矿难的可怕与恐怖。井下事故原因多种多样,瓦斯爆炸是首要的致灾原因,周梅森的《黑坟》记述了北洋军阀统治时的 1920 年,我国北方某煤矿发生重大瓦斯爆炸,1 000 余名矿工被困井下,井上救援不力,几无生还。刘庆邦的小说《贴》:"其实井下已经无人可救,瓦斯爆炸之后,井下连一个会喘气的都不会有,井下除了有瓦斯,悬浮的还有煤尘,瓦斯爆炸加上煤尘爆炸,瞬间的温度可达到 1 000 多度。水的沸腾点不过 100 度,到了 100 度,什么肉啊蛋的放到水里都可以煮熟。那么,1 000 多度是什么概念呢?它的温度是开水温度的 10 倍还要多。在这种情况下,矿工的皮肉一下子就被烧熟了。不仅表面的皮肉烧熟了,高温吸进肺里,连内脏都烧熟了。亏得高温一闪而过,不然的话,每个矿工烧得恐怕只会剩下白色的骨架。高温若再持续下去,矿工连骨架都不会存在,只能化为灰烬。瓦斯爆炸对矿工的打击是毁灭性的,是在劫难逃的毁灭,每个下窑的人最害怕的就是瓦斯爆炸。"②煤矿开采中炸药使用不当也会造成伤亡,工人放炮开采时,一茬炮、二茬炮,有时会有未爆炸的"哑炮"埋起来,等到下一班工人在这附近继续用镐头采煤时,碰到这"哑炮",就成了"地雷",倒霉的工人就被炸坏了,轻则重伤,重则殒命。井下煤层冒顶也非常危险:"去年冬天,郑师傅就遇到了一次冒顶事故。应当说郑师傅是幸运的,他在那次冒顶事故中躲过了一劫。那次工作面冒顶埋住了两个人。他急中生智,跳到靠近煤墙一根倾倒的金属支柱下面躲了起来。那里空间虽然非常狭小,小得手脚都埋在冒落物里,抽都抽不动,但嘴和鼻子总算没埋住,没堵死,还可以呼气吸气。那位工友没来得及躲闪,就

---

① 刘庆邦.黑白男女 [M].上海:上海文艺出版社,2015:4.

② 刘庆邦.贴 [M]// 刘庆邦.杏花雨.北京:人民文学出版社,2018:21.

没那么幸运。三天之后，矿上的救护队才打通巷道，找到了他们。救护队是用黑布蒙上了他的眼睛，用担架把他直接抬到医院打了四天吊针，他就活过来了，身体功能就恢复了。那位工友呢，尸体已经在温度很高的煤堆下面腐烂，烂得露了骨头暴了筋，用塑料布都收拾不起来。"①《红煤》中的透水事故，死亡矿工 17 人，《富矿》中违章放炮产生火焰引起爆炸，死亡 92 人。

就是在井上，矿工拿命开采出来的煤炭如果管理不善，也可能自燃爆炸，再次夺人性命。在叶炜的《富矿》中，位于苏鲁豫皖交界处的国有煤矿企业麻庄矿矿长陈尔多判断失误，"要求销售科尽量把煤炭库存下来，等价格回升了再抛出去。于是仓库里的煤炭越积越多，很快就形成了一座巨大的煤山。两个月过去了，煤炭价格依旧在低价位来回徘徊，这让陈尔多越发担心起来。20 余年的煤矿工作经验告诉他，仓库的煤不能积压太多，随着天气转暖，煤炭自燃的可能性越来越大"。"他来到仓库门口，看见技术科的两个工人正在往煤堆上浇水，想过去帮帮忙。还没等他靠近，只听见轰隆二声巨响，煤仓爆炸了，巨大的气浪掀翻了仓库顶盖，煤尘抛撒在空中，遮天蔽日。那两个工人被炸飞到了天空，掉下来以后都成了碎尸块。陈尔多离得比较远，被震昏了过去，失去了知觉。"②

即便是大难不死，伤胳膊断腿，坐上轮椅，由一个活蹦乱跳的大活人变成生活不能自理的残障人，老年残子、未婚先残，每个人都可以想象这将是怎样一种悲惨景况。然而在矿难中，为了活命，可能还要自残肢体，在《揭底山西煤老板》记述的一次冒顶事故中，老矿工老孙头被"从侧面倒挤下来的煤炭死死压住了他的左腿"，"逃生的欲望和信念让他想起了老安全工讲的'蜥蜴断尾求生术'，他迅速地抽出斧头，向自己的左腿砍去，随即拖着一条血流如注的左腿向坑口爬去……"③。而许多小煤窑，一些黑心的小煤窑主对待矿工极为苛刻，甚至残忍，"他们连给你多少工资都不说，也没有合同，只是让你干，有时几个月都拿不到一分钱工资。为防工人逃跑，矿上还雇有保安，24 小时巡逻。此外，还养了几条大狼狗，只要到了矿上，想走都走不了。出了事故，全凭老板良心，他说给多少就多少。听说死亡补偿最多不超过两万元。重伤就惨了，把人往医院一撂，给家属打个电话就算完事儿"④。同时，作为矿难的衍生后果，煤矿工人不仅要切身感受死亡的威胁，还要承受精神和感情上的阴影和

① 　刘庆邦. 刘庆邦短篇小说选 [M]. 北京：作家出版社，2012：4-10.

② 　叶炜. 富矿 [M]. 西安：西安交通大学出版社，2010:161-162.

③ 　山西病人. 揭底山西煤老板 [M]. 南昌：百花洲文艺出版社，2011:33.

④ 　王成祥. 陕西煤老板 [M]. 北京：中国工人出版社，2013：86.

压抑。"死在井下的都是男人，而且都是能冲能打的青壮男人。男人一死，就把他们的女人留下了，也把他们的父母和孩子抛下了。"[①] 因此，煤矿工人要面对和抗拒的不仅有肉体残缺和死亡的威胁，还有情感骤然撕裂的打击和精神的极度紧张。诸如以上种种，矿难的苦难血泪真实而醒目地呈现在煤矿文学作品中。

透过这些悲惨恐怖矿难的描写，再来观照文本和现实中一辈辈煤矿人的执着坚守，我们不能不为他们的付出与坚强感到震撼。社会的发展不应遗忘人民的血泪，时代的进步更要铭记无名英雄的牺牲。通过煤矿文学作品，我们能够以平行者、切入者的身份走向文本，走近煤矿工人，了解他们的不幸和坚强。我们在为那些于黑暗中逝去的生命流泪、叹息的同时，更应该铭记那些血泪与牺牲背后的坚韧与付出，向这些人世间微末而坚强的生命致敬。

三、职业病痛的困扰

煤矿文学对煤矿工人生存境况的关注还体现在对煤炭行业职业病的描写上。煤矿作家深深了解，就算是没有伤亡，平安退休，煤矿高危的生产环境、长期从事煤矿开采所罹患的职业病也会对煤矿工人的健康造成巨大的威胁，甚至直接导致死亡。矿工常年在井下进行开采工作，矿井中产生的生产性粉尘、生产性毒物、有害物理物质、有毒有害气体都会对矿工造成严重的健康危害，虽然有一定的防护设备，但对有害物质侵袭的防护作用有限，因为工作时间长和特殊环境所以效果甚微，遑论那些小煤矿中没有防护设备的工人。因此，许多煤矿工人在长期井下工作后会患上不同程度的矽（尘）肺、局部振动病、噪声聋等职业病。这里有个几年前的数据作为参考："2013 年，煤矿职业病报告病例达 15 078 例，是同年煤矿事故死亡人数的 14 倍，煤矿一线工人'白伤'多于'红伤'、'白伤'重于'红伤'。据中国职业安全健康协会多年的跟踪研究，我国煤炭行业事故死亡人数与职业病人数之比约为 1：6，职业病依然是与工作有关的死亡的主要原因。"[②] 特别是矽（尘）肺，在职业病中对人体健康危害严重且染病工人数量多，而煤矿是尘肺病的高发区。"中国职业安全健康协会与国家安全监管总局经过多年的跟踪调研表明，我国煤矿因煤矿安全事故死亡人数与职业病人数比约为 1：6。在煤矿职业病例中，尘肺病所占比例居高不下，每年新发尘肺病达 1 万例，2010 年煤矿各类职业病报告为 17 396 例，其中尘肺病病例报告为 13 968 例，占所有煤矿各类职业病总数的 80%，其中因尘肺病死亡病例为 966 例。截至 2010 年，

---

① 刘庆邦. 黑白男女 [M]. 上海：上海文艺出版社,2015: 4.

② 何国家，徐伟伟. 我国煤矿职业病现状及防治对策 [J]. 中国煤炭，2014（10）：19.

我国累计报告尘肺病例为 670 570 例。其中至少已有 14 万多人因尘肺病死亡，死亡率在 20% 以上，截至 2010 年，存活病人为 530 089 例。"[1]

在文学作品里，挖了一辈子煤的老煤矿工人最后自己也成了煤，以至于许多人对基层煤矿工人的第一印象的突出特征就是黑，甚至觉得他们的黑是那种水洗不去的黑，黑眼圈、黑脸膛，耳朵和鼻孔也都是黑的。是他们不讲卫生吗？是他们不重视自身形象吗？当然不是，而是多年的煤矿生产让煤黑侵染了他们的身体，改变了他们的肤色与形象，当然这种改变不是几次下井工作造成的，而是日积月累的结果。用文学语言来讲，真的是煤的颜色已经铭刻进他们的生命。这种肤色和形象的改变至少在个人感受上还不会带来直接的肉体的疼痛和不适，相较于各种职业病而言，煤矿工人不会过多地在意他们的"职业色"了。但许多时候，这职业色实际是"职业病"的体现和结果，是长期在潮湿黑暗而又煤尘飞扬的环境中工作造成风湿与皮肤病的结果，煤粉在眉梢、睫毛上，不易清洁，很多时候也没有足够的环境条件和时间去清洁，晚上好不容易洗净，明天又要下井，高强度的工作使休息成为下井工人的第一需要，哪还有更多的时间和精力去清洗深入皮肤的煤灰。长期下井的工人不但脸黑，身上也黑，甚至身上还会形成一块块黑色的被称为"煤癜"的癜痕。这些病症和黑斑都还是身体表层的，而给予煤矿工人最大痛苦、最大危害的是职业危害造成的尘肺病，许多工人下井后很长时间吐出的痰里仍有黑丝，经年累月，就极有可能染上尘肺病，"好端端的肺变黑了，钙化了。这种病年轻时还不怎么觉得，但随着年龄逐渐大了，那就遭罪了，频繁地咳不说，还不时感觉胸痛与闷，喘不过气来，憋得满脸通红，大口出气，死去活来，惨不忍睹"[2]。尘肺病带来的呼吸困难、咳嗽、无力、疼痛等症状，每天折磨着许多奉献了自己一生的老工人，他们只能痛不欲生地跪伏在床上，呼吸急促，不断剧烈咳嗽，不能坐，也不能平躺，只有趴着或跪着。

生死是人生的头等大事，煤矿工人面对残酷的生存压力，在极端匮乏的物质条件下，在恶劣的生产环境中，冒着疾病与死亡的危险，用辛劳供养自己和家庭，为经济建设贡献力量，他们的境况让人心痛，他们的付出让人感动。近年来，从中央到地方一次次整顿煤炭产业，一次次围绕煤矿安全生产和改善煤矿生产条件而出台了系列法律法规，采取了各种措施，这既是产业健康发展的需要，也是对广大工人健康权、生命权的捍卫与保护。我们应该看到在这些改变中煤矿文学对矿难及煤矿工人艰苦工作环境的描写所发挥的重要作用。

---

[1] 翟玲.煤矿职业病危害分析与控制对策研究[D].西安：西安科技大学，2015.

[2] 间默.太阳开门[M].济南：山东人民出版社，2013:6.

四、煤老板的奋斗

在煤矿文学创作中,与书写基层煤矿工人苦难、坚忍相对的是对煤老板、煤窑主奋斗历程和精神世界的揭示,代表作品有《山西煤老板》《山西煤老板:黑金帝国的陨落》《揭底山西煤老板》《煤老板自述三十年》《铁腕省长》等。其中既有对煤老板发迹之后大肆挥霍、腐化奢靡生活的批评,也有对煤老板用智慧、勇毅白手起家拼搏奋斗史的记录。报告文学《陕西煤老板》没有将煤老板的形象仅停留于一般化的贬义的负面印象中,作者王成祥结合自己多年对煤矿生产的实地调查,本着"我用事实说话,你用思想评判"的态度和原则,还原了一群有血有肉的煤老板形象,为广大读者提供了认识私营煤矿、煤窑老板的一个全面、客观、全新的维度。《煤老板自述三十年》作者的家族从事煤炭行业30年,书中记述了作者亲身交际、亲眼所见、亲耳所闻的各式各样、鲜活真实的煤老板。在充满竞争压力的市场经济条件下,很多煤老板都曾经历过物质短缺的艰难岁月,为生计所迫,才踏上艰难创业的道路。而在创业途中,也绝非一帆风顺,要面对常人难以承受的巨大压力,要克服种种困难,最终的结果却未必都是成功的。

小煤窑煤老板的出现与国家煤炭行业政策密切相关。相对国有大煤矿而言,小煤矿(地方煤矿)通常包括三种煤矿:一是地方(包括省、市、县)国有煤矿,二是集体主要是乡、镇、村开的煤矿,三是个人开的小矿。这三种不同所有制的煤矿通称小煤矿(地方煤矿)。[①] 常说的煤老板的煤矿是其中的第三种。20世纪80年代初,随着改革开放的推行,国民经济得到了飞速发展,对能源的需求也大大提高。而当时国有重点煤矿加上地方国有煤矿的产量远远不能满足经济建设对煤炭的需求。"1983年3月,中央书记处召集煤炭部党组研究煤炭工业问题,集中讨论了发展小煤矿(地方煤矿)问题。"[②] 依据之前煤炭部对武汉个人煤矿考察的结果,"胡耀邦提出国营、集体、个人一起上的方针,并提出对小煤矿(地方煤矿)要采取放宽、搞活的政策"[③]。"会后煤炭部经过多次讨论,征求各方意见,起草了一份《关于加快发展小煤矿八项措施的报告》呈报党中央和国务院"[④] 后出台。1983年6月,煤炭部出台《关于进一步放宽政策、放手发展地方煤矿的通知》,11月发布《关于积极支持群众办矿的通

---

① 高扬文.中国小煤矿问题的来龙去脉(上篇)[J].煤炭经济研究,1999(6):4.

② 高扬文.中国小煤矿问题的来龙去脉(下篇)[J].煤炭经济研究,1999(7):4.

③ 高扬文.中国小煤矿问题的来龙去脉(上篇)[J].煤炭经济研究,1999(6):4.

④ 高扬文.中国小煤矿问题的来龙去脉(下篇)[J].煤炭经济研究,1999(7):4.

知》，采取多种措施，引导、管理小煤矿发展。一时间，内蒙古、山西、陕西以及东北地区等煤炭储备比较丰富的地区掀起轰轰烈烈的挖煤办矿的热潮，"无数产煤区农民响应号召，以个体或村集体的形式，开始了轰轰烈烈的挖煤运动。到 1997 年底，全国共建成小煤矿 6.1 万个，占煤矿总数的 95％"①。在这个历史大背景下，小煤窑主——煤老板登上了历史舞台。

很长时间以来，社会新闻报道和人们街头巷尾所谈论的都是煤老板一夜暴富，有钱之后挥金如土、奢靡腐化、美女香车的传奇事迹，煤老板一顿饭吃了 300 万元，一次性买走北京车展上的几十辆法拉利跑车，在北京三环买了几套房眼都不眨，子女结婚办上千万元的婚庆典礼……另一面则是煤老板对待矿工的草菅人命，只想着挣钱，忽视安全设备的投入，井下一旦出事，就不择手段地掩盖死亡真相，腐化干部，飞扬跋扈，破坏环境，影响生态……"煤老板赚的是国家的钱，吃的是子孙的饭，吸的是工人的血。"②黑心矿主的"妖魔化""魔鬼化"的形象几乎成了社会普通民众认知和想象煤老板的必然标签。这当然不能说是无中生有，但以偏概全，把所有或者大部分煤老板都如是观之，则是对艰苦创业为国家经济发展做出巨大贡献的煤矿企业家的误读。

报告文学《陕西煤老板》通过对形形色色、大大小小陕西煤老板的成长、演变过程的描述，揭示了煤老板被逼无奈，被挤压、被裹挟的真实状态，而他们当中很多人也是在挣扎中求生存、以命相搏，最后全部身家一去不返，落得一败涂地的结局。网文《小煤窑惊魂》出自一位亲身下井采煤当过小煤窑工人的网友之手，在他的表述中说："当年这些煤窑老板，有的原本就是槽子里上班的工人，后来积累了些资金开办煤窑，自己当上了老板。然而，几家欢乐几家愁，有的赚了钱，有的赔了钱，有的甚至搭上了自己的命。而且他们当老板，有时自己也进槽子上班，检查安全，参加排哑炮等工作。这些现实中的老板形象可能跟大家头脑里的那些为富不仁的煤窑老板印象有些对不上号，却是当年真实的情况。"③

正如这些作品中所述，当年的许多小煤窑老板最初也是矿工出身，很多人在国有煤矿当过工人，在当时国家政策的鼓舞下，胆大敢干，抓住机遇和运气，摇身一变成为煤老板。但是煤老板的从业生涯绝不是一帆风顺的。经营煤炭行业，不仅又苦又脏，前期投入能不能出煤风险很大，更重要的还有安全风险，煤矿一旦出事，仅死亡

---

① 王成祥.陕西煤老板 [M].北京：中国工人出版社,2013:5.

② 叶炜.山西煤老板 [M].北京：中国画报出版社,2010:32.

③ 青城静鸿.小煤窑惊魂 [EB/OL].(2015-8-14).https://www.mala.cn/thread-12518682-1-3.html.

补偿金就足以让煤矿破产倒闭。除此之外,煤炭产业发展的起伏跌宕,国家产能政策的转变,煤炭销售、运输问题,煤炭价格起伏,每一项都能扼住煤老板的喉咙,甚至将其逼上绝境。陕西北部毛乌素沙漠边缘的府谷县以干旱和贫穷著称,20世纪80年代逐步确定当地煤炭储量高达2 363亿吨。1986年,国务院决定启动神府煤田大开发。"到了1991年,神府煤田开发如火如荼,府谷县委、县政府也开始鼓励私人办煤矿,只要掏10元办证费,就可以拿到盖着政府大印的煤矿采矿证。一位姓张的煤老板回忆当时的情况后悔不已,那时候只要掏10元钱,不管是农民还是干部,现在都是亿万富翁。当时,干部上门为群众办理采矿许可证,却很少有人办。因为神府一带遍地是煤,挖开地面的几尺沙土,就能挖出煤来。那时神府一带的小煤窑采挖的煤堆成了山,但由于道路不通,销路不畅,一车煤5元钱都卖不出去,煤矿白送都没有人愿意接手,开煤矿的几乎家家亏损。府谷县新民镇村民李连海说,那时,大家提起开煤矿的事儿就摇头,活儿又脏又累不说,还极危险,一旦出事就赔大了。"[1]承受了多少辗转反侧的煎熬,煤老板才迈出艰难创业的第一步。而创业的艰辛,特别是煤炭行业创业的艰辛,是普通人难以想象的。多少煤老板经历过一分钱掰成两半儿花,亲戚朋友能借钱的都借遍了,把自己的家产作抵押去银行贷款。"那时,只要谁还能拿出10元钱,都在他考虑的范围之内。为了缓一缓工钱,他发动家人上阵,雇用熟人干活,他甚至还不顾妻子反对,卖掉了家里所有的口粮……"[2]为了躲避债主,"除夕之夜,一家人热热闹闹过大年、团圆的时刻,姚王顺却被讨债人像狗一样从家里撵了出来,他甚至连件外套都没有来得及穿"[3],好不容易熬到矿井出了煤,但煤炭市场和煤炭工业发展政策又发生了变化。1993年1月,国务院下达通知,认为各种形式的小煤矿发展很快,为促进地方经济发展和支援国民经济建设做出了重要贡献,但在其发展过程中,也出现了严重事故频发的安全状况问题,还有一些小煤矿乱挖滥采,破坏国家资源,以至于影响国有大矿的安全生产。20世纪90年代中后期,煤炭产能严重过剩,煤炭价格持续走低,可谓一落千丈,低价售煤导致几乎连开采成本都收不回来。除了有电煤计划和铁路运力的国有煤矿外,其他性质的煤矿,特别是私人小煤矿、乡镇集体煤矿,赔钱开采,到了自身难保、举步维艰的地步,只能被迫停产。很多煤老板就是在这时,因为亏损,到了无以改善的状况,不得已将煤矿卖掉,还掀

---

① 王成祥.陕西煤老板[M].北京:中国工人出版社,2013:200.

② 王成祥.陕西煤老板[M].北京:中国工人出版社,2013:138.

③ 王成祥.陕西煤老板[M].北京:中国工人出版社,2013:135.

起了煤矿转让热，而当时小煤矿出让的价格竟然出现过惊人的仅仅60元钱！①1997年，东南亚金融危机爆发，中国经济也受此拖累，陷入低谷，煤炭行业不可避免受到冲击，煤炭企业负债累累，很多国有煤矿都纷纷减产停产，煤矿工人下岗自谋生计。1998年12月，在鼓励全民办矿15年之后，小煤矿深层社会问题不断暴露出来，为促进安全生产，促进煤炭工业健康发展，国务院决定关闭整顿小煤窑，颁发《国务院关于关闭非法和布局不合理煤矿有关问题的通知》，决定到1999年底，关闭2.58万处小煤矿。在政策支持下，许多小煤矿或被国有煤矿收购，或被关闭，由此很多人也蜕下了"煤老板"的身份。2000年，中国经济触底反弹回升，2003年，经济发展迅速加快，再次出现能源短缺，煤价一路暴涨。煤炭行业历经近五年治理整顿，在国家连年关闭整顿后保留下来的合法开采煤矿的煤老板迎来了一夜暴富的机遇，2003—2005年是挖煤造富的"黄金三年"，这些煤老板变成了"百万富翁""千万富翁"，有的甚至执掌数亿元资产！在利益的驱动下，各种投资商纷纷介入煤炭领域，改革开放推行了20多年后，一部分先富起来的人早已腰缠万贯，特别是沿海一带，很多拥有一定资本的民间富商见识了煤炭"黑金"变"白银"的现实神话，大批涌入煤炭业，让沉寂多年乏人问津的煤炭行业再次掀起热潮。20世纪90年代初，煤炭价低，一吨才八九元钱，那时的煤老板都亲自下井挖煤，生意不好做，煤价上不去，自己不下井吃苦，身先士卒，小煤矿根本维持不下去。而到了21世纪，煤炭市场价格一路走高，这时的煤炭行业参与者都大有来头，而且经过多年的开采，煤矿生产的不良后果也开始显现：对生态的破坏，造成地表塌陷、房屋倒塌、农田被毁、水源和空气污染，矿区周围民众怨声载道。煤老板面对的是更为复杂的生产、管理和监督环境，更为多样化的关系网络。

"这几年虽然靠煤矿挣了钱，但是风险太大了，尤其是安全，一出事故，就会被打回原形。弄不好还有牢狱之灾。"②这是煤老板无奈的感慨。《山西煤老板》中也记录了这样的当地民谣："我是山西煤老板，挖煤好似开金山。看似风光实不然，提心吊胆怕矿难。"煤老板还要把各个层面的关系都维持住、维持好，否则寸步难行。《陕西煤老板》中记录了一位黄老板，为人豪爽，懂煤矿开采技术，有煤矿管理经验，自信证照齐全、守法经营，对上级检查人员查出的通风、运输、机电、掘进巷道以及工作面设施等小问题拒不承认，处理问题方式过于强硬。结果他的煤矿被地方煤炭管理部门当成了反面教材、整顿治理的"钉子户"。最终被要求停产整改、关门大吉，曾

---

① 王成祥.陕西煤老板[M].北京：中国工人出版社,2013:201.

② 王成祥.陕西煤老板[M].北京：中国工人出版社,2013:56.

经风光一时的黄老板被打回原形，再次成为贫困潦倒的打工仔。另外，煤老板奢华的消费有些是为了煤矿生产发展必不可少的人情交际。在国家相关法律法规还不健全的时期，煤老板的小煤矿不仅要面对产、储、销的一系列问题，还要面临太多难以预料的外界干扰因素，为了应对这些外界干扰因素，煤老板只能顺势而行，运作中国特色的人脉关系，探索自身的生存和发展之道。"但不知哪天开始我们成了过街老鼠，'煤老板'似乎成了本行业一切原罪的代名词，几乎被放到了人民的对立面。'官煤勾结''猫鼠同窝''黑心矿主'，甚至连'草菅人命'的词都用上了。难道我们真敢如此'草菅人命'吗？我们这些'小煤窑'的'煤老板'难道真能置身于法律之外吗？哪次发生在小煤窑的矿难不是伴随着'煤老板'数千万甚至数亿身家的消失和身陷牢笼。"[1] 这是一位不愿意透露真实姓名的煤老板的自白，也表达了煤老板的真实处境：一脚踩在煤矿的钱堆上，一脚踏在监狱的大门里。

《煤老板自述三十年》中记述了作者家族从20世纪80年代初就开始折腾煤，子承父业，从事煤炭行业30年，其父"从包火车皮搞煤运，到当上全省前三的民营矿业集团老板，是名副其实的元老级煤老板"。而作者自己也当过20年的煤老板，在自述中不禁感慨："在民营企业家群体里，煤老板恐怕是最容易坐牢的一拨儿人，我省的煤老板起码有三分之一的人坐过牢，有些还不止一次。在行情不好的年月，哪个煤老板不是债务缠身，大年初一债主披麻戴孝登门要账都算是比较温和的方式。"[2] 所以，很多看似风光的煤老板日子并不好过，整天提心吊胆，怕煤矿出事，怕村民闹事，怕行情不好，怕受国家政策变化的影响，心理压力巨大。

当然，在付出汗水、泪水甚至血水之后，也有许多暴富的煤老板在巨额财富面前，把奢华的物质追求和高档享受当作他们的一种解压方式和本能的自我犒赏。而且全国各地的小煤窑主，普遍文化程度比较低，其中还不乏文盲。他们不会接受新事物、新观念，缺乏学习的能力。很多煤老板有了钱之后，没有投资意识，也不可能有社会责任和自我价值的追求。其中有一些煤老板开始迷失自我，腐化堕落，竞相攀比。"我们的队伍中也确实存在败类，个别'煤老板'挣了几个钱就奢侈浪费、飞扬跋扈，败坏了群体形象，还有的缺乏社会责任感，为了追逐利益而导致安全事故，牺牲了矿工的生命。但这些毕竟是极少数，和民营煤炭企业的整体队伍比起来是不成比例的。"[3] 但是这一少部分的害群之马，他们的摆阔气高调张扬、图享受浅

---

① 王成祥．陕西煤老板 [M]．北京：中国工人出版社,2013:206.

② 老五，劲飞．煤老板自述三十年 [M]．北京：文化艺术出版社，2011：23.

③ 王成祥．陕西煤老板 [M]．北京：中国工人出版社,2013:206.

薄堕落被个别媒体大肆渲染，报纸、广播、电视、网络上充斥着煤老板挥金如土、腰缠万贯、开悍马、买群楼的新闻，有些煤矿文学作品把对煤老板的塑造停留于官商勾结、草菅人命、生活腐化奢华的刻板印象。这些确实吸引人的眼球，迎合了普通大众猎奇仇富的心理，使有血有肉的煤老板被舆论和想当然掩埋，让"煤老板"直接和金钱、享乐、腐败、破坏相联系，彻底成为一个带有强烈负面色彩的身份象征。

而事实上有些煤老板买豪车，不是光为了攀比、享受和虚荣，"你开着十几万的车，人家一看就瞧不起你，谈生意就是要在势头上压倒竞争对手"[①]，而且矿区一般地处偏远山区，道路不好，就算为了运输煤炭，架桥修路，改善了路况，可是经过运煤卡车几年的碾压，道路只会是坑坑洼洼，所以煤老板买豪车也不完全是为了面子，很多煤老板买好车也是出于安全考虑，需要安全系数更高的车。同时，煤老板生意繁忙，很多时间都是在车上，奔波于生意场、煤矿之间，车差不多成了"第二个家"，也确实需要质量更好、安全更有保障的好车。

在《煤老板自述三十年》中，作者因为家族两代从事煤炭行业 30 年，来往都是煤老板，以自己的亲身所见、所闻还原了煤老板的百态人生，鲜活生动，揭示了煤老板本来的真实面貌。在书中，作者把中国的煤老板划分为元老派、少壮派。元老派煤老板就是中国第一代煤老板，他们是"在 80 年代初基本都是日子过不下去的破落户，搞煤矿是逼上梁山，后来就算成了百亿老板，骨子里觉得自己还是个农民。这代开山派优点多，有骨头，能吃苦；没知识，爱文化；恨贪官，敬官位；守土爱家，热心教育"。"80 年代创业的第一代煤老板都完整地经历过五六十年代，他们的人生不缺磨难和折腾，这让他们的人格充满硬度和吃苦精神。"[②] 他们最大的特点是敢想敢干，有了钱之后，有的践行共产主义，有的全力改变家乡的经济、文化面貌，有的醉心于长生不老，修仙问道。"元老派出身贫苦，却守土爱家，舍得花大钱支援家乡建设。他们自己没知识，却很尊重文化，大多热心教育，有钱之后，捐建了不少学校。他们不懂传统文化，却秉承了传统精神，有了钱，不嗜赌，不淫乱，从来没有被钱烧坏的痕迹。他们憎恶贪得无厌的官员，却敬畏神圣的官位。骨子里，他们觉得自己仍只是个农民。"[③]20 世纪 90 年代开始创业的第二代煤老板是少壮派煤老板。"少壮派煤老板打过、拼过、闯过；爽过、烧过、狂过；摔过、疼过、怕过；反思过、沉淀过、总结过……

---

① 王成祥.陕西煤老板 [M].北京：中国工人出版社,2013:185.

② 老五，劲飞.煤老板自述三十年 [M].北京：文化艺术出版社，2011：28.

③ 老五，劲飞.煤老板自述三十年 [M].北京：文化艺术出版社，2011：29.

媒体总是爱透过一个面看人，煤老板因此被妖魔化。其实世上哪有妖魔，只有犯错、改过、接着犯错的凡人，包括煤老板。"①少壮派煤老板开始有了资本金融的理念，创造了新的财富神话，观念要比元老派煤老板开放灵活，生活也比上一代自由刺激。"为了出人头地，可以冒天下之大不韪，可以把牢底坐穿；有了钱之后，可以浮华豪赌，引来争议无数；最终反思沉淀之后，尽自己所能帮助人。"②他们这一代人胆子大，头脑活，在巨额财富面前容易迷失自我，放纵沉迷，堕落豪赌，奢侈腐化；有的皈依佛法，探求生死大问；有的求子续后，乞求绵延香火；有的悟道修仙，妄图长生不老。这些都是人的种种平常欲望的诉求和表达。但是很多少壮派煤老板内心深处也有一种想通过自身努力改善地方民生的自觉愿望，一种回报家乡、回报社会的情怀。

通过煤矿文学作品，我们会发现煤矿老板的另一面，会看到一个更加全面的煤炭行业发展史。更多的煤老板都是苦出身，熬过苦日子，挣扎奋斗拼搏，一步一步走到现在，着实不容易，富裕之后大多数也没有改变自己生活节俭朴素的作风，自己曾经下过井，知道井下工作的危险、辛苦，曾经和工人共生死，和工人结下了深厚的兄弟情，同时保持着自己应有的良知，自觉承担应负的社会责任。他们可以说是依靠国家资源实现了自己的发家致富，也在国家遭受灾难、人民群众遇到困难时挺身而出、慷慨解囊。很多煤老板都热心修桥铺路，想尽办法改善自己家乡的经济状况，竭力帮助父老乡亲走出贫困，积极捐资助学，设立奖学金，成立慈善基金，为帮助他人做出更大的贡献。在《煤老板自述三十年》中，作者记述了自己的父亲在历经磨难终于靠煤炭致富之后，怀揣着共产主义梦想，为全县人民免费铺设煤气管道、暖气管道，并免费供应煤气和暖气，直到自己去世，长达10年之久。"1994年，父亲决定让柳湾镇的所有人集体搬离房屋破旧杂乱的旧村，搬到自己将投资兴建的新村里。对于新村的建设，父亲费了很多心思，大致是要把新村的山山水水都保护好、治理好，教育、农田用水、工业用电等统统免费，而且要保证村办企业解决村里所有人的就业问题。""父亲去世后，哀荣备至，他为全县免费提供了10年的暖气、煤气，价值6亿多元，他为建柳湾新村花了1亿多元，他为各项教育事业捐了2亿多元。而他一辈子吃苦受罪，不愿享受，吃的、用的都很简单，还始终不肯搬离老屋，睡了一辈子土炕。"③

每一次小煤矿矿难发生，社会公众的第一反应往往就是聚焦煤老板，随即就是对

---

① 老五，劲飞.煤老板自述三十年[M].北京：文化艺术出版社，2011：42.

② 同上。

③ 老五，劲飞.煤老板自述三十年[M].北京：文化艺术出版社，2011：44.

煤老板唯利是图、为富不仁、安全设施不到位、漠视生命的遐想，谩骂、讥讽、抨击之声就会铺天盖地而来。事实上煤矿矿难的发生是有多种原因的，以现有的技术水平是不能完全保证不发生矿难的。除此之外，复杂的地质结构、变化的作业现场、生产者的素质等问题都可能造成矿难。牺牲矿工性命的矿难每次发生都牵动着人们的心，而民众对矿难发生后的矿工伤亡、赔偿金与生命的不等量交换的仇视，有时也会全部转移到煤老板身上，形成了煤老板利欲熏心、"黑心"的不良形象。而现实中煤老板其实最担心、最害怕矿难发生。很多穷苦出身的煤老板同情下井挖煤的工人，井下的状况他们也熟悉。安全事故一旦发生，不仅煤矿就要被关停，损失很大，自己还难逃法律制裁。煤老板也是有血有肉有感情的人。在陕西有的煤老板还自己出资成立民间矿难救援队，在矿难发生的危急时刻，义务快速集结，和时间赛跑，与死神抢夺生命！民间救援队成员都是煤矿的精干工人，因为对矿井和矿难出现的各种情况尤为熟悉，所以在实际救援中能够采取切实可行、科学有效的施救措施，一次次战胜死神，创造生还的奇迹。这就是《陕西煤老板》中记叙的"王宝来式救援队"，被当地人们誉为"王宝来救命队""煤矿活菩萨"，多次义务伸出援手，挽救危难中的矿工兄弟。王宝来的救援队成员基本都是煤矿的精干矿工，他们能够在危难面前毫不退缩，面临死亡义无反顾，是因为煤老板王宝来带领的。去井下救援，在最危险的时候王宝来会身先士卒，站在最危险的救援一线，凭着自己多年的井下采煤经验、对巷道复杂情况的熟悉，再加上面对突发状况时的沉着冷静，一次次创造矿难救援的生命奇迹，也让王宝来焕发出巨大的凝聚力。在一次救援现场，政府为了鼓舞士气，曾经奖励王宝来和他的队友 15 万元，被他当场拒绝，事后却自己拿出 50 万元奖励他的救援队员。在救援中，王宝来特别关照他的队员，始终和救援队员和遇难矿工相守相护在一起。王宝来的无畏、坚定让他的救援队员也都勇往直前："井下那种危险，一般人根本无法想象，真是以命换命！但是两次下井救援时，王矿长都始终和我们在一起。所以，跟着王矿长一起救援，我们都主动把手机关掉，直到救援结束才开机跟家人联系。矿难后，下井救援是一项非常危险的工作，我们都希望不要有下次，但如果真出现下一次，王矿长仍带头走在前面，那我们一定也跟着下！他都不怕，我们怕啥？"① 在常人看来，煤老板王宝来已经身家不菲，要做的就是躺在钱堆上好好享受就行了，根本没必要再去豁出性命冒无谓之险。可是在王宝来看来，精神上的奖励和社会的肯定远比积累财富、享受财富重要！和很多煤老板一样，王宝来有着困苦的童年，经历过艰

---

① 王成祥.陕西煤老板 [M].北京：中国工人出版社,2013:14.

辛的打工生涯，挨过创业的煎熬，他养成了质朴善良、豪爽仗义、重情重义的品格，为自己的家乡修桥铺路、捐资助款。"我很清楚矿工的生活，他们每个人都是家里的顶梁柱。一个人丢了命，就会影响家庭三代人。他们的子女都很争气，有不少在读大学。别说是丢了命，就是碰了胳膊、伤了腿，他们的生活都会发生大的改变，这些我都深有感触。天下矿工一家人，救别人等于救自己，知道有人被困而我们不去救，良心上说不过去。"①就是这种"天下矿工一家人"的情怀和义无反顾的责任意识，让王宝来曾经两次在接到邻近煤矿发生矿难的消息时，第一时间停下自己煤矿的生产，带领自己的救援队，义务伸出援手去挽救处于危难中的其他煤矿的矿工兄弟。

"十二五"期间，国务院进一步深化能源行业与煤炭产业改革，深入推进煤矿企业整顿关停政策，各个产煤省份积极响应，纷纷出台相关文件，实施举措，落实政策，在科学发展理念指导下，淘汰落后产能，推进煤矿企业兼并重组，用转变煤炭产业发展方式优化调整产业结构，提高资源利用水平，提高煤炭产业集中度和安全生产水平。以大型煤矿企业为主体，"关小建大，重组一批，关闭一批"，通过收购、控股等形式，加大煤矿兼并重组和关闭力度，力争煤矿数量明显减少，技术装备水平明显提升，安全生产条件明显改善。各个产煤地区相应成立了煤矿关退工作领导小组，投入财政资金，关闭煤矿企业，封堵井口，煤矿企业职工解除劳动合同，到2012年煤炭企业兼并重组立见成效，"煤炭黄金十年终结"，小煤矿逐渐消失了，煤老板都失去了对煤矿的控制权。某种意义上，煤老板的时代结束了。煤老板的经历和形象的变化也体现煤炭产业变革发展的历程，煤老板和煤炭产业从一开始便经历着来自时代与社会发展变革的考验，发迹的幸运儿华丽转身，被产业结构改革淘汰的黯然退场。正如1979年12月—1985年5月担任煤炭工业部部长的高扬文所说的"小煤矿（地方煤矿）的作用和问题都不能忽视"②一样，煤老板不是简简单单的素质低下的暴发户，历史和时代都应该记得他们为中国煤炭行业和中国经济发展所做出的贡献，他们也是中国煤矿人中特殊的一员。煤矿文学通过对他们这一群体的细致白描，为中国文学和中国时代画廊奉献了宝贵的人物群像，也不失为对中国煤矿史的一种丰富和补充。

煤矿文学对矿工恶劣生产环境、死亡矿难、煤矿职业病及小煤矿煤老板们真实面貌的记录，从另一维度向世人揭示了煤矿和煤炭行业艰苦奋斗、执着向前的奋进历程，记录了煤矿人在艰险中拼搏奋斗的生存状态，也充分展示了煤矿文学扎根煤炭行业企业现

① 王成祥.陕西煤老板[M].北京:中国工人出版社,2013:17-18.
② 高扬文.中国小煤矿问题的来龙去脉（上篇）[J].煤炭经济研究,1999(6):5.

实生活，关注底层叙事人文关怀，保持质朴、现实主义艺术追求的努力。

第三节　欲望与本性——性之希冀书写

恩格斯在《家庭、私有制和国家的起源》（1884 年第一版序言）中指出了"两种再生产"的理论，即"根据唯物主义观点，历史中的决定性因素，归根结底是直接生活的生产和再生产。但是，生产本身又有两种。一方面是生活资料即食物、衣服、住房以及为此所必需的工具的生产；另一方面是人类自身的生产，即种的繁衍"[①]。物质生活（最基本的是饮食）可以维持人自身的生存，性生活可以繁衍后代，于是人类社会不断延续和发展。由此可以说物质生活和性生活是人类的两种最基本的生活需要。对于煤矿工人来说，因为特殊的工作环境和生活条件，他们的婚恋也受到影响，本是基础层级的性生理需求甚至成为他们人生的一种希冀，在这样的背景下，许多不为世人知晓、不为人理解的情形会在矿区发生。煤矿文学作品对这些不为人知、不为人理解的情形给予深切的关注和同情，通过文本，我们走近矿工真实的日常生活，透视他们在本性欲望和生存压力之间的焦灼，为读者、为社会留存下真实、珍贵的煤矿工人在社会角色表层下的人性轨迹记录。

一、矿工婚恋的失落

婚恋是人类最基本的生命需要，两情相悦、两性相悦是人体深层次的生命冲动、炽烈的生命活力的本能要求，是人的生命本质力量的体现，也是人类最美丽、最高尚的情感表现。而这对工作强度大、压力大的煤矿工人而言，更是格外的需要和向往。在煤矿文学中，20 世纪 80 年代陈建功的《丹凤眼》就表现了这种美好的需求和向往，小说中煤矿青年男女慢慢走近，相互产生好感的美好情感体验呈现了煤矿青年男女纯洁高尚的情感追求，成为无数煤矿工人关于美与爱的梦想。但实际生活中，煤矿工人的婚恋却并不尽如人意，甚至面临比其他行业人员更加困难的窘境。

矿区是一个特殊的存在，指规划和开发煤田的生产和生活区域，重点指矿井或露天矿的区域，其范围常视矿床的规模而定。煤矿矿区相当长的一段时期大多远离城市，偏远不便。为了解决矿区人的日常生活问题，矿区要配备系统完整的生产工艺、

---

① 中共中央马克思恩格斯列宁斯大林著作编译局.马克思恩格斯选集：第 4 卷 [M].北京：人民出版社，1995：2.

地面运输、电力供应、通信调度、生产管理及生活服务等设施，这让矿区成了一个个麻雀虽小五脏俱全的小社会，矿区人的生活基本围绕着煤矿生产在矿区范围内进行。正是在这样一个近似封闭的区域内生活的煤矿工人很难找到合适的婚恋对象，在旧社会流传着"宁可饿死，不嫁煤花子""有女不嫁煤黑子——埋了没死"这样的话，原因是"以前挖煤的小伙子，如果在槽子里遇到塌方事故，按当时的技术条件，谁能救得了"①。煤矿生产是高危产业，矿工经常面临生命危险，工作强度大，生活困苦，这都会极大地影响矿工娶妻成家。在旧社会，煤矿工人大多数几乎无力也无心顾及自己的婚姻大事，由此形成了一种女性不愿意嫁给煤矿工人的社会意识。中华人民共和国成立后，随着工人地位的提高、待遇的提升，这种境况有所改善。改革开放之后，由于社会主义市场经济附带的影响，人们的金钱观、价值观、婚姻观发生了变化。女性的择偶观、婚恋观在"门当户对""女嫁高门"的基础上，也有将男方看成物质生活的保障、精神生活的支柱的成分。而煤矿工人待遇提高有限、劳动强度大、安全系数相对较低、工作环境差，还面临户口、住房、孩子上学、养老等一系列现实问题。所以，虽然煤矿经济条件有所改善，但是女性不愿意嫁给煤矿工人的社会心理意识依然存在，而且一度较为普遍。

煤炭行业工作性别构成情况的特殊性也令煤矿工人的婚恋受到影响。煤矿是男人的世界，在煤矿井下作业的工人清一色的都是男人。井上会有一些女性，但是基本也不会超过男人的十分之一。煤矿出身的作家陈京松在他的《煤矿的女人们》中这样介绍："煤矿的女人按工作性质和工作环境，大体可分为三个层次。最苦的是运输队的女工，她们大多是井下工人的妻子，从农村来到煤矿照顾她们的丈夫，矿上给她们中的一些人安排了工作。"相较运输队好一些的是在灯房工作的女工。灯房负责给矿灯充电，并把充好电的矿灯发给下井的工人。除了灯房，食堂、修理车间也有女人，"这些煤矿的女人，如果在矿外找不到合适的对象，有可能在矿上找一个工作不错的男人拍拖、成家。干部是首选，然后是有些技术的人"。这客观说明了普通煤矿工人在矿区女性眼中也不是受青睐的对象。

矿区一般是每班8小时工作制，但是上下班两头要附加上一些时间。下井前开安全教育班前会，换工作服，取矿灯，乘罐笼或煤油防爆车穿过井筒，再走长长的巷道，才能到达采煤工作面。班后换衣服、洗澡，煤矿工人从头到脚每个指头缝里都积满了煤灰，把身体夹缝、毛孔洗干净，也需要一个多钟头。煤矿工人上班前后加起来

① 青城静鸿.小煤窑惊魂[EB/OL].(2015-8-14). https://www.mala.cn/thread-12518682-1-3.html.

要将近 12 小时，井下采煤往往采用的是倒班制，白班、夜班轮着上。强体力劳动之后身体需要休息，再算上睡觉恢复体力的时间，煤矿工人几乎没有什么可以自由支配的时间了。加上矿区文化娱乐生活较少，几乎不具备男女正常交往的环境和条件，这也在一定程度上影响了矿工的交友和婚恋。

因为以上这些困难和限制，所以会有煤矿工人发出"因为我只是一个矿工，所以娶不到老婆"的感慨。刘庆邦的小说曾经这样描写在男女失衡的矿区中男性对女性、对婚姻的渴望和希冀："煤矿是男人主导的世界，井下连一个女人都看不到。井下的老鼠虽说被矿工一律亲切地叫成白毛女，但老鼠身量太小，毕竟不能代替女人，老鼠的气息也不是女人的气息。井上稍好一些，食堂和灯房里有一些女工，机关科室里也有个别女干部，可那些女工和女干部多是结过婚的人。或是生过孩子的人，她们不愿意让井下的人看她们，好像多看她们一眼，就要把她们当煤采似的。"[1]孙少山小说《美满姻缘》中三个健壮的矿工，出于各自缘由，最后一个娶了个侏儒，一个娶了个头脑迟钝的人，一个娶了个毁了容、手指和脚趾都烂掉的麻风病病愈者，"有了女人，使得这三个男人在人生的道路上产生了一个飞跃，进入一个新的境界。他们在别人面前不再自卑、猥琐。他们也是堂堂的男人了。并且他们都是各自对自己的女人满意"[2]。这三个矿工会有这样的"美满姻缘"，当然有当时外在的社会状况等原因，但是矿工媳妇难找也是不争的事实，作品所述的确是煤矿工作中的实际情况，基层煤矿工人寻找爱情的难度系数确实高于一般行业。

对于煤矿工人找对象难、结婚难的问题，煤矿组织和相关领导一直想方设法解决，如组织集体相亲、面向社会征婚等，组织的力量起到了一定的作用，但在诸多原因作用下，煤矿工人的婚恋难题并没有彻底解决。而煤矿小说作品多从侧面对矿区性别失衡、矿工婚恋困难的情形做了更加形象的阐释。

二、性欲压抑的宣泄

煤矿是男性性欲望天然的生产所和激发地。井下的强体力劳动让矿工很快就拥有了健硕的肌肉，更富有蓬勃的生理欲求。煤矿工人大多来自农村，他们中的一小部分在农村老家已经有了婚恋对象。大多数煤矿工人没有婚恋对象，到了适婚年龄，煤矿男女比例严重失衡，合适的煤矿女工数量太少。煤矿工人的择偶还受到矿区位置、自身条件、工余活动范围、女性婚嫁观念等方面的限制。矿区一般地处偏僻，大多在城

---

① 刘庆邦 . 杏花雨 [M]. 北京：人民文学出版社，2018：63.

② 孙少山 . 黑色的诱惑 [M]. 北京：中国文史出版社,2015:166.

乡接合部，有的在山区丘陵地带，甚至深山，是一个相对封闭孤立的社会单元，煤矿工人的婚恋对象大多只能是在矿区方圆十多千米的地域内，也就是矿区附近的农村姑娘和此区域范围内无职业的女青年。煤矿工人在井下挖煤，劳动强度大，环境差，压抑、黑暗、逼仄的工作环境也让矿工有更强烈的对生理快感愉悦的渴求。此外，矿区生活文化娱乐设施有限，无法为工人提供丰富充实的娱乐活动。煤矿工人文化程度也不高，大多没有对生活、对自我的更高要求，他们下了班，需要家人的照顾，也需要生理、心理的慰藉，性也就成了煤矿工人工余时光最本能的向往。"还有另一种饿，这种饿和肚子有点儿关系，又没有关系，它来自肚子下面。和这种饿相比，他宁可把肚子的饿暂时压一压，先把肚子下面的饿满足一下。"[①]

可是矿区工人婚恋、家庭的情况使煤矿工人的欲望难以满足。"食色，性也"在这样特殊的环境下，煤矿工人对女人、对性有着更大的欲求，也展现了人更为本质的生理本性。在这种情况下，矿区煤矿工人群体热衷于性的问题和话题也就可以理解了，他们是借助这种朴实甚至显得有些粗野的方式来宣泄内心性欲的压抑，把正常的难以满足的生理欲求通过聊天、调侃的方式宣泄出来，以保持身心的健康和平衡。对此种情节，许多煤矿小说都有真实传神的白描。在青城静鸿的《小煤窑惊魂》中，矿工在小煤矿挖煤，下井时穿的班衣不是老板统一购买的工作服，就是矿工带去的旧衣服。衣服上汗液、煤灰重了许多层，已经看不出原来的颜色了，全部成了黑色，且质地变得很硬，几乎就是一具铠甲。在井下，闷热潮湿，周围都是煤灰，挖煤很快汗如雨下，厚厚的"铠甲"穿着极不舒服，小煤窑的挖煤工人常常就会脱下衣服，赤身精光地干活，根本不用担心走光，一来井下全是男人，二来煤灰很快就沾满全身，人就只剩两个眼睛、牙齿还有点白色。而下了班，从井下上来，"年轻小伙子赤裸而浴，话题大多谈性……没有掩饰，一切显得自然随意。"[②]

刘庆邦在 2015 年出版的长篇小说《黑白男女》中对这种情节的描写更加形象、透彻、深刻："太阳为阳，月亮为阴；白天为阳，夜晚为阴；男人为阳，女人为阴。不管什么时间，也不管什么空间，阴阳应该平衡才是。可到了煤矿，男女比例明显失调，阴阳比重严重失衡。特别是到了井下，连一个女人都看不到，连一点儿女性气息都嗅不着，让清一色的雄性矿工备感压抑。什么东西越是稀少，人们对什么东西越是稀罕。井下越是见不到女人，矿工对女人越是渴望。走在伸手不见五指的巷道里，有人老是产生幻觉，觉得有一个女人在前面巷道的拐弯处等他。他匆匆赶过去一瞅，哪

① 刘庆邦. 哑炮 [J]. 北京文学（原创版）,2007(4):8.
② 青城静鸿. 小煤窑惊魂 [EB/OL].(2015-8-14). https://www.mala.cn/thread-12518682-1-3.html.

里有什么女人，只有一根废弃的木头支柱，柱子上生着一朵灰白色的蘑菇。他把蘑菇采下来，放在鼻子前闻了闻，装进工作服的口袋里去了。在井下看不到女人的实体，他们只能在嘴上拿女人说事儿，过一过嘴瘾。""在工作面跟班的队长、班长从不反对手下在劳动场合谈女人，不管手下谈得多么生动，多么下流，他们也不制止。他们已经总结出来了，谈女人也是生产力，不谈女人，就会影响生产力的发挥。从工种上分，采煤工不谈女人，煤炭产量低；机电工不谈女人，烧了发电机；掘进工不谈女人，巷道压得低；放炮工不谈女人，放炮如放屁。在'文化大革命'期间，到处流行'抓革命，促生产'的说法。井上一天到晚把革命口号喊得震天响，不见得对煤炭生产有什么促进作用。窑哥们儿在井下谈一谈女人呢，煤炭产量倒有所提高。从这个意义上说，是谈女人，促生产。"①从中可见，性的话题在井下矿工那里不是道德品质的低俗下流，而是矿工疏解压抑、保持身心健康的本能表现，这反映出煤矿作家对煤矿生活和基层矿工深入的了解和理解。

三、男权禁锢的迷失

人是社会性动物，人与人之间存在和发生着各种各样的关系，人的生产、生活、工作都和周围的人有着千丝万缕的联系，人的一生就是在一定的社会关系中发生的。矿区是个独立的、特殊的社会存在，生活于此的煤矿人身处于自身独特的社会关系、社会环境中，受到煤矿这个有着特殊的运行机制和社会文化背景的小社会的影响，在某些方面这个影响的作用是非常强大的，甚至是最本质的、决定性的。在煤矿的世界里，因为男多女少，一女难求，女性的地位看似很高，但是煤矿生产、生活的擎天柱自古到今都是男人，男人才是煤矿世界的主宰者，再加上矿工多源自农民，深受农村封建文化意识影响，不少矿工是根深蒂固的大男子主义者，对女性身体和思想都具有霸权式的占有欲和统治欲。在煤矿世界的女性表面看地位很高，一家有女百家求，在婚恋市场上处于高位，但是在家庭内部却会丧失自己的社会角色和权力。在极端的时候，女性的工作可以被替代，除了构建家庭、繁衍后代、慰藉男性的性欲望，没有任何主导性特征。在煤矿闭塞的世界中，这样的社会运行机制和文化背景会导致拥有权力的男性对女性出现偏执甚至极端的压迫情形。有的煤矿小说敏锐地抓住了这种情形，并对此进行了深刻的、反思性的阐释。

"矿工常年在沉闷、阴暗的坑道里劳作，对于他们来说，最值得珍爱的莫过于女

---

① 刘庆邦.黑白男女[M].上海：上海文艺出版社，2015：3.

人，而最可恨的是，当他们在地底下挥洒汗水时，人家在地面勾引他们的老婆，说实在的，谁都有这个担心。因此，他们对这方面的事特别敏感，特别关注。哪个灯房姑娘品行不端，谁家老婆偷汉……"[①] 矿区封闭环境中，有些人素质不高，道德品质也乏善可陈。在性资源匮乏的基础上，他们利用自己的权势占有女性的身体。这些人往往是煤矿世界中握有一定权势的人，这种行为是对底层矿工性权利的掠夺，更加剧了底层矿工面对性欲困境的艰难程度。刘庆邦的短篇小说名篇《走窑汉》的核心情节反映的就是煤矿世界里社会权势对矿工性资源掠夺造成的悲剧。矿工马海州对自己漂亮的新婚妻子小娥爱不释手，蜜月"那些天，不到临下井的前一刻，马海州绝不离开妻子，匆匆离去，往往半道上又匆匆返回，推推门看是否真的锁上了。在他下井干活时，不许小娥出屋，无论谁叫门也不许开"，可是矿里的张清书记奸污了小娥，马海州为报此仇用刀刺伤了张清，因此入狱服刑。可事情并未就此结束，屈辱和痛苦让马海州在痛苦焦灼中陷入爱与欲的迷失，激起了他几近变态的复仇之心，"那件事的始末小娥已经复述过不知多少遍了。可马海州还让她讲，而且越问越细，连那个坏蛋的两只手各放在什么部位都问到了。小娥不敢不讲。无非那个狗日的（小娥语）怎样拿薄铁片捅开了暗锁，怎样谎称马海州把钥匙交给了他，还说每个工人的老婆来了都要做贡献，谁的贡献大就给谁迁户口，等等"。马海州一而再，再而三地揭开小娥本该遗忘的屈辱和创伤，最终导致张清和小娥无法承受这种心理折磨，丧失了生的希望，一个精神失常跳井而死，一个自杀跳楼惨烈而亡。这样的一场悲剧其实已经超出煤矿的题材与主题，更深刻反映的是男性基于主权意识之上对女性身心和性的强权与霸占，这在不同社会行业、领域内都存在，这是几千年封建余毒的恶果，只是在矿区这种特殊环境中得到更加极端的爆发。煤矿小说以对煤矿人生活的书写和思考，道出了对人性文明更深刻的追问。

在煤矿的世界里，煤矿工人不仅物质生产条件艰苦，还要承受婚恋的限制与正常的生理欲望的煎熬，在煤矿文学对煤矿工人这种本性欲望状态的书写中，深刻呈现出煤矿作家们对煤矿工人本真人性深切的关怀和希冀。

---

① 刘庆邦.刘庆邦短篇小说选（点评本）[M].北京：作家出版社，2012：3-4.

第四节　精神的丰碑——煤矿人的真与善

在中国社会的发展史上，煤炭作为最重要的能源，为祖国的经济和社会发展立下汗马功劳，文学艺术赞美煤炭、煤矿人对社会经济和人们生活质量提升的重要价值，歌颂煤矿人无私奉献的高贵品质。从称炉中煤为"我心爱的女郎"来表达眷念祖国的情绪，到以"我是煤，我要燃烧"赞颂伟大的奉献精神，煤矿文学给予煤和煤矿崇高的情感寄托和象征赋义，讴歌煤矿人高贵圣洁的思想品质。更加可贵的是，煤矿作家还走进了煤矿人精神世界的深处，用文学之笔书写出平凡矿工精神生活中真实的迷惘和苦闷，抒发了煤矿人在时代变迁中泛起的孤寂落寞之苦和心灵精神之殇，用沉郁的心写下煤矿人的善良与坚强，为世人呈现出真实、丰富的煤矿人精神世界，将煤矿英雄还原为喜怒哀乐的真人，这既是煤矿作家对煤矿人个体心灵感受的深刻记录，也是煤矿文学对煤矿和煤矿人更深层次的观照和纪念，这丝毫无损煤矿工人的勇敢和伟大，而是为煤矿人建筑起一座企及人性高度的精神丰碑。

一、揭示心灵深处的真

在中华人民共和国成立之前，煤矿领域没有自己的矿工作家，只有社会上的关心煤矿工人的作家深入煤矿写作反映煤矿工人悲惨生活的作品。中华人民共和国成立后17年间，塑造煤矿英雄人物成为煤矿文学最突出的特色。到20世纪80年代，煤矿培养出越来越多自己的作家。这些煤矿工人出身的作家懂得煤矿工人的深层心理，对煤矿工人寄予深切的同情和认同，将矿工能够在800米地下矿井中面对死亡时的恐惧（甚至和老鼠相依相偎）、幻觉刻画得淋漓尽致，对人在死亡面前的本能感受、顽强的求生意志和对生命的真切心理体悟做了全面深刻的呈现，也更加能够切身感受到煤矿人精神层面的寄托和诉求。例如，蒋法武在《瓦斯》中"大发牢骚"："井下采煤掘进工，报纸上大呼小叫'光荣'，领导做报告口口声声'骄傲'，动起真格的来，是'光腚坐花轿'，找老婆难，要房子难……时下办事，别人难的井下采掘工无一例外都难，别人不难的井下采掘工还是个难！"这痛快地说出了煤矿工人的烦恼和困难，道出了矿工内心的要求和希望。

矿难是煤矿工人的灾难和心理阴影，但矿难只是煤矿生产中的极端事件，在煤矿作业中煤矿工人更为普遍的精神困扰是对社会的疏离感和个体心灵的孤独感。夏榆的长篇小说《我的独立消失在雾中》(2013年出版)在2017年获第七届全国煤矿文学乌金奖长篇小说乌金奖。该小说以自称做过"前工业时代的矿工""曾经的职业记者"的阮郎和自由摄影师唐卡两个人的人生经历为主线,深刻细腻地描写出坚强矿工内心的脆弱和彷徨。该小说表现了矿工面对黑暗和孤独时的"衰弱,胆怯,慌张,惊恐,这是我在那时候区别于其他矿工的状态"。对刚下矿井的人来说,矿井深沉纯粹的黑暗引发人心理的不适。这种描写既呈现了矿井下生产环境的暗色,也反映了煤矿工人在煤矿特殊的生产条件下的创伤性的心灵感受。该小说描述了煤矿世界,更将笔触集中于对煤矿工人心理伤痕的呈现,不同于其他煤矿文学作品,把新矿工内心的不适作为与后来成长的对照,将展现未曾被深刻揭示的矿工的心理感受和精神世界为根本内容和主要目的。"很久以来,我一直以为黑暗是我个人的私产。"在井下无限的黑暗中,只有一个活体,只有一个人,对黑暗和孤独的畏惧让身体器官都会产生恐惧的反应。"最初的恐惧过去。长久地身处黑暗,对黑暗也会习惯。对黑暗的恐惧终究也会过去。""长久生活在黑暗中,对外部世界的知觉变得极其敏感尖锐。"对外部的恐惧消失后,很快"我对自己的恐惧生了出来","我的嘴巴完全失去了言说的功能"。"长久地身陷黑暗,形容混同尘土。远离他人的存在,也远离他人的生活。我就像一块吸铁石。吸附黑暗,吸附困苦、艰辛和磨难。"而若遭遇矿难,即便不在矿难中受伤或死亡,矿难中遇难工友所带来的死亡恐惧的冲击也令人难以承受,"看到我就胆寒,感觉魂飞魄散",而"哪怕只是胆怯的一瞥。只要看到就刻进脑子"之后,就再难以将印在脑海中的死亡图景抹去。作者层层揭示了基层矿工各种复杂、矛盾的心灵感受,描绘了作者记忆中的矿区、经验中的矿井以及精神世界中的煤矿生活,深度挖掘了煤矿特殊的生产条件和生产环境带给矿工的心灵伤痕。煤矿工人是中国能源建设、工业生产的英雄硬汉,但同时每一个英雄的煤矿人都曾承受过、经历过类似的心理创伤,只不过他们更多时候是把创伤与伤痕深埋在心底,被自己忽视,也被世人遗忘。正如煤矿小说《三个煤机手》中的煤机手红军创作的诗歌《黑黑的我们》所说:"没有人知道/我们是什么模样/没有一张照片/真实地拍出过/我们的悲怆/有人说那是雄壮和自豪/可是只有我们自己明白/多少泪水和委屈/在我们胸中流淌;没有多少人知道我们/工作在怎么样的一种境况/甚至连我们自己/都无法描述/曾经有过的/和继续有过的悲怆……"①人是有心灵、有精神的动物,精神世界是人类生活的重要层面,煤矿文学多层次、多维度深刻地表现了煤矿工人不曾示人、不肯示人而

① 胡西友.三个煤机手[M].北京:中国电影出版社,2015:27.

满含伤痕的精神世界和心灵图谱，为英雄的煤矿人雕刻了一座精神丰碑。从文学价值而言，这是文学尊重人的主体性和对人深入认识的表现，拓展了文学对人心灵探查的深度和成就。

二、书写感人至深的善

煤矿工人为煤矿开采贡献了太多的血泪，可以说每一块煤上都沾着煤矿工人的鲜血，黑煤也是矿工用生命、用鲜血开采出来的"红煤""血煤"，"带血的煤"一直是中国煤炭工业的悲怆回忆和坚硬现实。每一位煤矿工人在其井下作业的生涯中都经历过数不清的生死时刻，而他们当中又有数不清的人或者因为自己技术过硬、胆大心细，排除了隐患，避免了事故的发生，或者以自己的伤亡换回了安全生产的继续，甚至牺牲自己挽救他人的性命。在现实生活中，人们关注和颂扬那些伤亡的煤矿工人，却可能遗忘了在煤矿生产中默默无闻的特殊英雄。在煤矿文学中，展示一个个有故事的煤矿工人，他们都有一颗不被世人所知的"英雄之心"。有太多的老煤矿工人，他们一辈子都只是普通的煤矿工人，社会也只认可他们一辈子都是在挖煤，但是煤矿文学记录了这些普通人感人至深的善良和伟大。

刘庆邦《清汤面》中的向秀玉是个在装煤楼捡矸石的女工，因为工作，只能让上小学三年级的女儿喜莲中午去矿街上的小吃店买饭吃，并建议她最好去杨旗阿姨的小饭店吃一碗清汤面。喜莲去吃了清汤面，但是杨旗阿姨说什么也不收钱，回到家喜莲把钱拿给了妈妈，向秀玉"心里一沉，马上就明白了怎么回事。自从孩子的爸爸在井下的瓦斯爆炸中遇难后，周围的人对她和她的孩子就不一样了"，矿上给她安排一份捡矸石的活儿，另外总有人送吃的、用的，还有不知道是谁送的就放在门口的油和面。向秀玉找到了杨旗，说："孩子的路还长，我不能跟她一辈子。我想让她从小就能够自强，能像别的孩子一样过正常的生活，不能让孩子成为例外，变成可怜虫。这6块钱，你一定得收下。你要是收下，我明天还让孩子来你这里吃饭，你要是不收，我再也不会让孩子到你这里吃饭了。"接下来杨旗倒是收下了喜莲的面钱，可是面碗里又给孩子放了一个荷包蛋。没办法，向秀玉只能让喜莲第二天到别的小吃店去吃饭了。杨旗见喜莲第二天没过来吃面，晚上来到了向秀玉家里说："还是让孩子到我那里吃饭吧，我不少收孩子一分钱还不行吗？我再也不给孩子碗里打鸡蛋了还不行吗！孩子再不去我那里吃饭，说不定哪一天我的面馆就停办了。"不是因为有人难为她，是大家对她太好了，让她受不了。杨旗的丈夫和向秀玉的丈夫一样，都在那次瓦斯爆炸中遇难了。杨旗开了面馆后总有人吃面多给钱，杨旗都来不及找零钱。"她一开始每天和 10 斤面,不够卖,后来每天和 30 斤面,还是不够卖。现在她才明白了,那么多人到她的面馆吃饭,不是因为清汤面有多好吃,是矿上的人在抬她的生意。杨旗说:"再这样下去,我得欠矿上的那些弟兄们多少情啊!"[①] 向秀玉、杨旗同为遭遇不幸、生活艰辛而又积极向上的人,为对方考虑,彼此关爱,互相照顾,这是共同命运缔结的惺惺相惜的情感,而矿上的人对她们俩默默无声的照顾更是天地无情人有情,谱写一曲温暖的人间之歌。《清汤面》这篇小说可以说是煤矿世界"后矿难"生活的展示,表现了煤矿人与人之间真挚动人的情感。2015 年刘庆邦的长篇小说《黑白男女》则是完全聚焦"后矿难"死难矿工家属的生活和情感状态,围绕三个死难矿工家庭,关注遇难矿工妻子的家庭重建、精神重建问题,展现了在灾难之后煤矿人互相扶持、自尊自强自立的温暖动人故事,更是情满矿区的真实写照。

在煤矿小说《三个煤机手》中,主人公这样自述:"我的历史,我没有白混一辈子。虽然到退休我还是一名普普通通的采煤工,可是我曾救过好几条命。我自己都觉得我是个英雄,可是谁让咱是在井下救的呢,这要是在部队里,随便哪一起事故中我的表现都能立个一等功,说不定早就提干了。谁让咱爷们儿干的这行是在地底下,没有谁看得见咱的英雄壮举。"[②] "人的自我肯定是人的一种深刻的内在需要,也是人的一切社会实践活动的内在动力"[③],也是人的意义和价值实现的重要途径和重要标志。那些挖煤几十年干了一辈子的老矿工终其一生也没有获得显赫的荣誉,也没有丰厚的物质奖励,而回首往事,在一生的煤矿生产中曾经救过人的命,这可是其他行业工人不可能有过的最值得赞誉的壮举!只是这样的壮举在煤矿特殊生产过程中太过于普遍,每一个老矿工恐怕都曾有这样的壮举,甚至不止一次两次,而只要生产顺利进行,除了老矿工自己,没有人知道。朴实的老矿工只有内心的自我肯定、自己对人之为人的意义和价值的自我认识。老工长张昆是孙少山的小说《八百米深处中》的主人公,他在地震时被困在 800 米井下之后,抱着"只有死在一起的,没有见死不救的"朴实观念,力主先救出令人厌恶的李贵,并凭着自己 40 年的井下工作经验,克服各种困难,鼓励其余 4 人,拼着最后的力气用人力凿穿一道道煤壁,终于在 5 天之后找到了逃生之道,为了能让他人活下去,老工长耗尽了自己生命的最后一丝力气,将生的路让给他人,而自己最终死在了井下。无数的读者为老工长张昆身上所呈现出的善良与伟大动容,煤矿文学让许多矿井下像他一样牺牲的伟大的普通矿工精神得以

① 刘庆邦.清汤面[N].人民日报,2013-10-30(4).

② 胡西友.三个煤机手[M].北京:中国电影出版社,2015:110.

③ 赵兴宏,王健.伦理学原理[M].沈阳:辽宁人民出版社,2006:44.

在人间流传和弘扬。著名评论家谢有顺说"作家是创造精神景观的人"，"好作家是灵魂上的魔法师"。煤矿文学的作家就像魔法师一样为默默无闻朴实奉献一辈子的老矿工建筑起他们的精神景观和价值丰碑。

三、追问向死而生的谜

人最基本的需求是生存，人最宝贵的是生命，生命对每个人来说都只有一次。煤矿工人坚韧顽强，勇敢面对生活的困苦和艰难，用强大的生命意志和精神意志创造了一个又一个英雄奇迹，这是大家熟知的煤矿工人勇敢刚毅的一面。但在某些生活的艰难时刻，某些昔日的英雄却会选择向死而生，这是勇敢、是迎难而上？还是无奈、是逃避妥协？煤矿作家突破煤矿工人生产生活的常规题材，将笔触延伸至生活断层的破裂点，去探寻底层生活图景中煤矿人的善与真。

刘庆邦的短篇小说《别让我再哭了》主线是一位煤矿工会副主席孙保川处理善后问题的故事。"矿上既然每年都要死人，就得有一套活人组成的班子来对付这些事情。人命关天，谁家死了人，谁家就算得了天，占了理，处理起来是非常难的。""孙保川处理善后问题的本事是出了名的，不管再棘手的事情，只要孙保川一出面，没有处理不了的。"[1] 而孙保川处理善后问题的本事就是哭，他"到谁家一哭，谁家的人心就软了，头就蒙了，该讲的条件也不讲了，该提的要求不提了"[2]。这一次孙保川在处理工亡事故了解情况时，意识到死难的郑师傅应该不是简单地遭遇意外，而是惊人的自主选择死亡。在事故发生的前一年，郑师傅就遇到了一次冒顶事故，他幸运地跳到一根金属支柱下面，被冒落物埋了三天，才被矿上的救护队救上来，经过救治躲过了这一劫。而另一位工友早就被高温的煤堆给压烂了。生还后的最初一段时间，工友、邻居、领导去看望他，说他大难不死必有后福，让郑师傅很受用，甚至"产生了一种类似幸福的感觉"。一段时间后"虽然一提下井他就感到后怕，可等待他的只有黑洞洞的井口"。妻子是家庭主妇，没有收入；女儿在矿务局医院做护士，因为人多被"减下来了"，遥遥无期地等待矿上的医院接收；儿子从矿工学校毕业两年多，整日无所事事，被人骗到黑心砖窑打工，差点死在那里。郑师傅家入不敷出，连下井发的两个火烧的班中餐都舍不得全吃了，留下一个用塑料袋包起来带回家去。而相比之下，那位死了的工友家庭情况就好多了，"是工友的死，给家里的生活带来了转机"，家属领了两万多块钱的抚恤金，他的儿子小庄还顶替工友到矿上的救援队当救护员了。小

---

[1]　刘庆邦.刘庆邦短篇小说选（点评本）[M].北京：作家出版社，2012：139.

[2]　刘庆邦.刘庆邦短篇小说选（点评本）[M].北京：作家出版社，2012：140.

庄和郑师傅的儿子本来是很要好的同学，两人情况差不多，还曾惺惺相惜。就因为小庄父亲遭遇了矿难，小庄有了工作，还结了婚。小庄结婚给了郑师傅儿子很大的刺激。郑师傅为了儿子的工作去找领导，明白了小庄能顶替父亲上班就是因为他父亲死在了井下，而他"命大"，"他否定似的摇了摇头，仰脸看了看天，笑了一下。天已黑下来了，他不会看到什么。他好久没笑过了，仿佛有什么事情终于想通了"①。像郑师傅这样的老矿工为人老实巴交，朴实本分，一辈子吃苦受累，原本不会去考虑生死的问题，在他们看来"人人都想活着"。"别说人了，连一只蚂蚁都不想死。"但是他自己有限的能力无法解决诸多的现实问题，就只能主动去死，用自己的性命来解决。该小说更令人动容的是孙保川发现郑师傅死亡的隐秘后，觉悟到自己父亲的死亡同样如此。孙保川的父亲是井下的瓦斯检查员，却死在瓦斯上。"据说我父亲是误入盲巷，被瓦斯熏死的。我一直不明白，我父亲明明知道盲巷里危险，他为什么要到盲巷里去呢？"②也就是说，孙保川的父亲也是为了能让孙保川获得顶替自己到矿上工作的机会，而主动投向了死神的怀抱。郑师傅、孙保川父亲本是最能吃苦、最能战斗、最坚韧的生命体，他们靠着最顽强的生命力扛起艰苦的生活，也对生活有着本能、淳朴而真挚的眷恋。这样简单质朴的老工人面对无法改变家人生活的现实境况，在矛盾焦虑中，制造了自己无法言说、无处诉说、向死而生的心灵秘密。在煤矿文学作品中，作家对煤矿工人这种向死而生的选择进行了细腻的描写，也呈现出复杂而丰富的情感取向，既对主人公主动选择死亡的矛盾及所承受的心灵压抑投诸无限的同情，也有对其选择主动死亡原因的追问与思考，还有对这些朴实、平凡的生命选择个体牺牲的勇气、善良的慨叹。在文本世界中，主动死亡带给煤矿工人的不仅是自然归宿，还附加了多元的思考和沉重的精神追问，煤矿工人的舍弃和承担也体现了人世间一切鏖战于困境中的坚强个体超越生死、跨越精神苦难的谜题与选择。

人是社会性动物，社会性是人的本质属性，作为一种存在，人不是抽象存在的，人永远存在于某一特定的社会中。社会不是一种客观实体，而是社会成员互相作用的网络，个体通过使用符号给自己和他人的行动以意义。而且只有当社会有机体能够向他人和自己指出各种意义时，人的幸福和价值才会出现。煤矿文学对煤矿工人内心真与善的揭示与书写突破和推演对煤矿工人单一的、固化的社会角色设定，将煤矿工人还原为生活于复杂现实社会关系中真实的、有价值、有意义的社会人，全面呈现其作为社会个体鲜活、丰富、生动的内心世界。

① 刘庆邦.刘庆邦短篇小说选（点评本）[M].北京：作家出版社，2012：148.
② 刘庆邦.刘庆邦短篇小说选（点评本）[M].北京：作家出版社，2012：150.

第五节　不灭的良知——人性的蜕变与升华

精神分析学家弗洛伊德早在 1923 年的《自我与本我》中就提出人类个体可以分为三个层面：本我、自我和超我。本我像是潜伏于人意识深处的动物性，具有无意识冲动性，带有残暴性和破坏性；自我是人区别于动物的体现，是人性的具体呈现，是个体为了适应现实而对本我加以约束和压抑，具有现实性，带有温和性和认同性；超我是"道德化的自我"，由"良心"和"自我理想"组成，具有指导自我、限制本我的力量，带有超越性和圣洁性，是个体神圣的体现。本我、自我和超我的三个层面在每个人身上始终处于冲突—协调的矛盾融合运动中，在具体的社会生活、复杂的社会关系等外在环境的刺激下，某一层面就会更多地表现出来。煤矿生产常常面临生死考验，在这样极端的环境下，平时的自我会升华出神圣的超我，也会堕落出残暴的本我，人性在物质、欲望、生死的考验前呈现出不同的面目。①

著名煤矿作家刘庆邦曾在一场题为"与作家面对面：刘庆邦《红煤》"的讲座中，将文学价值定位为对人的终极关怀。在新文学草创之时，胡适、鲁迅、周作人等文学先驱就明确提出"人的文学"的观念，文学以艺术审美的方式表现人的思想和情感。人是复杂的个体，每个人都是善恶聚合的天使和魔鬼的组合体，但很难客观抽象指认一个人身上的善恶构成。人性中的善恶是复杂的，判断人与人性的善恶只有放在具体的社会关系和生存语境中才能完成，或者说只有在具体时间具体事件中，那一刻具体的人性善恶判断才能成立。煤矿是一个特殊的浓缩了的小社会，生活其中的人们常常在生死面前展现人性最复杂、最真实的那一面。因此，煤矿文学中主题创作的可贵之处在于，它不仅揭示了煤矿人的生存勇气和精神状态，更展现了在一个个特殊情境中的真实人性。

一、人性的蜕变与沉重

矿井下深邃、幽暗的世界像是远离了人间的世界，四面黑漆漆的石头构筑了一个没有监督、没有见证的世界，这时人类文明的品行、道德、尊严、法律、文明都变得遥远。在这样的环境中，井下的生死考量会让人升华出令人敬畏的悲壮之举，

---

① 西格蒙特·弗洛伊德.本我与超我[M].上海：上海译文出版社,2011:195-231.

井下的世界也会助长人性中丑陋、堕落的污垢,让原本正常的自我蜕变为自私沉重的本我。在刘庆邦的小说《哑炮》中,温柔贤惠的矿工妻子乔新枝心疼丈夫下井出力每日辛苦劳作,于是自己总是把石头垒起来的小家收拾得干干净净,不管日常用什么东西,就算是圆的如高粱莛子纳成的锅盖,长的如野麻匹子合成的晾衣绳子,她能自己做的都自己做,能不花钱买的,她绝不多花一分钱。作为一个矿工家属,她的户口不在矿上。她没有粮票,也不能挣钱。一家人吃饭穿衣,全靠丈夫一个人的粮票和工资。她深知丈夫挣钱不容易,每一分钱都是丈夫用满身的汗水和成车的煤换来的!乔新枝对待丈夫宋春来更是温顺体贴。这个让人感到温暖的家、这个善良温柔又漂亮的女人吸引了另一个矿工,丈夫宋春来的老乡江水君。矿上女人少,能提供给矿工择偶的对象就更少,在乔新枝的对比下,江水君看不上老家给自己找的对象,希望乔新枝能背着丈夫暗地里跟自己好,遭到了乔新枝的断然拒绝,并严厉斥责江水君做事要凭良心,得自己管住自己,不能做出对不起兄弟、对不起宋春来的事。面对乔新枝的拒绝,江水君管住了自己的腿,却管不住自己的心。因为是老乡,宋春来和江水君在井下常常一起搭班干活,采煤队班长对宋春来有意见,觉得他是班上干活时总是惜力的人,认为宋春来贪恋男女之事浪费了精力,而事实上不在于宋春来在井下干活儿多少、出力大小,问题还是因为宋春来的老婆乔新枝过于漂亮。江水君和宋春来搭班干活没少挨班长的训,不好干的掌子面也差不多都分配给了他们俩。这一天放炮员放过炮之后,江水君和宋春来就一块儿来到班长分给他们的采煤场子里,江水君在用镐头刨煤时,刨出了一根炮线,一开始他以为就是一根没用的被放炮员丢弃的炮线,没承想一拽,炮线下面有一个未响的哑炮!吓得江水君以为炮被引炸了。脑袋轰的一下冒了几朵金花,仿佛哑炮已经响了,看见宋春来还在下面擂煤才回过神来。在矿井中,哑炮是一个危险的存在,如果刨煤的人不小心把镐尖刨在哑炮上,就会把哑炮刨响。哑炮一响,人如同踩到了地雷,肯定不会有什么好结果。江水君就听说过这个矿因刨响哑炮被炸身亡的例子。江水君犹豫了一会儿,没有再接着干活,他从采煤场子里撤出来,跟宋春来打了招呼,没有跟他说采煤面上有哑炮,而是借口自己肚子不舒服,要出去大便,远远地离开了这个危险的工作面。在他离开的这段时间里他回想起了那天班长训斥宋春来的几句话,"班长说,要是宋春来埋在冒顶下面出不来,过不了多长时间,宋春来的老婆就会变成别人的老婆","班长的话仿佛在江水君的脑子里打开了一扇门,他从这扇门进去,走神儿走得深一些,也远一些",于是江水君没有立即回到他和宋春来所负责的采煤场子,而是隔着别人的采煤场子,先观察一下宋春来。"这一观察不要紧，江水君不由得打了一个寒战，心头大跳起来。宋春来没有偷懒，他在刨煤。是的，用镐头刨煤的的确是宋春来，不是他江水君。如果江水君这会儿过去制止宋春来继续刨煤，还来得及。但他没有过去，而是悄悄转身，原路退了回去。""在几百米深的井下采煤工作面，在一个不易为人们所察觉的黑暗角落，这关键的一步，江水君无疑是迈错了，沉疴般的疾患从此在他心里种下。"那枚哑炮被宋春来刨炸了，宋春来死在了井下。可以说江水君是因为一念之差，因为对乔新枝的爱慕之情，想要占有乔新枝，在欲望的驱使下选择了不告诉宋春来，直接导致了宋春来的死亡。这起事故虽然最终被认定为是意外工亡事故，但给江水君留下了沉重的心理负担，尽管他还是如愿和乔新枝结了婚，还生了个女儿，可是宋春来的死依然让他生活在沉重的负罪感中，带着巨大的心理包袱，余生都在用惩罚自己的方式来救赎致死宋春来的罪孽。该小说不仅以江水君展示了人性恶的、残忍的那一面，还体现了人性的丰富性和复杂性。不只是江水君中意乔新枝，采煤班长李玉山也有此意，甚至在自己老婆病重的情形之下要乔新枝等他，老婆死了后要乔新枝背着江水君和他好，并且深刻怀疑江水君发现了哑炮，只是为了得到乔新枝才没有告诉宋春来。而对宋春来一心一意知冷知热过日子的乔新枝，因为宋春来工亡，把可以顶替宋春来到矿上工作的唯一的机会她又让给了宋春来的弟弟宋春宝，自己带着儿子没有经济来源，最终只能和江水君结婚。小说虽然没有点明乔新枝是否清楚是江水君导致了宋春来的死，但是江水君对自己占有死去的宋春来的老婆的愧疚，让他江水君噩梦连连。对李玉山揭发江水君害死宋春来的话，乔新枝持漠然的态度。小说结尾江水君病重垂死时告诉乔新枝他看见了哑炮却没有告诉宋春来，乔新枝都平平静静，一点都不惊讶。甚至"拿起毛巾给江水君擦泪，擦汗，说：这下你踏实了吧，你真是个孩子"[1]。可以看出，乔新枝早就知道江水君导致了宋春来的死，但是在现实生活中，一个已经死去的人还有什么实在的意义，以往对宋春来的一片情谊早就转移到了害死宋春来的江水君身上。忘记过去的仇恨，把握现在的生活，珍惜眼前人不失为一种现实功利人性的表现。但是所有为自己找到的借口、为自己谋求到的开脱都无法掩盖人性中本我的自私、无情和冷酷，对宋春来来说，他仿若处于毫无救赎的境地中，他周围所有的人，他的妻子、工友、老乡、领导，都有意或无意地践行了人性恶的那一面，将他推向了死亡的境地。

刘庆邦的另一篇煤矿小说《走窑汉》在煤矿欲望压抑的苦难书写中，表现了仇恨

---

① 刘庆邦.哑炮[J].北京文学（原创版）,2007(4):6-37.

无法释怀所带来的人性的扭曲和变态。煤矿大多地处偏僻，因为生产特性，男女比例严重失衡，女性被权力所支配的现象更为严重。在煤矿女人是金贵的，下井的很多矿工都难以找到老婆，为了解决婚姻问题，很多矿工都是从农村老家找个女人结婚，然后带到矿上生活。小说的主人公马海州从老家婆了个漂亮老婆田小娥，"全队的工人谁不夸马海州的小女人长得漂亮，粗腿、胖手、细腰、白脸儿，特别是那一双眼睛，纯洁清澈，露出孩子般的稚气和娇憨，令马海州爱不释手"，"不到临下井的前一刻，马海州绝不离开妻子，匆匆离去，往往半道上又匆匆返回，推推门看是否真的锁上了。在他下井干活时，不许小娥出屋，无论谁叫门也不许开"。可是他们的蜜月刚刚度过一半，矿上的张清书记拿薄铁片捅开了暗锁，谎称马海州把钥匙交给了他，哄骗小娥说"每个工人的老婆来了都要做贡献，谁的贡献大就给谁迁户口，等等"，侮辱了小娥。马海州愤而持刀刺伤了张清，因此锒铛入狱，张清被革职下放到采煤班。马海州因为偶然救出一个掉进冰窟窿的儿童被提前释放，再次回到采煤队。他坚决要求到张清所在的采煤班，"那一天到晚紧闭的嘴巴，那神情中严肃的宁静和目光里流露出的不可侵犯的威严"所凝聚的是执拗的复仇之心。回到采煤队的马海州随身带着一把类似当年刺伤张清用的尖刀，带着令人恐惧的冷漠，无声地围在张清旁边，随时随地跟着他，换衣服，挖煤，洗澡，让张清时刻感到马海州想要复仇的威胁。不仅在井下干活时跟着张清，在井上马海州还会拉上小娥，"凡是这两口踪迹所至之处，不远的地方必定还有一个张清"，"张清走到哪里，他俩就出现在哪里"，像影子一样威胁着张清，一次次提醒着张清他以往所犯的罪恶。而在一次冒顶事故中马海州将压在碎煤堆下的张清救了出来，但是当张清去向他表示感谢时，马海州却说"我谁也没救过"。他救张清丝毫没有一丝善意，反而就是为了让张清继续活着，继续承受马海州带来的充满仇恨的折磨。马海州的复仇表面上看没有一点暴力，既没有身体上的攻击，也没有言语上的恶语相向，却是一种精神上的致命的软暴力，精神虐杀看似绵软无力，却逼得张清毫无招架之力，生不如死，变得极度紧张，最后跳窑自杀而死。马海州本来是值得同情的受害者，但他以这样执拗极端而又残酷的方式复仇，让其受欺压的耻辱感所剩无几，让人看不到一点正常的人性，令人不寒而栗。而他所呈现出的人性的彻底毁灭还在于他对小娥的残忍。漂亮单纯的小娥是整个故事中最无辜的受害者，"出了那件见不得人的事以后，小娥本想一死了之，但是马海州在被戴上手铐、抓进囚车时，大声对藏在一棵树后哭泣的她喊：'田小娥，不许你死！'"马海州在狱中的日子，就是因为这句话，支持着小娥忍受了各种屈辱：三岁的孩子都朝她扔瓦块，大年初一门上被挂上一只烂帮漏底的布鞋……为了马海州，小娥才没有去死，可是出狱的马海州没有放过张清，更没有放过小娥，他竟然一次次要小娥讲那件事情的经过，带着小娥跟踪张清。马海州就是一个冷酷的复仇机器，在他的心里小娥不是一个有血有肉有感情的活生生的人。在这样非人的生活状态下，小娥本就受伤的身心彻底麻木绝望了，在张清被马海州逼迫跳窑自杀后，小娥也跳楼自杀了。当得知小娥也身亡的消息，"马海州呼地站了起来……可是，他又坐下了"①。马海州的复仇对象不仅是张清，还有可怜的小娥，他一次次撕开小娥的伤口，让小娥和张清一样极度紧张、高度敏感，小娥也是他仇恨的对象，甚至也是他复仇的目标。狭隘的复仇心理让马海州尽显人性中恶的部分，而他对无辜的小娥的仇恨导致他的人性彻底丧失，最终马海州也陷入一种毫无人性可言的精神泥沼状态。

二、人性的升华与感动

在煤矿这个封闭的小世界里，"整个世界的矿区都是相似的——物质的贫瘠、精神的匮乏、生存的艰辛、劳作的艰苦"②，有人会放纵助长本我人性中自私、残暴的部分，而更多的煤矿工人则在这个艰辛的世界里相濡以沫、坚忍拼搏，用超我的人性之善驱散苦难的阴云，用在生死的考验中焕发出的人性的美好来慰藉心灵。在孙少山的小说《八百米深处》中，完美人性化身的老工长张昆让人感动，他是人性中神圣超我的充分体现。而其他人的行为则是对人性中自我、本我部分非常形象的阐释。小说中的李贵、小王、冷西军三位挖煤工人则表现了人在复杂的社会生活和关系中，在极端环境下，从本我到超我的人性升华之美。李贵是一个出身贫寒，吃过亏、受过苦、挨过穷的人，由此"看世界从来是只看野地里的孤坟，不看村庄里的新房子"，觉得自己"把这个世界看透了"，自私自利，只顾自己，还把钱看得非常重。在井下工作中，他不仅不帮助其他工友，还会强占初次下井的中学生小王的工钱，丝毫不顾及他人的安危，口头禅就是"这年头，狼多肉少""如今社会，谁还顾谁呀""煤洞子里，拳头大的是哥哥"，搞得谁都不愿和他一班。而在发生地震时，他竟然"抢到了大家装面包的干粮袋子连滚带爬地逃跑了"，他以为只是冒顶，抢到了吃食就可以"吃着大家的面包等外面的人来把他扒出去"，后来发现自己也陷入绝境，反而要向"这边求救了"。面对这个平时只认钱不认人、对别人不管不顾，灾难来临还劫掠过他们的人，他们要不要花费宝贵的自救时间先去救他？最初除了老工长张昆，大家都对李贵非常不满，甚至很生气，冷西军因为看见了李贵"趁火打劫抢面包的那副卑劣样子"，当

---

① 刘庆邦. 刘庆邦短篇小说选 [M]. 北京：作家出版社，2012：4-10.

② 夏榆. 物质时代的文化真相 [M]. 北京：文化艺术出版社，2006：161.

时就抄起了斧子要去劈他。但是在老工长的劝说下,大家选择了先去救李贵。"开始了向相反方向的掘进",经过 8 小时的艰难挖掘给挖通了,先过来的竟然是李贵递过来的 10 个面包。在被埋于井下的 16 个小时里,李贵连自己的那份面包也没吃。而当他"从地上爬起来,就警觉地把大家审视了一遍",看到的"是一张张激动、亲热、欣喜的面孔","无论如何也找不到一丝怨恨的表情"。这个五大三粗号称"车王"的壮汉"双手捂着脸蹲了下去,那熊一样的脊背,猛烈地抽搐起来,泪水顺着指缝无声地流下"。在死亡的威胁下,工友焕发出不离不弃、不惧死亡、同生共死的美好情谊,人性的光辉"像有一道强烈的阳光照射到了这千尺地下,扫荡了阴冷黑暗,一股暖流注入人们胸间,一切仇恨、隔膜全冰化雪消了。他们觉得心胸无限舒展开来,感受到了地面上少有的人与人之间的亲密。似乎他们的目的已经达到了。只要能这样亲密无间地在一起,虽死无憾。他们成了一个整体,即使大山把他们压成粉末,也绝不能使他们分开"[1]。在煤矿特殊的生产环境中,煤矿工人"是一群看透生死的人","人只有直接面对死亡,或者被死亡威胁的时候,才会思考如何活着的问题"[2],才会思考人活着的价值和意义问题,才会思考人性的问题。煤矿工人大多是农民出身,受教育程度不高,在生的本能下,深入黑暗的矿井下,却能够在生死考量前,将人性升华到神圣的超我境界。此时的他们忘却了黑暗与死亡,成为直面淋漓鲜血的真正勇士,用自己的生命和精神谱写出人性神圣的华美乐章。

孙少山在另一篇煤矿小说《黑色诱惑》中,刻画了一位在井下机灵得像成了精的皮子(一种动物,像狗或者狐狸)一样的技术员肖继光,精通井下采煤工序,在煤洞子里摸爬滚打 20 年,不止一次陷入绝境,但都逃脱生还了,甚至有一次瓦斯爆炸井下 80 人全部烧焦了,而他作为第 81 人竟然完好无损。肖继光是从大矿借来的技术员,在合同到期准备离开的时候,因为这个煤洞子上来了一个姑娘小辛(小辛有着高耸得出奇的胸脯),对肖继光产生了摆脱不了的吸引力。虽然肖继光早已结婚生子,但他还是为了小辛而在合同期满后,答应再干两个月。他本不需要上夜班,但为了陪小辛开始上夜班,趁着小辛睡着的时候把手放到小辛的胸脯上。这一次夜班因为突降大雨,山洪暴发,将包括肖继光和小辛在内的六男一女困在了煤洞子里。随着水位的上涨,最先意识到身处死境的是肖继光,他大胆地组织大家将掌子面捅冒,形成一个距水面 3 米高的石堆,消除了被淹死的危险,暂时延缓了死神降临的脚步。但是在饥饿状态下坚持了 6 天之后,在外界抽水救险不力的情形下,煤洞子里的水位依然在上

---

① 孙少山.八百米深处 [M].北京:中国文史出版社,2015:25-38.
② 夏榆.物质时代的文化真相 [M].北京:北京文化艺术出版社,2006:160.

涨，肖继光敏感地预见到将要被淹死，于是他悄悄爬上了仅能站下一人的最高的一块大石头上。长时间承受死亡痛苦的折磨，让他彻底绝望了，绝望导致了疯狂，他开始精神错乱，幻想着水位涨上来，其余的人都要爬上来侵占他所占据的最有利的位置。他想象着其他人在水中挣扎，都要把他也拖下水去，于是他把腰间的钢板抽出来，一边叫喊着"杀！杀杀"一边挥舞着钢板，幻想着把膘子的头颅砍开了，把自己的亲弟弟一刀劈下去了，又一刀砍在了万大的脖子上，把小辛也推下水去了。肖继光的精神错乱暴露了面对死亡时人最真实的恐惧，"就是死，我也要死到最后"[1]！为了要活着，为了要死在最后，不惜杀掉亲弟弟，不惜淹死自己心爱的人。虽然这些丑恶的言行只是肖继光的幻想，但实际上却是他内心恶的本我那一面的真实再现。最终因为外面的人以为不会再有活人就放缓了救援，导致抽水不力，致使煤洞子里的空气排不出去，于是压住了水位的上涨，最后这7个人不是被水淹死的，而是窒息而死。缺氧窒息的痛苦仿佛是造物主将对人类的憎恨都发泄到了他们身上，要让他们承担全部人类罪恶的痛苦。直到临死的前一刻，肖继光才真的看到了小辛的身体，但是此刻"他不能忍受别人用那种淫邪的目光来看这么神圣的东西"，他曾经禁不住要猥亵的乳房现在是"世界上最神圣的、最美的、最伟大的"，肖继光感到的"是一种庄严，是一种崇敬"[2]，他拼尽最后一点力气将这对圣物遮蔽起来，将自己曾经邪恶的欲念升华为人的尊严和庄重。

刘庆邦的小说《神木》是根据1998年三个特大矿洞诈骗杀人团伙案而写的。这些罪大恶极的人以黑暗的井下为"屠宰场"，将骗来的下井时间不长的矿工称为"点子"，在井下合伙杀掉"点子"，并用冒顶这样的井下事故来掩盖杀人现场，再冒充"点子"的远房亲戚，骗得矿主发的抚恤金。这些团伙中最多致死人数为110人，手段极其凶残，最终被绳之以法。在刘庆邦的《神木》中，煤矿成为恶魔作恶的另一个世界，这些穷凶极恶之徒遵循着自身邪恶的金钱至上法则，奉行权钱交易的黑色信条，在他们眼中人和人之间没有最起码的信任和温暖。靠杀害"点子"谋生的唐朝阳和宋金明也曾被人当作猎取的对象，差点被当成别人手中的"点子"；为了少付抚恤金，为了不停产不耽误赚钱，小煤窑主面对井下死亡的矿工，只得捂着盖着，配合欺骗，赶快私了，让罪恶得逞；为了赚钱，这伙人瞄准老实憨厚、没有同伴的农民，以帮助他们赚钱为诱饵，骗他们成为"点子"，口口声声还要认作亲戚，装作一团亲热，好酒好菜地款待，实际是为了夺命换钱。宋金明和唐朝阳本来是从农村出来打工谋生

---

① 孙少山.黑色的诱惑[M].北京：中国文史出版社，2015：245.

② 孙少山.黑色的诱惑[M].北京：中国文史出版社，2015：255.

的农民，是在目睹了别人如此"特殊生产方式"之后，没费吹灰之力就得了 1 000 块钱，在赚快钱的诱惑下也干上了这种罪恶的勾当。但是当宋金明拿着"用三颗破碎的人头换来"的带"血"的钱回老家之后，妻子正常的怀疑和担心，同乡失踪的赵铁军（被当作"点子"打了闷棍）一家的贫困潦倒，自己见不得光，只能"偷偷摸摸的，跟做贼一样"半夜摸黑离家，都触动了宋金明残存的人性。唐朝阳和宋金明在联手杀害了三个"点子"之后，瞄准的下一个"点子"是个刚上中学的小伙子元凤鸣，而这个小伙子恰好是他们杀掉的上一个"点子"的儿子。在与小伙子的接触中，宋金明的内心渐渐起了波澜和变化，这个年轻善良、稚嫩的小伙子"本来应该和同学到宽阔的操场上去，打打篮球，玩玩单双杠，或做些别的游戏。可是，由于生活所逼，他却来到了这个不为人知的万丈地底，正面临着生命的危险"。而这一切他竟然一无所知，对将要把他送上死路的两个杀人犯充满了感激和信任。最终，纯净如白纸一样的小伙子元凤鸣唤醒宋金明内心的良知，他不忍心杀害元凤鸣，并认清自己的丑恶和同伴的凶残，在唐朝阳制作假冒顶要砸死小伙子时杀了唐朝阳，然后蹁断柱子让掌子面塌陷下来砸死了自己，磐石般的假顶轰然落下，烟尘四起，王明君和张敦厚（唐朝阳和宋金明的化名）化为乌有。在这部令人震惊的作品中，即使如宋金明般穷凶极恶之徒，也最终会思考人生的目的和价值。人要有目的地活着，有灵魂地活着，人最可宝贵的品性就在于人不仅为自己而活，还会为他人、为社会群体而活，为人们心中善恶的道德准绳而活，这是人性中超我部分的强大作用。也正因如此，《神木》中宋金明人性的善最终被唤醒，在外在社会生活和自身心理觉醒的共同作用下，"宋金明无法包容自己曾经的罪恶，人性善所迸发出强大的摧毁邪恶的力量让他只能以自我毁灭的方式，以自己的死亡来救赎曾经犯下的罪行"[1]，也最终完成了从本我到超我的人性升华。

"没有苦难的生活不是真正有价值的生活，因为只有经过苦难的熬制，在苦难中体现出来的价值才值得人们珍视。"[2]煤矿世界在某些方面是中国社会生活真实的缩影，煤矿世界中的苦难抗争将几千年来中国人不屈拼搏、执着向前的大无畏精神集中体现出来。煤矿文学中对煤矿人苦难坚忍、苦难抗争书写的意义不在于指向苦难本身，而是深刻阐释着与苦难紧密联系的人的存在价值，只有在苦难面前，人们才能真正体味到人之为人的意义。煤矿文学的苦难书写通过展现在生死考验的环境下人性的拷问，通过对人在绝境、困境中的勇敢表现和无私选择，发掘人性的丰富与力量，探

---

① 袁喜生.河南新农村优秀文学读本（中篇小说卷）[M].开封：河南大学出版社，2011：354.
② 周保欣.沉默的风景：后当代中国小说苦难叙述[M].合肥：安徽教育出版社，2004：146.

查人性丑恶的深度，揭示人性神圣的高度。人在面对苦难时有选择的自由，既可以选择屈服于苦难自暴自弃，在苦难中屈辱苟且地度过一生，也可以选择比苦难更有力、更强大，以自己执着坚守的姿态超越苦难，飞跃于苦难之上。透过煤矿文学的艺术世界，我们坚信人性的善良、勇敢和伟大可以让人类那无限深广的内心包容所有的苦难，让脆弱的个体迸发出强大的力量和光辉，穿越苦难，照耀人生！

第三章　诗与美的精灵：煤矿文学审美艺术论

从 20 世纪五六十年代起，煤矿文学着力培养了自己行业内部的煤矿作家，到 20 世纪八九十年代，逐步形成了较为成熟的创作体系，成为中国当代文学不可或缺的重要组成部分。首先，建立起较为完备的行业系统文学组织。煤炭系统自 1982 年起先后成立中国煤矿作家协会、中国煤矿文化宣传基金会，用以组织、指导全国煤矿文学活动和群众文化艺术活动。1995 年组织成立了中国煤矿文化艺术联合会，中国煤矿作家协会作为其分会之一集中开展活动。在基层组织方面，各大矿务局（集团）和地方煤矿企业自 20 世纪 80 年代起相继建立基层作家协会、文学协会和文学爱好小组，并结合自身人员、经济条件推行创作休假制度、合同作家聘任制度、申报中国作协会员制度等各类激励机制，组织开展笔会、征文、创作研讨会、研修班等活动。这些行业系统内部的文艺组织和活动为激发煤矿文学创作活力、培育创作与受众群体发挥了重要的组织推助作用。其次，推出了大批煤矿文学期刊，打造了自己的传播交流平台。比如，文学期刊《阳光》于 1993 年创刊，由中国煤炭工业协会主管、中国煤矿文化宣传基金会主办，在文坛和煤炭系统颇具影响力，可谓煤矿文学交流的"核心期刊"。最后，不断完善专业奖项"乌金文学奖"评选工作。众多优秀的煤矿文艺作家、作品经乌金文学奖推出而蜚声文坛，受到文艺界好评和瞩目。不难看出，煤矿文学经过多年的发展，取得了显著的发展和成绩，拥有较为稳固的基层创作队伍、文学组织与出版刊物，涌现出刘庆邦、孙少山、周梅森等一大批知名作家，文学作品创作也形成了自己的显著特色和成就。煤矿作家凭借自己扎实的生活基础和对文学艺术的执着热爱，笔耕不辍，用自己的文学作品记录着煤矿生产生活，塑造了众多特性鲜明的煤矿人物形象，形成了自己独特的文学艺术风格，为中国当代文学画卷填上了浓墨重彩的一笔。

第一节　优美的情调——刘庆邦煤矿小说艺术论

在这个具有独特"煤味"如乌金一般默默燃烧生命能量的煤矿文学创作群体中，刘庆邦无疑是最闪耀、最炙热，也最能代表煤矿文学气象的一个，他多年担任煤矿作家协会主席，创作了大量优秀的煤矿文学作品，在煤炭行业和当代文坛享有盛誉，是煤矿文学当之无愧的旗帜。让我们走近刘庆邦其人其作，并希冀通过他的作品近距离地感受、理解煤矿文学的光和热。

一、刘庆邦创作概述

文学创作是对生活的艺术加工，而作家在对文学素材进行自我改造、加工中所呈现出的习惯和方式总是显现自己的艺术个性。刘庆邦文学创作最突出的艺术个性便是具有浓厚、丰富的情感情调，他善于调动各种叙事手段凸显文本的情感深度和厚度，让一个个普通平凡的人和事承载了动人的情感力度，彰显出文学创作温暖、深厚、炽烈的情感维度。对此，刘庆邦自己也直言不讳："常听见一个人指责另一个痛哭或发火的人，你不要感情用事。但是，我当初给自己确定的写作宗旨就是要感情用事。""我的个人经历使我动感情的机会多些，养成了爱动感情的心性，愿意对弱者、不幸的人和善良的人倾注更多的同情和温爱。我希望对恶人表示一种明显的憎恨，希望调动起人们对恶人恶德的憎恨情绪。这些想法在别人看来可能很幼稚。我还有个幼稚的想法，就是日后小说结集，就叫《眼泪集》。"[①]

刘庆邦 1951 年出身于河南省沈丘县的一个农民家庭，九岁丧父，由母亲独力抚养六个儿女长大成人，母亲对刘庆邦的影响非常深厚。1970 年，年仅 19 岁的刘庆邦被招到煤矿当上一名矿工。20 世纪 70 年代的煤矿安全系数低，安全生产没有保障，而刘庆邦从井下挖煤干起，在煤矿工作了九年。农村和煤矿矿工艰苦的生活是他的亲身经历，对他而言是难以磨灭的生命印记。此后，刘庆邦凭借自己的写作才华逐渐开始文字工作，其间他做过 30 年的新闻记者，通过采访最底层的劳动人民，接触煤矿各种灾难，使他获得了丰富的题材积淀，也受到强烈的情感冲击。从文艺心理学看，多年的痛苦体验会使艺术家具有敏感的心灵和博大的同情心。刘庆邦为底层农民

---

① 　夏榆 . 物质时代的文化真相 [M]. 北京：北京文化艺术出版社，2006：166.

出身，曾广泛深入接触普通劳动人民，这让他的文学创作带有鲜明的平民立场，同情和怜悯以农民矿工为代表的平民世界，致力发掘平民朴实真挚的情感，展现人性的美好，同时批判强权、凶残等人性的丑恶和异化。"从最基本的性质看，文学作为一种本体存在，它与其他艺术种类一样，都是人类生命自由运动的同构物，是人类生存的精神替代品。艺术的世界是人类创造的用来标示自己的生命形式和生存状态的象征的世界。"① 刘庆邦自认"性格深处有感伤的东西、忧郁的东西"，是"一个心重的人"，同时认为"很可能每一个作家都是一个心重的人"②。

刘庆邦中学毕业在家务农，19 岁招工来到煤矿参加工作，做过井下的煤矿工人，他的文学创作从"写恋爱信开始"，创作主要取材于作家最熟悉、感受最深刻的农村生活和煤矿生活。刘庆邦属于人生经验型作家，他的很多创作素材都来源于自身的经历和回忆。从煤矿题材小说的范围看，刘庆邦小说创作的情感叙事特色多采用全知视角。纵观其作品，除《户主》《拉网》《泥沼》《枯水》《季节》《听戏》《躲不开悲剧》《一亩地里的故事》《家道》《远方诗意》等少数文本用第一人称来叙述外，《矿山儿女》《矿工的儿子》《在深处》《走窑汉》《家属房》《检身》《找死》《胡辣汤》《黑地》《琥珀》《新房》《屠妇老塘》《窑哥儿》《白煤》《血劲》《宣传队》《水房》《心事》《月光依旧》《晚上十点：一切正常》《神木》《福利》《幸福票》《信》《离婚申请》《别再让我哭了》《卧底》《鸽子》《车倌儿》《征婚》《作为男人》《给你说个老婆》《光明行》《哑炮》《远山》《踩高跷》《沙家肉坊》《红蓼》等数十篇中短篇小说，《断层》《红煤》《黑白男女》等长篇小说代表作，都是采用的全知视角加限制视角叙述的。全知视角的叙述者可以全知全能全方位地叙事聚焦空间，既可以站在故事之上叙述，从一个事件转移到另一个事件，从一个地点转移到另一个地点，从一个人物转移到另一个人物，又能够潜入故事中任何人物的视角之中，深入表现任何人物的内心思想，自由灵活地表现叙述者想要表达的内容。刘庆邦擅长的就是通过这种传统的、灵活的全知视角，通过有选择的叙述将生活中平凡普通的或惊心动魄的故事挖掘出情感内涵。正如他自己所说的"深信一个写作者的价值就在于他对这个世界个性的独立的表达""作家所创造的是一个和现实世界并不对应的另一个属于作家自己的心灵世界、情感世界"③。

① 林兴宅. 艺术之谜新解 [M]. 福州：福建人民出版社，2017：104.

② 刘庆邦. 一个心重的人才可能成为作家 [EB/OL]. (2019-07-23). http://www.chinawriter.com.cn/n1/2019/0723/c404032-31250018.html.

③ 刘庆邦，夏榆. 得地独厚的刘庆邦 [M]// 杜昆. 中原作家群研究资料丛刊. 开封：河南大学出版社，2017：41.

感伤的性格特征决定了刘庆邦注重情感，敏于感受情感、发现情感、表达情感。他的人生经历使他能够体察平民的内心世界，创作的文学作品更富情调性，表达的情感深刻丰沛，以情取胜，以情制胜，"有的作家的作品，你读它的时候能感觉到他的才华，有的作家却能让你感动。"①刘庆邦曾把一本作品精选集取名为《民间》，文如此题，他所要表现的正是民间生活的本相，平民大众生活的悲欢离合、苦辣酸甜，以及这背后人们的最本真、最动人的情感。曾有评论者指出。刘庆邦2015年出版的长篇力作《黑白男女》是典型的小说新闻化创作的结果：在长篇小说结构和角色设置与主流新闻报道模式高度相似的情况下，刘庆邦复述这个"家属情绪稳定"的故事意欲何为？②这样的疑惑就在于评论者对刘庆邦创作情调性的本质理解不够。这本小说对刘庆邦来说是他"挖了那么多年，终于挖到的大块优质煤炭"。"写《黑白男女》是他由来已久的心愿，1996年产生想法，到写的时候已快20年过去了。他说，这次写作是还债，如果不还，会不得安宁。"③从他的表述可见其对这本小说付出了巨大而持久的心力。一直以来，煤矿文学中对矿难题材的关注主要集中于矿难的受难者，反映矿难之后痛失亲人的受难者家属日后的生活和内心的作品并不多见！而刘庆邦的《黑白男女》聚焦受难者家属的日常生活，在背负难以愈合的心灵和情感伤痛的境况下，如何面对日复一日的余生，如何平复心灵，如何接受和治愈情感和精神的伤痛，重获内心的平衡，开始新的生活。从这个意义上讲，刘庆邦用《黑白男女》开拓了煤矿文学新的题材领域，开掘了"后矿难"文学这一新的文学关注点。而解读这种开掘的动力和深层原因，也离不开刘庆邦以情为主、以情动人的创作风格和艺术选择，甚至可以说这是刘庆邦执着地对寻常而又最具人生意味的人类情感空间深入观察的必然结果。

二、植根母亲的情感教育

《我就是我母亲：陪护母亲日记》是刘庆邦最新的一部日记体散文集，2018年由河南文艺出版社出版，其中记叙了母亲病倒之后，刘庆邦从北京抽身回到开封守护母亲直到母亲去世的一百多个日夜，内容大致包括母亲每天的病情变化，陪护中母亲和

---

① 刘庆邦，夏榆.得地独厚的刘庆邦[M]//杜昆.中原作家群研究资料丛刊.开封：河南大学出版社，2017：43.
② 中国现代文学馆，中国当代文学年鉴中心.2015中国当代文学年鉴[M].南昌：百花洲文艺出版社，2016：94.
③ 路艳霞，刘庆邦.30年书写"煤炭现实"[N].北京日报，2019-07-23(5).

刘庆邦聊天讲述的故事，刘庆邦的大姐、二姐、弟弟之间交流讲述的农村故事，还有刘庆邦在这期间对社会现象、自然景观的观察和思考。书中最感人的部分是对母亲的记录"感恩一位平凡而坚韧的中国农村母亲"，倾诉了刘庆邦这位大地之子对亲情、乡情、世情的回眸，对母亲哭吐精诚的情感宣泄。母亲对刘庆邦的影响是非常深远的，他曾表示自己不仅长得很像母亲，继承了母亲的容貌，还想继承她的精神，认为"我就是我母亲"。事实上，母亲对作家的影响是非常深远的，很多作家都曾记述母亲对自己做人做事与文学创作所起到的无以替代的重要作用。像老舍在散文《我的母亲》中用质朴无华、情真意切的文字回忆母亲，描述了母亲的性格，体现母亲对子女的舐犊之情以及子女对母亲的感激、怀念和赞颂之情，认为母亲给他的是"生命的教育"。中国当代著名作家诺贝尔文学奖得主莫言在《母亲》中回忆自己五岁时母亲用洗衣服用的紫红色棒槌在一块白色石头上捶打野菜的情景，"是一个有声音、有颜色、有气味的画面，是我人生记忆的起点，也是我文学道路的起点"[1]，为了"写一篇大文章献给母亲，写一部长篇小说告慰母亲在天之灵"[2]而创作了《丰乳肥臀》，表现了莫言对生命本体的终极崇拜。母亲是生命的起点，母亲是神圣的、伟大的、无私的，每一位母亲都值得歌颂。作家总是用文字记录和表达自己对母亲无限的怀念和崇敬之情。但是，用文字直接宣称"我就是我母亲"，刘庆邦是第一位，这一宣言的内涵是指他继承了母亲的精神，他和母亲在精神层面上说是一致的，而这种一致最核心、最突出的表现就是具有细腻、善良、丰富的性格和情感。

刘庆邦的母亲是一位勤劳善良、朴实要强的农村劳动妇女，从刘庆邦关于母亲的散文作品中可以看出，刘庆邦的母亲一生操劳，年轻时曾参加县里举办的劳动模范表彰大会，获得"劳动模范"的荣誉称号。[3]在《勤劳的母亲》中，刘庆邦的母亲即便年岁大了，生活条件也完全改善的情况下，依然要捡麦穗、拼布片，还保持着在人民公社和生产队时期家家缺柴火，为了烧锅用需要搂树叶儿的习惯。"只要在家，母亲每年秋天都要去村外的路边塘畔搂树叶儿"，村里的本家后辈看见了总要劝几句，有的话还说得很重："大娘，俺大哥在北京工作，让我们在家里多照顾您。您这么大年纪了，还自己搂树叶儿烧，大哥要是知道了，叫我们的脸往哪儿搁呢！"母亲却认为"搂树叶儿累不着她，她权当出来走走，活动活动身体"。刘庆邦的母亲爱劳动闲不住，而且淳朴本分，不因儿子有些成就就轻浮夸耀。母爱是人类最伟大最圣洁的情

① 王光东.二十一世纪中国文学大系(2001—2010)[M].南京：南京师范大学出版社，2015：398.

② 杨扬.莫言研究资料[M].天津：天津人民出版社，2005：51.

③ 李培禹.爱在爱中（散文卷）[M].北京：北京联合出版公司，2015：151.

感，舐犊之情令人动容。在《不让母亲心疼》①中，母亲因为父亲生病去世，特意叮嘱刚刚九岁的大儿子："以后在外边别跟人家闹气，人家要是欺负了你，你爹不在了，我一个妇女家，可没法儿替你出气。"母亲的口气是悲伤的，眼里还闪着泪光。"这样就让人觉得事情有些严肃，我一听就记住了。""从那时起，带刺的树枝我不摸，有毒的马蜂我不惹。"但还是受人欺负被打破了头，只是记着母亲的话没有跟母亲说，没想到几年之后母亲偶然发现了儿子头顶上的伤疤，埋怨儿子为什么不告诉她："你在外边受了气，回来还是应该跟娘说一声，你这个傻孩子啊！"在《我就是我母亲：陪护母亲日记》这本日记体散文集中，刘庆邦用平实的语言记录了陪护母亲的日子里的点点滴滴，其中关于母亲的表述，部分内容是母亲病情发展的交代，更多的是母亲和刘庆邦聊天时所说的话。母亲知道刘庆邦会写小说，常常把自己知道的过去的经历或者自己听到的故事讲给刘庆邦。从母亲讲的故事看，很少的一部分内容是回忆自己的过去，一部分是关于劳动生产种田养蚕的故事，还有鬼怪、动物的灵异故事，而说得最多的是本家、本村人的故事。从中可看出刘庆邦的母亲是一位非常重感情的人，把本家、本村人装在心里，凡事处处替别人考虑，村里人都一致表示"母亲记性好，把每一个孩子的生日都记得清清楚楚"。母亲自己决定用红松木做棺材，就是怕柏木棺材太沉了，她担心会压着抬棺材的人，这样的理由"让村里人眼湿"。刘庆邦的母亲也非常聪明睿智，他在《我就是我母亲：陪护母亲日记》附录《后事》里写母亲十三四岁时她的父亲就去世了，还是个孩子的母亲就为她的父亲办理后事，"后来我们村里死了人，也多是请母亲帮着办理后事。母亲不用跑腿，也不用动手。办后事的人家在西间屋放了椅子，母亲往椅子上一坐，只动动脑筋、动动嘴就行了。母亲的神情是严肃的，也是镇定的。屋里屋外白影憧憧，人们遇到什么事情都向母亲请示。母亲三言两语，就把事情安排得一清二楚。母亲像战场上一位运筹帷幄的大将军一样，是真正的有条不紊、指挥若定。村里人称赞我母亲，说别看那老太太不识字，把十个识字的人加起来，都不如老太太一个人心里盛的事多"②。颇有《红楼梦》中贾府"大管家"王熙凤的风采。刘庆邦九岁时父亲去世，母亲独自一人养大四女两男六个孩子，"可以说母亲吃的苦一部书都写不完"③，其中的艰辛可想而知。在《我就是我母亲：陪护母亲日记》中刘庆邦母亲讲述自己的事情不多，但正是因为自己曾度过、体会过艰难困苦的滋味，才会发现和体会到别人的悲苦。刘庆邦母亲讲述本家、本村人

① 郑朝晖 . 把信写给埃米莉 [M].上海：文汇出版社，2016：27-29.
② 刘庆邦 . 我就是我母亲：陪护母亲日记 [M].郑州：河南文艺出版社，2017：282.
③ 刘庆邦著 . 月光记 [M].陪护母亲 [M].南京：江苏凤凰文艺出版社，2016:29.

的故事，其中有些人和事表面看起来稀松平常，甚至很多人都不会将其当成事，而刘庆邦母亲却能看到人和事背后蕴藏的意味，她的讲述本身就带有了浓厚的情感内涵和情感指向。这些人和事有的已经被刘庆邦写在了自己的小说中，如果从文学创作的素材到题材演变来说，刘庆邦母亲提供的素材有的可以直接变成小说的题材。

母亲是生命的起点，是温暖和爱的象征，是伟大神圣的，母亲也总能唤起生命最真挚的情感，提到母亲总是包蕴着浓厚的情感。刘庆邦的母亲很像是一位宽厚仁慈包蕴人间悲苦的大地母亲，她用开阔的胸襟，不仅容纳自己生活中的疾苦，用温暖和爱养育抚慰自己的儿女，还像厚重的大地一样对一切生命都保有无限量的关怀和慈爱。这种浓郁的情感性就是母亲的精神，刘庆邦自己所强调继承的正是这种带有悲天悯人意味的生命情感，而这在本源上决定了其创作浓郁的情感性，具有独特的情调叙事特征。

三、温暖抒情的表达

刘庆邦"个性的独立的表达"就在于富于情感的表达，将所记叙的人和事的支点指向人的情感。情感丰沛是优秀文学作品的特征之一，刘庆邦小说的情感性叙述不是简单的附属，而是创作的主旨。正如张新颖的评价："我看的刘庆邦的小说，倒不是有故事，他写了很多那种不太有什么故事的但是很抒情的，很温暖的。"[1] 比如，小说《白煤》[2] 写的是一对青年矿工夫妻，矿工长路和妻子想，新婚不久，一次长路因为夜班回家晚了，妻子想担心，在家坐不住就去煤井接长路，结果长路自己先回家了。小说故事情节很普通，但是讲述的重点聚焦于妻子想的心理和这对小夫妻真挚单纯的情爱。想因为听长路说过各种井下吓人的事故，长路没有按正常时间回来想就"不大沉住气，心里有点乱乱的"，埋怨长路"坏人，你没把人急死！""在屋里无论如何是待不下去了。她要到井口去看看。"而长路知道妻子会着急，上井洗澡都等不及洗干净，到家扑了个空，"炉火旺着，热汤热水温着，屋里各处收拾得整整齐齐，只是不见他的那个人。长路有些泄气，心里一下子变得空落落的。妻子是家，妻子是火，妻子是热汤热水，妻子是一切一切。只要有妻子在，什么都齐了。妻子不在，有什么都不算。往日里下班回来，迎着他的是光光的脸，是毛眯眯的一双笑眼，这于他已习惯了。突然间成一所'空屋'，以及随之而来的一连串不该有的错觉，都让他有点受不

---

① 林建法. 中国当代作家面面观：文学的自觉 [M]. 上海：复旦大学出版社，2010:790.
② 刘庆邦. 白煤 [M].// 吴义勤. 中国当代文学经典必读：1992 短篇小说卷. 南昌：百花洲文艺出版社,2016:100-103.

住。无论妻子去哪里，他都不能对妻子有半点埋怨。但他愿意一回来就看到妻子，看不到他就提不起劲头，仿佛连魂也丢失了"。等到想也赶回了家，两人碰了面，想体恤长路井下劳作辛苦，要长路爱惜身体先吃饭，并问长路工作服拿回来了没有。长路知道妻子要自己拿工作服回家，是想要洗工作服，心疼妻子以自己忘性大为借口总是不拿回来。"这好老婆，她哪里知道，挖煤人的工作服能是通常意义上的洗所能洗得的吗！成天泥一身，水一身，汗一身，煤一身，哪个人的工作服不是一身铁叶子。泥多了，摔摔。煤多了，抖抖。水多了，拧拧，再用热身子暖干。破了，把上一块药膏布。扯了，用几根红绿炮线缠上。遇到有的工作面通风不好，人热得喘不过气来，把工作服扒下往巷道边一扔，赤着身子就上去了，几天下来，工作服沤成一堆糟树叶子。这能是通常意义上的洗所能洗得的吗！就说他长路的工作服吧，后背被矿灯充电盒滋出的硫酸烧了巴掌大一个洞，赤皮露肉好几天。后来他觉得实在不雅观，就绑上一块旧风筒胶布，风筒布一步一忽悠，像一尾老绵羊盖。这样的衣服连跟妻子说说都张不开口，谁还忍心拿回来让妻子洗呢！怕累着熏着妻子是一方面，更怕的是妻子见着这样的衣服伤心落泪。"这对普通的小夫妻生活很艰辛，但在艰辛的背后是充满温暖的真挚情感，相濡以沫的恩爱情怀。这种平常的贴心的人间温情在《车倌儿》①里也有表现，窑嫂宋春英"以前她每天接回来的还有她的丈夫，自从丈夫不在了，她接回来的只有她家的骡儿。"丈夫遭遇矿难后，"宋春英和刚上小学一年级的儿子，的确没有别的生活来源，全靠青骡儿给他们挣钱。他们吃饭靠青骡儿，穿衣靠青骡儿，儿子上学交学费更得靠青骡儿。"宋春英像爱护自家人一样爱护青骡儿。"没人为她下窑赶骡儿，她就雇了赵焕民当车倌儿。她家除了骡儿，还有一辆胶皮轱辘铁壳子车，她是主家。她和赵焕民的关系是雇佣和被雇佣的关系。"因为骡子不会说话挨了训斥辱骂甚至被抽了鞭子也没办法，宋春英担心自己"劳苦功高"的青骡儿在井下干活时会被委屈憋气的车倌儿拿来出气。可是她每次仔细检查井下回来的青骡儿都没有发现任何伤痕，赵焕民不仅爱护青骡儿，拼命拉煤挣钱，还劝说宋春英不要再去打麻将输钱。以前丈夫活着时是丈夫爱打麻将，宋春英劝阻。丈夫死了，空落落的宋春英反倒打起了麻将。赵焕民心疼宋春英的儿子郎朗心事重，宋春英给赵焕民准备下窑时吃的饭，赵焕民给宋春英扛来一块煤。这些生活中的平凡小事，你来我往，自自然然、踏踏实实的互相关爱的情感，让两个朴实的底层劳动者都红了脸，而小说最后"人心里头开花儿应该怎么唱呢？"更是明确地将小说叙述的重点指向人的情感。小说《心

---

① 刘庆邦.车倌儿[J].短篇小说（选刊版）,2005 (5):192-194.

事》① 也是表现夫妻之间的温情,开篇写矿工慧生新婚,"娶的是他的同学慧敏,慧生每下班回家,慧敏一看见他总是眼泪汪汪。慧生从不问为什么,只是紧紧地抱住她,亲她。""惠生明白,这是因为他们相爱太深了。"每次下了班,惠生都恨不得插上翅膀一下子从井口飞出来,"昏天黑地地在原始的煤阵里拼了一场,他真想一转眼就能见到亲亲的妻子",可是"采煤工作面离井口有些远,将近二十里,走得再快也需一个多钟头,慧生每天发愁的就是这一段路"。"这段路延续了他和妻子相会的时间,他每天都有其路漫漫的感觉。"在巷道里有形状和地上的火车差不多的矿车,就是电机车头牵引的一串车斗。矿车是用来运煤的,即使空车也不许人乘坐,因为每年都有人因为扒矿车而丧生。但是,矿车跑起来风驰电掣,这对下了班着急回家的矿工有着难以抗拒的吸引力。惠生曾经跟慧敏讲过因扒矿车而死的矿工的故事,慧敏吓得脸都黄了,叮嘱惠生晚点回家没什么,不要扒车。这一天,惠生看见有人躲在车斗里,自己禁不住也蹿上了车,不过他马上就被安全检查员发现了,不仅要扣半个月工资,还要带着老婆一起到全队职工会上做检查。"这些处罚措施慧生以前是知道的,扣工资,他认了,他万万不能接受的是让慧敏陪他一起检查。错是他犯的,慧敏没有半点错,他宁可在人前检查一百次,一次也不愿让他的慧敏受委屈。慧敏生性敏感、羞怯、脆弱,见人就脸红,低眉就伤感,在学校时就是有名的潇湘妃子。婚后,他成天对她小心呵护,她还动不动就是一包眼泪,若让她知道他犯了章程,并要她一起到大庭广众之中去检查,她不知会哭成什么样呢。"于是,惠生找了个女同学做慧敏的替身,"女同学知道他和慧敏相爱深笃,非同一般,且知道慧敏心重,泪水子多,经不得风雨事故,听慧生把底情一说,极仗义地就答应了"。但是,在全队职工面前,女同学很紧张,特别是看到摄像机后,已经背熟的词儿一个也想不起来了,出了岔子大家就开始起哄,必须要两人亲一个,最终女同学实在接受不了,冒雨跑出去了。慧生和女同学假扮夫妻做检查的事当晚在矿上就传开了,成了"本矿有史以来最有戏剧性的新闻",还惊动了矿长,"打电话给队长,要队长对张慧生严肃处理:张慧生必须写出像样的书面检查,以便对局里报纸的批评有个答复;限期让张慧生带自己的真老婆到队里检查,全过程录像,作为反面教材;实在不行就开除矿籍。队长把矿长的三条意见传达给慧生,慧生半天没有说话,他的眼圈很红,但他咬着牙不许眼泪流出来。他心里想的是,就是让我死,我也不会让慧敏来检查"。这一切虽然慧敏都不知道,但是她却感受到慧生有了心事了,"她相信,慧生有心事不跟她说,绝不是不相信她,是不想

① 刘庆邦.心事[M]//吴义勤.中国当代文学经典必读:1992短篇小说卷.南昌:百花洲文艺出版社,2016:79-90.

让她分担他的愁苦和忧烦。慧生是要把生活分配给他的苦水独自一人埋头喝下去，靠意志和时间慢慢化解掉"。慧生应付检查策略是拖，找各种妻子不在家的借口，直到有一天队长突然通知他恢复生产可以下井挖煤了，到了井下工友才告诉他"矿上家属委员会的女委员到他家找到了他妻子高慧敏，把一切都告给高慧敏，让高慧敏协助矿上做好丈夫的思想工作。高慧敏提了一个要求，要检查可以，她一个人去，别让张慧生知道"。慧生问他老婆说了什么？"你老婆说，你们不了解张慧生，他是一个自尊心很强的人。你们也不理解他。就是把他杀了，他也不会带我到这里检查……你老婆说着说着就哭了，越哭声音越大，后来就晕倒了……那天矿长也来听你老婆检查，矿长打电话要医院赶快来担架，把你老婆抬走了。哎，哥们儿，说实在的，你老婆太漂亮了，你小子真有福气……哎哎，怎么回事，你怎么哭了……"小说中慧生和慧敏一明一暗，两条线索，围绕着做检查表现了两夫妻相互了解、相互体谅的恩爱之情，互相为对方考虑，像欧·亨利的短篇小说《麦琪的礼物》，作为明线直接叙述了惠生深知慧敏脸皮薄爱哭，不希望慧敏因为自己的错误而受委屈。作为暗线叙述的是慧敏深知丈夫慧生的为人，敏感地感受到慧生有了心事，知道他会因为不想让自己难过而拒绝让自己陪他做检查。于是，两个相知相爱的人默默地为对方考虑，一个瞒着妻子发生的一切，一个瞒着丈夫自己去做了检查，尤其后半部分对慧敏的描述，让这个小说不只是表现一个深爱妻子的矿工，而是两个人的相敬相爱，让情感的能量得到了积蓄和发挥。

《鸽子》[①]表现的是小煤窑矿主对矿工养鸽子、爱鸽子心情的理解，以及小煤窑矿主自身向往自由、无拘无束生命状态的一种精神寄寓。人们对小煤窑矿主的认识常常是草菅人命、唯利是图、欺上瞒下，对待上级官员笑脸相迎、溜须拍马，对待矿工却是恶语相加、严厉苛刻、毫无人性。但《鸽子》里的牛矿却不然，作为小煤窑主，他也不得不花钱应付各级领导，宝马车里常常放着一两万块现金，好方便自己的心腹小李去付饭钱和小姐的服务费，以此打点各种重要人物。这一天，矿上来了主管煤窑的治安北郊派出所王所长。牛矿长恭恭敬敬地招待王所长，矿上厨师来请示中午吃什么的时候，王所长看到了矿门口落下的鸽子，于是点名要吃鸽子肉。没承想，鸽子是矿上矿灯房里的工人汤小明养的，他喜欢鸽子，是养着玩的。矿上的厨师和牛矿长的心腹小李先后去和汤小明交涉，要买他的鸽子中午杀了招待王所长，汤小明舍不得，小李出到 200 块钱天价，汤小明还是不卖。小李好言劝告汤小明要给窑里做点贡献：

---

①　刘庆邦. 鸽子 [J]. 人民文学 ,2005(2):33-40.

"人家手里拿着权，腰里别有枪，脚一跺井架子乱颤颤，窑上怎敢得罪他！人家来窑上干什么？就是来挑你毛病的。你若把人家伺候好了，让人家吃好，喝好，拿好，人家一高兴，窑上有啥毛病都不算毛病。若是伺候不好，惹得人家不高兴，人家随便指出你一个毛病，窑上的损失就大了。"汤小明还是不卖，气得小李最后威胁汤小明"别打算在这个窑上干了"！汤小明的举动让牛矿长大怒，当着王所长的面说："反了他了！你去告诉他，是要鸽子，还是在窑上继续干？两条道任他选。要是要鸽子，让他马上卷铺盖，走人。我不信治不了他！"结果，王所长中午没能吃上鸽子肉，"牛矿甚感抱歉，一再向王所长敬酒，一再说对不起"，还答应付给王所长开车的油钱。故事叙述到这里，看起来汤小明只剩下卷铺盖走人了，如果是这样，那么这将是一篇揭示官员腐败，小煤窑主仗势欺人，底层弱势矿工悲惨生活的社会问题小说，小说的主旨将指向对社会阴暗面的批判和对底层人民的同情。刘庆邦的小说当然带有社会批判的意味，但是情感指向更是他创作的独特追求，所以在《鸽子》的结尾，送走王所长之后，汤小明以为窑上肯定要把自己解雇，于是一手提着铺盖卷，一手提着一只装着鸽子的红白相间的塑料编织袋，正从窑里往外走。牛矿看见后大声说："汤小明，站住！""你给我回去，该干什么还干什么！""不回去还愣着干什么！袋子里装的是不是鸽子？快把鸽子放开，那样时间长了会把鸽子闷坏的。"汤小明蹲下身子，把编织袋打开了。鸽子们哗哗地拍着翅膀，展翅飞向高空，并很快在空中集合起来，花儿一样在蓝天下翻飞，缭绕。牛矿长不但没有解雇汤小明，反而很细心地关照他别把鸽子闷坏了。陈思和在评价刘庆邦的短篇小说艺术时曾说："我记得一次参加评审鲁迅文学奖时读到了《鞋》，我起先一路读下去，恍惚是在读孙犁的小说。我不断在问自己：我们还需要重复孙犁写过的境界吗？但读到最后的补白，我才感到了一阵刺心的悲哀。那个补白绝不是可有可无的结尾，也不是为了说明这是一篇作者的情场忏悔。有了这个补白我们才意识到，小说作者以全力讴歌的生活方式已经一去不复返了。那个姑娘全身心投入到做鞋的努力其实是徒劳的，当那个男人拉着她的手走出那个乡村的时候，已经走进了一个不再属于她的世界了，甚至也不再是那个时空了。我想刘庆邦也是会走出那个已经不存在的时空的。"[①]刘庆邦的《鞋》宣告那田园诗歌一般纯洁美好的生活方式已经不再存在，他用补白中"我"的忏悔作别了纯洁美好的过去，也开启了文学表现的新的时代情感。这篇《鸽子》获得了2005年的"人民文学奖"，评委雷达表示，刘庆邦的《鸽子》从现实出发，对人的可能性和生活的可能性做了诗

---

① 陈思和.在柔美与酷烈之外——刘庆邦短篇小说艺术谈 [M]// 杜昆，程光炜，吴圣刚.刘庆邦研究.开封：河南大学出版社，2015：104.

意而正直的想象。以往许多文学作品中的小煤窑主在面对各种检查和变相盘剥后，会将内心的不满再宣泄到比自己层级更低的矿工身上，《鸽子》中的小煤窑主牛矿却带有暖人的主体性情感色彩，他同样要去面对、应付一些官员的不合理要求，但他本性正直善良，富有承担意识，对汤小明不做处理、关照鸽子，呈现了他尊重他人、体恤生命的现代人性光辉，是新一代具有现代生命意识的小煤窑主。

挖掘煤矿世界温暖善意的人情，在刘庆邦的小说《远山》①中有着更深层的体现。《远山》开篇不露声色地描写一个剃了光头的装煤工杨海平，在井下干活时上下工作服捂得严严的，和他一班工作的打眼工、放炮工、支护工和车倌儿从他这个做派和身形对他的性别产生了怀疑，几次言语挑衅想让他脱下工作服，杨海平借口"小时候被烧伤过，伤得很厉害，身上疤瘌流星，难看得很。我从不到澡堂洗澡，我怕人家看见恶心。不瞒各位师傅，我跟我老婆干那事，从来不脱衬衣，也不开灯，我怕影响我老婆的情绪"。事实上，杨海平确实是个女的，名叫荣玉华，杨海平是她丈夫的名字。杨海平是个矿工，出了车祸死了，肇事司机逃跑了，至今也没逮着。两人还有一个儿子一个女儿，荣玉华没办法剃了光头拿着丈夫的身份证，另找了个煤窑下井装煤，顶替丈夫扛起这个家。一天下班回家的路上，荣玉华遇到了宋长英。宋长英的丈夫以前和杨海平在同一个窑干活，是工友，宋长英的丈夫在一次窑下的火灾中被毒气熏死了，从此宋长英就在矿区以卖水果为名，实际上开始卖淫。杨海平出事后，宋长英多次拉着荣玉华想让她和自己一起做这样的生意，都被荣玉华拒绝了："我除了卖力气，别的啥都不卖！"放炮工在荣玉华第一次下井时就知道她是个女的，不仅没有揭露她（窑主不允许女人下井），反而处处帮她解围，明确地跟她说："你家里肯定有难处，要是没难处，一个妇女家不会剃掉头发去下窑。"荣玉华把家里的情况跟放炮工说了，放炮工总以在煤块里找琥珀为借口帮荣玉华装煤。很快，打眼工和支护工也知道了杨海平是个女的。他们曾找机会提出和荣玉华做那件事，都被荣玉华坚决地拒绝了，她说："你们是挖煤的，我丈夫原来也是挖煤的，我用的就是我丈夫的名字。你们也都是有老婆的人，将心比心，你们怎忍心欺负一个死去的挖煤工的老婆！"荣玉华还提到自己的两个孩子，说在现如今这个不规矩的社会，她就是要守住自己，为孩子做一个样子。话说得很坚定，但此后荣玉华也不得不担心自己的处境，同班工作的四个人，"三个男人都知道了她是女的。真相万一让流动的车倌儿知道，让窑主知道，她在这个窑就干不成了。然而一个月过去了，两个月过去了，消息没有走漏，窑主没

①　刘庆邦.远山[M]//文丁.2008年读者喜爱的短篇小说2.呼和浩特：内蒙古人民出版社,2009:89-95.

有将她开除。相反，杨海平的工作好像更稳定了，也轻松一些。为什么呢？其他三个工友轮流帮她装煤。这让杨海平心里很是过意不去。临到快过年时，杨海平想请三个工友到家里吃顿饭，以表达她的感激之情。可是，杨海平炒好了菜，还买了酒，打眼工、放炮工、支护工，三个工友一个都没去。"荣玉华遭遇各种不幸，但坚强独立，身为一个柔弱的女子，却焕发出满腔的正直坚韧的顽强意志，不惜剃光头发冒充男人来煤井干苦力。荣玉华自立自强对待艰难生活的态度，既有对死去丈夫的爱恋忠贞，还有对女人、对矿工尊严的执着和坚持。她的这份超出寻常女人的坚韧和见识感动了同班的三个男矿工，让他们对荣玉华心怀愧疚和敬佩，形成了一个由理解、钦佩、怜惜等感情结合到一起的小集体，才会以无言的行动共同帮助荣玉华。

四、对黑暗人性的揭示

刘庆邦煤矿小说表现了浓厚的夫妻之情、小煤窑主对矿工的体恤、煤矿人扶持互助的美好情愫。这些小说的主角都是煤矿上最普通、最渺小的人物，他们承受并战胜着生活中难以想象的各种苦难。从中我们可以清晰地看到，刘庆邦写作的基调就是艺术呈现煤矿人在苦难生活中的伟大和温暖，在苦难生活本相的映照下，人们对生活真诚的投入才更为可贵，生活急流裹挟下的生命个体之间的联系和呼应才是最感人的画卷。当然，生性复杂的人有的不只是美好和崇高，还有阴暗甚至阴毒的黑色心灵让人不寒而栗，对这种的黑色情感的揭示是刘庆邦煤矿小说的另一面。

《晚上十点：一切正常》①中的主人公李顺和"原来是大矿的瓦斯检查员，每天下井负责一个掘进窝头和一个采煤工作面的瓦斯检查"，因矿上连续六个月发不出工资，经不住生活所迫和工友的撺掇，还有让他揪心的"儿媳妇桂金每日为无法安排日常生活唉声叹气"，就试着去附近私人开的小煤窑背煤了。一开始是下班后去，后来见别的瓦斯检查员上班只到井下点个卯，就上井到小煤窑挣现钱去了，他也学着照办了。一个月下来，家里的氛围好多了，儿媳妇不再为生计那么发愁了，孙子在作文中还把他写成了最敬爱的人。这天他跟往常一样下午四点下井，拿着瓦斯检查器到掘进工作面检查一番，六点就升井去小煤窑背煤了，但是他在当班的瓦斯检查记录本上记录的却是"晚上十点：一切正常"。不幸的是当晚八点井下发生了瓦斯爆炸，事故中有两名矿工丧生，其中一人竟然是他的儿子李同辉！事故发生后，李顺和被大矿开除了，儿媳妇王桂金认为是他害死了丈夫李同辉，是他毁了这个家，于是把他从家里赶

---

① 中国作家协会《小说选刊》选编.1998 中国年度最佳小说（短篇卷）[M].桂林：漓江出版社，1998：56—67.

了出去。李顺和在离大矿不远的一座小煤窑的窑工宿舍里住下了，说是窑工宿舍，实际就是山坡挖成的土窑洞，"一眼窑洞里轮流住着几十个外地来的农民工。李顺和跟农民工挤在一起。他从家里出来时只带了一床被子，现在他只有这床被子，别的什么也没有"。李顺和想念孙子李小明，老是做梦梦见孙子眼泪汪汪的，于是来到孙子所在学校。没想到小明的妈妈王桂金认为是因为他玩忽职守，毁了丈夫性命，让小明失去爸爸，孩子因此变得很孤僻，上课老走神儿，学习成绩也有所下降。于是，王桂金告诉李小明：如果爷爷来找他，就让爷爷还他爸爸。结果，李顺和见到孙子小明正欣喜呢，小明果然说了一句"你还我爸爸！"李顺和如同遭到雷击，顿时浑身瘫软，不由地垂下头和双臂，说："我有罪，我有罪！"小煤窑主知道他在大矿检查瓦斯，所以限期要他拿大矿的瓦斯检查器来。出了事故之后，李顺和就被大矿开除了，不可能搞到瓦斯检查器，所以期限一到，小窑主竟然不让他在窑里背煤了，这样李顺和连个住处也没了。"他没了住的地方，不但不能回家，连隔着门缝往院子里看看也不敢了，因为院子里扯着的铁丝上搭了一身工作服，工作服是儿子李同辉死后从儿子身上换下来的。工作服没有洗，上面布满煤泥和汗碱，似乎还有血迹。工作服破烂的地方也没重新缝补，还是儿子用炮线连缀的。对儿子这身工作服，他这个天天和儿子一起下井的爸爸是再熟悉不过了。"这是儿媳王桂金故意挂出来的，而他也很快就明白了儿媳挂出工作服的用意，喃喃地说："我有罪，我有罪！"在愧疚和忏悔中李顺和彻底失去了清醒的意识，"他挂在嘴上的只剩下一句话：'我有罪。'一开始，他只对上学的学生说'我有罪'，后来他对谁都说'我有罪'，只要有人招呼他，他就走过去垂首而立，说'我有罪，我有罪！'有的拿他寻开心的人问他犯了什么罪，他还是说：'我有罪。'更让人们觉得好笑的是，有一次，一个女人牵的小狗对他叫了几声，他对狗也很谦恭，连说'我有罪，我有罪'"。在小煤窑背煤活儿不仅重，工钱也低得可怜，而且经常挨骂受气，李顺和起初并不愿去小煤窑背煤，"觉得那样干不合适"，但是迫于生计和儿媳妇的唉声叹气，才去了小煤窑，而且李顺和去小煤窑完全是为了可以挣点现钱改善家里的生活。但是出了事之后，儿媳却将丈夫的死完全归咎于李顺和的玩忽职守，一点也不考虑李顺和离开工作岗位的原因和目的。儿子在瓦斯爆炸中死亡已经让李顺和难以接受了，"当他得知井下掘进窝头发生了瓦斯爆炸、儿子李同辉也被炸死时，他一头撞在墙上，昏了过去"，因为是自己的原因造成瓦斯爆炸儿子死亡，李顺和已经很自责和愧疚了，他渴望获得亲人的理解和安慰，"他刚闭上眼，仿佛就看见儿子同辉从黑暗中飘飘地向他走来，同辉对他没有丝毫埋怨之意，还像生前那样，跟他说话时总是害着似地笑笑，安慰他说：'爸，您别难过，这事儿也不能完全怨您……'他觉得眼角有些痒痒,以为草铺中横行的臭虫又在吸他的血,往眼角一摸,摸了一手湿,原来他流泪了,泪水已变得冰凉"。可是儿媳不仅不体谅他,反而将所有的罪责都指向他,将他从家里赶出来,同时让李顺和最疼爱的孙子对他说"你还我爸爸"!另外,在院子里故意挂上李同辉生前的工作服,时时刻刻提醒李顺和,是他害死了自己的儿子,这么无情绝义,最终让李顺和陷入了祥林嫂般无可救赎的地步。这里的李顺和就如鲁迅《颓败线的颤抖》中的垂老女人,女人年轻时为了孩子的生存做了暗娼,而孩子长大成家后,却把她当作家庭的一个耻辱,女儿、女婿斥责她,连小孙子也举起干芦叶对她喊"杀",让她遭受难以忍受的怨恨和鄙夷。鲁迅从文学启蒙的角度"以超现实主义的夸张的艺术手法,描写了一个'失贞'的妇女所受到的不公正待遇及最后爆发出无言而又强烈的控诉与愤怒,让人们形象地感受到节烈观念给妇女造成的难以言说的羞辱和难以忍受的痛苦。"[1] 刘庆邦的《晚上十点:一切正常》中李顺和的经历和际遇与鲁迅塑造的垂老女人有一定差别,但是李顺和为了改善家人的生活境遇,利用工作时间去小煤窑背煤,因"玩忽职守"造成儿子李同辉死亡,儿媳、孙子对其的冷漠、躲避和仇恨,自身背负沉重的心理负担彻底崩溃的故事线索,确与鲁迅《颓败线的颤抖》的情节、情绪线索异曲同工。鲁迅把强烈的情感化为奇崛的形象表达的是遭遇屈辱之后的愤恨与反抗,刘庆邦在《晚上十点:一切正常》中让李顺和在儿媳、孙子、孙子的老师等周遭人的阴冷对待下,走上他人与自我、生存与精神的双维绝境,最终精神失常。在矿难悲剧故事的架构中,刘庆邦深层次地展现出人性的冷酷、无情和阴暗。

人性的善良照亮了煤矿世界的阴暗,但人性中的黑暗、丑恶会构筑起生存绝境的壁垒,在这个壁垒的禁锢中,人与人之间冷漠无情,个体之间因为利益相互倾轧,人性沉沦在对资源、对金钱和对性的争夺贪婪中,人的尊严荡然无存。在小说《新房》里,老矿工国师傅终于分到了一套新房子,全家人都很高兴,但国师傅对能分到房子的原因很疑惑,因为和他同样条件的老工友高师傅并没有分到。原来他能分到新房不是因为他在井下近三十年的辛苦劳作,也不是补偿他儿子在井下弄丢的那条腿,而是他年方二十的女儿用自己的身体从矿长那里换来了他梦寐以求的新房,不仅有新房,还给他调换了清闲的工作,年底还能评上劳动模范!工友开始议论纷纷,这让正直善良的国师傅感到了不光彩,像是受到了屈辱。"在井上,有个工友跟国师傅商量,想把他山上的小屋买下来,说他反正也住不着了。国师傅没说卖不卖,却把脸伸给人

① 田建民.鲁迅、钱钟书论稿[M].北京:人民出版社,2015:172.

家，说：'你干脆往我脸上抽两巴掌吧！'国师傅让人家抽他的脸，这话被国师傅的妻子听见了。那个工友走后，妻子埋怨他，你说的那是什么话，人家想买房子，又不是买你的脸。你是什么意思？到底往新房里搬不搬？国师傅再次发怒，说不搬，不搬，就是不搬，我死也要死在山上！"①

人性的冷酷无情有时会以温暖的伪善的面目出现。在《福利》中，刘庆邦记叙了内蒙古西部山区一个小煤矿的实际情况："小煤窑的窑口一侧，有一个用板皮搭成的棚子，里面一顺头放着三口棺材。棚子口大敞着，窑工去下窑，一抬眼就把棺材看到了。他们像是不愿意多看，目光都有些躲避。干了一班从窑里出来，他们先看到窑神的神龛，接着映入眼帘的又是醒目的棺材。因是活着出来的，有一班的胜利在握，他们看棺材的目光才直接些，还有那么一点不屑。但是初来这里下窑的窑工，一见棺材心里就发毛，腿杆子不知不觉就软了。初来的窑工以为那里开的是一家棺材铺，他们想就算煤窑里经常死人，就算在窑口卖棺材生意好些，也不能这么干，这对煤窑和窑工来说都太不吉利了。"②新来的窑工看见棺材惊异不已，心有不满，可是老窑工对此却相当赞赏，竟然认为这是窑主给窑工的福利，一来可以毒攻毒，以棺材的晦气冲走窑下的晦气；二来是看得见摸得着的精神安慰，放棺材表明窑主是很关心窑工的，窑工只管在窑下好好干，万一在窑下出了事，窑主绝不会把窑工的尸体随便掩埋或抛尸荒野，一定会把大家妥妥地请进棺材。以死后尸体不会被"随便掩埋或抛尸荒野"为矿工最大的精神慰藉，矿工也以此为欣慰，这是对煤矿世界冷酷无情一面的最深刻的揭示和讽刺。

《血劲》③展现的是煤矿中畸形的婚恋，所导致的人性压抑、扭曲和激烈爆发。姑娘四真在报纸上看到了矿长的一篇文章，说是煤矿世界变化很大，矿工地位也提高不少，为了改善社会对矿工的偏见和矿工找对象难的问题，欢迎姑娘把爱情献给矿工，矿上会给予较高的荣誉。四真不惜与反对她嫁给矿工的母亲断绝关系，来到了矿上，本来是要嫁给劳动模范木，但是矿上的领导反复研究认为木整天不爱说话，脾气有点怪，担心木和"把爱情无私奉献给矿工的姑娘"合不来，于是换成了脾气随和的雄，据说四真对雄还更满意一些。矿上给四真和雄举办了盛大的婚礼，但是迟迟不给四真安排工作，等到老矿长调走，年轻的新矿长不仅不同意给四真安排工作，还认为她的婚姻"简直是开玩笑"，四真彻底寒了心，和雄不知怎么弄掰了，不但很长时间不让

① 刘庆邦.新房[M]//.刘庆邦.女儿家：北京：中国文联出版社，2003：21-42.

② 刘庆邦.福利[M].// 刘庆邦.刘庆邦小说.北京：中国社会出版社，2006：1-12.

③ 刘庆邦.刘庆邦小说自选集[M].郑州：河南文艺出版社，1999:484-498.

雄近她的身,反而和屠狗的秤锤搞在了一起,这件事在矿里人尽皆知,工友都拿这事来取笑雄,也怂恿雄辖制老婆,不要丢了矿工的面子。老实软弱的雄虽然满胸愤恨,扬言要杀了秤锤,可终是惧怕秤锤的凶残,下不了手。木看似漠不关心这件事,却先去找了四真,警告四真:"你不要以为雄软弱好欺,再这样下去,可能有人要管管你们的事儿。"又去找秤锤,"问秤锤能不能和四真断绝关系",并警告他:"你要知道,你欺负雄的老婆,不是欺负雄一个人,而是把我们做窑的哥们儿都欺负了。"秤锤由着性子回答:"老子欺负的就是你们。"终于有一天这两个人被杀死在寻欢作乐的床上了,雄在井下听说这事,有人问他是不是他干的,虽然事情很明显是木干的,但是雄承认是他干的。警察来井下抓捕嫌疑人,扭住了雄的胳膊,雄拼命背过身子对工友喊道:"是我干的,我把他们收拾了,怎么着!好汉做事好汉当……"雄维护了木,也挽回了矿工的脸面。这篇小说表面上写的是一个矿工的家庭问题,背后暗流涌动的却是人世间爱恨情感的纠结,当初单纯的四真被矿长的一篇文章吸引,不惜背叛母亲,来到煤矿,但真正的煤矿生活留给四真的只有失落和委屈,她有苦说不出,有理无处诉,对自己家人还只能写信说"矿领导对她很好,雄对她很好,她生活得很幸福,她生活得越来越幸福了"。憋屈失望寒心的四真走上了一条及时行乐、自我放逐甚至带有报复煤矿、报复矿工的道路。老实憨厚的雄虽难以平复心中愤恨,但惧怕凶残成性的屠夫秤锤,只有软弱地承受屈辱。木不忍心看着雄受欺负,不接受四真、秤锤公开姘居对窑工的欺辱,充满血劲地杀死了二人,替雄宣泄了愤恨。但是,事发之后的雄的血劲被激发出来,替木顶了罪。小说叙述的重心是雄的前后对比,之前大量的篇幅在描写雄愤恨至极,却也软弱至极,像那个打不过王胡和小 D 的阿 Q,回避、掩饰着自己的真实处境。而事发之后雄终于勇敢地面对了现实,承认了自己对四真和秤锤该有的愤恨,找回了男人的尊严,焕发了"雄"的气概。但是,小说中每个人都有令人同情的原因,最后结局或入狱或被害,这无疑是暴虐、凶残、阴暗的人性驱动所导致的。

刘庆邦的小说可以分为柔美和酷烈两种风格,柔美风格表现的是人与人之间美好的情感和人间的脉脉温情,酷烈表现的是人与人之间的冷酷暴戾和无情倾轧。酷烈小说的代表是刘庆邦发表于 1985 年的成名作《走窑汉》。

五、文本的细节之美

刘庆邦煤矿题材小说强烈的情感性还表现在他对细节描写的高度看重。刘庆邦非常重视小说创作中的细节描写,曾经专门写了一篇创作谈,即《小说的细节之美》。

刘庆邦煤矿题材的小说，特别是短篇小说，就是由一连串的细节描写构成了文本的基本情节，这些细节描写带有坚实的生活体验基础，往往既是生动具体的场景、事物、人物的展示又是作者着力积蓄情感信息、汇聚情感能量的过程。对于小说中的细节描写，刘庆邦认为"万事万物细微的组成部分，就叫作细节"①，而要把细节写好，要让细节发挥作用，"重要的一点就是把细节心灵化，赋予细节心灵化的过程"②。文学是一种话语建构，细节心灵化就是作家有意运用细节进行自我话语建构，从而构筑一个不完全等同于现实世界的艺术世界，实现作家真正的表达意图。在《红煤》③中刘庆邦娴熟运用细节描写赋予了人物事件丰沛的情感。20 世纪 80 年代，高中毕业生宋长玉离开农村来到夏观矿务局下属的乔集煤矿当了一名临时工。为了将来能够转成正式工人，改变自己的农民身份，宋长玉一直在寻觅往上爬的机会。在对宋长玉的描写中，一直都伴随着他内心细致的心理活动："宋长玉不抽烟，也从不往洗澡池里撒尿。他是有一定文化水准的人，也是胸中怀有大目标的人，自觉应当与普通矿工有所区别，并与普通矿工的行为适当拉开一点距离。"宋长玉对自己很有信心，认为自己是超出一般矿工的，在农民轮换工里面，上过高中的只有两三个，宋长玉作为其中的一个，算得上是个秀才了。小说也用直接的对生活经验精细体味的描述来引导读者对人物产生明确的情感移情，"高中毕业意味着离跨进大学门槛只有一步之遥，或许再有那么几分十几分，他们就是一名大学生了，毕业之后就可以进机关，当干部，吃皇粮。然而他们毕竟被无情地挡在了大学门外。他们是一个特殊群体，有着特殊的心态。他们既有落榜后的失落、幽怨和沧桑之感，又因有文化底子垫着，有准大学生的自信、清高和矜持"。小说开篇对宋长玉的塑造颇有古代落魄公子的意味，而宋长玉想要往上爬的方法之一就是利用佳人，他看上了矿长的女儿唐丽华，想和唐丽华谈恋爱。在心里有了这个目标之后，宋长玉开始自怜自爱，重视自我的情调。半年前刚来煤矿时，宋长玉洗澡跟其他矿工一样也很潦草，"跳进水池里，头发上打一遍肥皂，身上自上而下打一遍肥皂，把头埋进水里，站起来，再埋进水里，再站起来，利用猛起猛站的摩擦力，冲上两遍就完了。每每回到宿舍拿起镜子一照，眼圈儿是黑的，耳郭后面是黑的，手指往鼻孔里一挖，手指上也沾了黑的。黑就黑吧，他觉得无所谓。在矿上与在农村老家不同：在老家，他有时会到镇上赶集，偶尔会碰到熟人和女同学，干净的脸面总要保持一下；在矿上，人生地不熟，天下的窑哥儿一般黑，谁会笑话谁呢！再

---

① 刘庆邦 . 小说的细节之美 [J]. 延河 ,2019 (3):124.

② 刘庆邦 . 小说的细节之美 [J]. 延河 ,2019 (3):134.

③ 刘庆邦 . 红煤 [M]. 北京 : 北京十月文艺出版社,2009: 3-7.

者，从井下出来，除了吃饭，就是睡觉，一觉睡到天黑，脸洗得再白给谁看呢！"现在，宋长玉变了，"根据自己的观察、实践，和向老师傅请教，宋长玉已初步掌握了煤矿工人洗澡的程序和技术要领。他不是先洗头，而是先洗手和脚。手上和脚上纹路最多、最深，缝隙也最多。劳动靠的是手和脚，手和脚上沾的煤尘也最厚。他把手脚蘸了水，把毛巾也湿了水；把手脚打上肥皂，毛巾上也打上一片肥皂，然后用毛巾在手上脚上使劲搓，前前后后，上上下下，缝缝隙隙都搓到，搓去黑沫儿，再搓出白沫儿，手脚就算洗干净了。手脚在搓洗之前，不能放进热水里泡。据老矿工讲，这里也有个火候问题，火候掌握得好，就能洗出一双白手和两只嫩脚。手脚在热水里泡久了，油性很大的煤尘有可能会浸到肉皮里去，再想洗干净就难了。宋长玉的皮肤比较白，他用分段洗澡法把手脚洗干净后，就显得黑白分明，手上像戴了一双白手套，脚上像穿了一双白袜子。下一步，宋长玉开始洗鼻孔、鼻窝、耳郭、耳后、眼睑等容易藏污纳垢的重点部位。别的部位还好洗一些，最难洗的是眼睑。拿鼻孔来说，虽说有两个黑洞，虽说不能把鼻孔翻过来清洗，但他用小拇指探进鼻孔里挖一挖，把吸附在鼻孔内壁的黏煤挖出来，再用小拇指顶着带有肥皂水的毛巾，沿鼻孔里侧周围像擦酒盅似的擦一擦，鼻孔里一般来说就不再存煤了。眼睑的难洗之处在于它本身就很娇气，又离宝贵的眼珠子太近，轻了不是，重了不是。若洗轻了，藏于睫毛根部的黑煤油儿就洗不去。洗重了，有可能伤及眼睛。若闭着眼睛洗，等于把睫毛根部也封闭起来了，根本洗不到。睁着眼睛洗，肥皂水刺激得人的眼泪啦啦流，谁受得了！常见一些年轻矿工从澡堂里出来，眼睛红肿着，眼睑处几乎出了血，但眼圈还是黑的。一些下井多年的老矿工，眼圈也常常是黑的，不好洗，就不洗，他们干脆把洗眼睑放弃了。宋长玉的体会是洗眼睑既要有技术，又要有耐心。他的做法是左手把眼睑扒着，扒得半睁半闭，右手用湿毛巾轻轻擦，一只眼睛来回擦上两遍，眼圈上的黑煤油儿转移到毛巾上，眼圈就不黑了"。之后轮到洗头发的程序时，宋长玉不用矿工习惯用的肥皂了，认为"肥皂碱性大，太烧头发"，改用矿工都没见过、没用过的洗头膏。"在热水池里全身上下洗干净后，按说宋长玉可以回到更衣室换上干净衣服了，可他还有最后一道程序没有完成，还要到凉水池边，把毛巾放进凉水里漂一漂，用毛巾把全身再擦一遍。"这些细节描写形象展现出一个想要脱离农村成为有个性、有想法、不同凡俗的、配得上城里生活的"高级"的宋长玉了。这些细节既说明了宋长玉是为了自己内心的爱情、为了心上人而变化，又以洗澡中的各种细致的讲究带来一种宋长玉的高级感，让人觉得宋长玉是如此不同，有着高贵的精神自我，绝非池中之鱼。

王安忆曾评价"刘庆邦的世界是人与自然讲和的，不是说自然怎么善待人，而是人因循着规律办事，所以刘庆邦的世界是人道的世界"①。刘庆邦小说的主体是有滋有味的人的生活细节，不是对生活流水账式的记录，是以人生体验为基础，揭开表面的面纱，表现带有浓郁情感味道的人情人性。刘庆邦的短篇小说要么是从最紧张的氛围中开篇，要么是从主人公的核心情感纠葛入手，围绕着某一情感情调，把事件重新排列组合，构筑一个指向情感逻辑的有机整体。在《走窑汉》②的开篇，马海州和张清之间剑拔弩张的紧张氛围，通过掉下来的一把刀，"任它在地上横躺着"，"空气一下紧张起来。屋里所有的人都张大了嘴巴，一个年轻矿工脸色发黄，目不转睛地看着马海州，即将发生的事吓得他直抖"。小说中最令人动容的田小娥，"这个女人穿着黑棉袄、黑棉裤、黑棉鞋，头上顶着黑毛巾，一身农村老太太打扮，可是，那张苍白、清秀的小脸儿说明，她还很年轻，不过二十多岁"。正值妙龄年华的小妇人却从头到脚一身黑，青春柔美的身体中是一颗如死灰一般的内心。马海州拿出烟来要小娥发给大家，小娥没有给张清，马海州立刻找到了报复两人的机会，问道："为啥不给张书记，他不是要给你迁户口吗？"小娥听了，"眼里马上涌出了泪水。但她很快擦干，一把揪掉头上的黑毛巾，往张清面前走去：'张书记，吸烟。'张清刚要接，她一低手，把烟扔在地上，白白的烟卷立时滚上一层煤尘"。这样的生活细节暗示了三人之间所有的爱恨纠葛，小娥虽然柔弱饱受屈辱，但也有自己的个性和反抗的态度。

《月光依旧》③写的是女主人公叶新荣跟随丈夫农转非来到矿上，本想一朝麻雀变凤凰，可以脱离面朝黄土背朝天的日子，结果煤矿效益不景气，连着数月发不出工资，叶新荣到了煤矿的日子还不如从前，没收入没房子，最后反要借土地来种，依然还是农民的生活。小说的基本情节如此，但是基本情节走向的一个关键性因素是因为叶新荣吃的另一个女人的干醋，小说开篇就点明了："两个女人，年龄相仿，心眼儿都不算少。未见面之前，她们就成了对手，彼此都知道名字。凭一个男人透露出的一鳞半爪，她们都在心里反复想象过对方的样子。为了压对方一头，她们都不愿把对方想得太好。可奇怪得很，脑子里一出现那个女人的样子，那个女人就美得人五人六，胜过自己，让人气恼。及至见了面，两个人一惊，大老远地就觉出了对面走过来的人是谁，差点互相叫出了烂熟于心的名字。她们当然不会搭话，装作偶尔相逢的陌路人，谁也不知道谁，目光一错，很快就过去了。她俩都想回头看看那个二十年前就听说过的女人，以确认自己的判断，因担心人家也会回头，就都没回头。相背而行时，

① 林建法．说莫言（上）[M]．沈阳：辽宁人民出版社，2013：130.
② 刘庆邦．刘庆邦短篇小说选 [M]．北京：作家出版社，2012：4-10.
③ 刘庆邦．月光依旧 [J]，十月，1997(3):74-76.

她们不约而同地整理了一下头发，把腰杆挺得笔直。”叶新荣的丈夫“有一次回家探亲，喝酒喝得有些兴奋，为了表白对她的爱多么专一，以自炫的口气，把李青玉的事说出来了。丈夫说，他们矿旁边有个李庄，庄上有个姑娘，父亲是个瘫子。他们队团支部组织团员到李庄做好事时，他帮姑娘家挑过水，还割过麦子，姑娘因此认识他了，并看上他了，常在矿大门口或路边等他，请他去她家吃蒸红薯，送给他用红绿塑料绳编成的绿叶红花。姑娘还托了介绍人传话，愿意嫁给他。因他心里有个更好的叶新荣，就把姑娘的好意回绝了。就是在那一次，叶新荣记住了矿旁边有个李庄，并打听出了姑娘的名字叫李青玉”。因为李青玉曾经对丈夫的好感被丈夫拒绝，叶新荣心里生出了一种优越感，来到矿上之后，一是因为老家人对自己不再“打地滚”的羡慕而生出的虚荣，二是因为要在李青玉面前显出自己要高一头，小说主要呈现的就是叶新荣自觉和不自觉产生的这两种情感，并在这两种情感的驱动下不愿去李庄租房，租了房也不多和李庄人来往；回老家只能撒谎自己已经住了高楼，有了工作；不希望女儿梅朵去李青玉家玩；家里日子实在过不下去了，只能打肿脸充胖子，拐弯抹角地说明想借李青玉家荒废的土地来耕种……张新颖曾评价刘庆邦的小说：“他的小说里面，有一种沉默在底下的东西，推动着故事发展。这个底下的东西，表面上看不出来，却是很有力量，把全篇都笼住了，所以会觉得他的故事都很紧。”① 刘庆邦总是赋予他笔下的人物以浓郁的情感，由情感构成文本“沉默在底下的东西”，以此统领文本结构，设置情节，谋篇布局，以情感情调贯彻全篇，写人间人性人情。刘庆邦曾有一部短篇小说集就命名为《人间》，人间事人间情，凡人琐事，人间真情，这虽是人们每天习以为常的，但刘庆邦的高明之处就在于不但全篇情感步步烘托，情调氛围浓郁，而且后部或结尾处常常会出其不意另有洞天，达到情感的更高一层或情感的反转。“在刘庆邦这里，人都是常情的人，按着常理出牌，但出到最后，也会有出奇制胜的一招，别开洞天，超拔起来。”② 这种超拔是刘庆邦对人的情感的准确把握，是世事洞明皆学问、人情练达即文章。刘庆邦曾在《想象的局限》中说道：“我理解，所谓世事洞明和人情练达，就是深谙人情世故，懂得生活常识。”③ 深谙人情，情不仅是单个个体的，还是两个或多个个体间相互的、暗藏的、深入的，刘庆邦小说所述之情往往既是意料之中又出人意料，颇有意外有意情外有情之妙，而且刘庆邦惯用的手法是小说

① 林建法.中国当代作家面面观：文学的自觉（下）[M].上海：复旦大学出版社,2010:789.

② 林建法.说莫言（上）[M].沈阳：辽宁人民出版社,2013：130.

③ 刘庆邦.想象的局限[M]// 小说月报编辑部.小说月报第13届百花奖获奖作品集.天津：百花文艺出版社,2009：489.

的大部分文本都在烘托一份感情，令人感受到这份情的情真意切，诚恳浓郁，而到了结尾往往会有另一份情，超越之前的情意，之前的铺垫越厚重越丰满，之后的情感就越深沉越透彻，包容和超越了之前所表达的情感。像《心事》细细密密地展开了慧生的心事，就是对敏感的慧敏的疼爱，不希望慧敏因为自己的错误连带去做检查，想尽一切办法拖延，令人感受到惠生对慧敏细致入微的爱。但是到了小说结尾，柔弱的慧敏知道了事情的原委，瞒着慧生主动要求自己一个人去做检查，原来慧敏更清楚慧生，为了不让自己为难，打死他也不会带自己去检查的，让这单方面的爱变成了双向的。之前只展示了慧生的情感，一个普通矿工对自己爱人的体恤和呵护，加上慧敏对慧生的爱，就让这个故事指向了夫妻相互的理解、尊重和关爱，人世间令人向往、令人动容的相知相爱。在《清汤面》中，矿难中失去了丈夫自立自强的向秀玉为了不耽误工作，让女儿喜莲去矿街上杨旗阿姨开的面馆去吃中午饭。杨旗的丈夫和向秀玉的丈夫一样也在矿难中去世了，向秀玉希望女儿最好去杨旗那里吃饭，是希望增加杨旗的收入。而杨旗怜悯向秀玉和喜莲的处境，不收喜莲的面钱，两个同病相怜的女人相互照顾、相互帮衬。小说没有仅停留于此，通过向秀玉的回想展现了煤矿其他人对她们母女的帮助，有的连姓名都没有留下，又通过杨旗说明面馆的面总是不够卖，还有人吃面多给钱。煤矿里不仅有井下生产中同生死共患难的兄弟情，还有无限同情、无私帮助的友爱之情，虽然都是点点滴滴的互助，但是呈现了煤矿充满温情的一面。如果说面对生死一刹那的舍命相救是崇高的、伟大的，那么面对日复一日的生活，琐碎漫长的生活中的怜惜帮助，特别是无名的帮助，就是平凡的、宽广的、深厚的。《鸽子》中描述了小煤窑牛矿长为了小煤窑的生产，面对各级领导检查时的迎合姿态，满足各级领导的各种要求，看起来是个迎上欺下、唯利是图的人，还特别描写了牛矿身边最信任的小李很会来事儿，"上面来了比较重要的人物，需要把人物拉到市里好好招待一下，有些招待内容牛矿不宜出面，都是由小李去安排"。[1]"小李办事这么妥当，遇到别人办不成的事，牛矿就让小李出马去摆平。"[2] 现在，一边是北郊派出所的王所长，"王所长点名要吃鸽子肉，他又看到了你养的鸽子，你让牛矿怎么办？我承认我

① 人民文学杂志社.人民文学奖历年作品精选·中短篇小说卷（上）[M].重庆：重庆大学出版社，2009：486.

② 人民文学杂志社.人民文学奖历年作品精选·中短篇小说卷（上）[M].重庆：重庆大学出版社，2009：488.

没面子,你总得给牛矿点面子吧"①;一边是矿灯房里的倔强的普通矿工汤小明,冲突的纠结就在于汤小明无论如何也不愿意杀掉自己养的鸽子给王所长吃。权衡利弊很明显,但是故事却并没有顺势发展,王所长没吃上鸽子肉,牛矿长只能从其他方面好好招待王所长,不惜答应给王所长出开车的油钱,牛矿长没有把怒火发到汤小明身上,他没有赶走汤小明,反而让汤小明"该干什么还干什么",还关心被袋子捂着的鸽子,让汤小明赶紧放出来,"汤小明蹲下身子,把编织袋打开了。鸽子哗哗地拍着翅膀,展翅飞向高空,并很快在空中集合起来,花儿一样在蓝天下翻飞,缭绕"②。结尾对鸽子像花儿一样自由飞翔的描写展示了牛矿长尊重生命、向往自由的情感。

刘庆邦擅长挖掘美好的情感,但对人的负面情感的揭示同样是犀利惊人的。最典型的作品就是《走窑汉》,"短短的篇章,它表现了诸多人的情与性:爱情、名誉、耻辱、无耻、悲痛、复仇、恐惧、心绪的郁结、忏悔、绝望、莫名而无尽的担忧、希望而又失望的折磨,甚至生与死,在这场灵魂的冲突和较量中什么都有了"③。在这篇不足 8 000 字的小说中,刘庆邦将人的各种负面情感展现了出来,特别是马海州那令人不寒而栗的、变态的复仇心理,以及他施加给别人的生不如死的心理感受,小说准确地展现了马海州残酷的复仇过程,通过他无时无刻不对张清的如影相随,甚至救张清不过是为了让张清继续承受他的复仇行动,令人感到马海州的冷酷无情。而小说超拔的地方在于结尾,对无辜的田小娥的死的简短描述。小娥的死是对马海州复仇的否定,也让人感受到马海州人性的彻底沦丧。马海州不仅没有抚慰过美丽善良的小娥的心,好像根本就不曾感受到小娥那无辜受辱满是屈辱的心,还把小娥当成了自己复仇的工具,甚至是复仇的对象,一次次揭开小娥的伤疤,一次次地提醒小娥。得知小娥跳楼自杀的消息,"马海州呼地站起来……可是,他又坐下了"④。小说结尾简短的描写更进一步地揭示了人性之恶,令人寒彻骨髓的马海州就是个彻底的没有人情人性的复仇机器,他的生活只剩下恨,不仅恨可恨的张清,还恨全心全意爱他的无辜的小娥。

---

① 人民文学杂志社.人民文学奖历年作品精选·中短篇小说卷(上)[M].重庆:重庆大学出版社,2009:488.

② 人民文学杂志社.人民文学奖历年作品精选·中短篇小说卷(上)[M].重庆:重庆大学出版社,2009:490.

③ 程德培.这"活儿"让他做绝了[M]// 刘庆邦.刘庆邦短篇小说选点评本.北京:作家出版社,2012:11.

④ 刘庆邦.刘庆邦短篇小说选[M].北京:作家出版社,2012:10.

六、枝蔓叙述的情调模式

刘庆邦小说叙述的情调模式还在于一种枝蔓性，这种枝蔓性的一种表现是他的小说文本中会有一些游离于故事情节的环境或景物描写，这些环境或景物描写字数不算少，特别是在短篇小说中。另一种表现与他短篇小说的超拔性有关，小说前面部分会抓住一个人一种情细细烘托，到了结尾会用简短的话语将人物再放大，将感情再深入，出乎读者的意料。而这放大的人物形象和深入的感情，会由之前的描述、暗示等陪衬出来，由读者体悟出来。刘庆邦曾评价自己的小说："我的小说不是抓人的，好的小说是放人的，是让你走神儿的，是让你灵魂放飞的，让你获得共鸣以后灵魂出窍的。"①所谓"放人""走神儿"，是要让读者感受到作家所要表现的情感，"获得共鸣以后灵魂出窍"，情感共鸣，感同身受，是人的心灵潜意识活动的结果，也就是艺术欣赏中的移情。移情作为中国古代美学用语，指转移、变更人的情志、性情，实际上是指个体情性向艺术人格的转换，因而成为通达艺术极致的主体先决条件。现在所说的"移情"，多指艺术作品本身所具有的转移、变更人的情志、性情的强大效果。通过欣赏艺术作品令读者移易情感，使其如临其境，与作者所表现的情感完全融合为一，不能自主，从而给读者带来更丰富的审美体验。②

刘庆邦小说叙述的枝蔓性情调模式之一：游离于故事情节的环境或景物描写。这些描写绝对不是没有意义的，而是刘庆邦所谓的"综合形象"。刘庆邦认为："综合形象的运用对短篇小说的生长也很重要。综合形象是短篇小说中的主要形象背景，是对主要形象的铺垫或烘托。有人把它称作闲笔。我愿意把它称为综合形象。沈从文先生对综合形象运用得十分娴熟，他的每一篇小说里几乎都有综合形象的出现。综合形象在短篇小说里绝非可有可无，如果运用得当，就可以增加短篇小说的立体感、纵深感和厚重感。"③像《白煤》中的这一段雪景："喜欢雪景又年轻一些的矿工，从黑沉沉的井下出来，满眼一明，新雪清凉透彻的气味儿使他们有点走神儿，想到一种叫诗的东西。其中之一或许日后要做诗人，在小街驻足，屋顶电线杆乱瞅。后来在打烊的饭店门前看到一只卧着的肥狗，就团了一捧雪向狗击去，狗一跃，躲过了。再击，再跃，真是不打不成交，要做诗人的矿工离去时，那狗追在他后面作左右躲闪状，好像

---

①　陈雪.当代名家谈创作[M].惠州：惠州市作家协会:125.

②　朱立元.美学大辞典（修订本）[M].上海：上海辞书出版社,2014:199.

③　刘庆邦.生长的短篇小说[J].当代作家评论, 2001(5):80.

说:'哥们儿,别走,你玩得好,再玩一次。'"①《白煤》主要写一个普通煤矿工人与他新婚妻子的温情脉脉的平凡琐事,这段描述与作品主旨关联性不大,但它却构筑了煤矿世界轻松惬意的氛围,描述了矿工难得的情趣的一面,增强了整篇小说的日常感。《窑哥儿》中有一段自然景物描写:"秋天的山洼子还算不坏,坡坡坎坎处,有庄稼,也有树木。庄稼有高粱、玉米、大豆、红薯,树木多是枣树和柿树。在明净的秋阳下,各种庄稼和树木都以自然分定的颜色静静地呈现着,颜色的基调都脱不开一个成熟,可色彩并不单调。倘若对山洼子作画,恐怕各种颜色都用得上。不长庄稼和树木的地方是浅浅的河滩,河滩无水,有马车沙和鹅卵石。这两样记恩的小东西,以其无比的洁净向人们表明这儿曾流过水的,是水淘濯了它们。人在洁净的河滩里走,头上天宇澄清,前面有开裹翅子的小鸟引导,岸边红黄绿杂彩相间的树叶在微风中飘摇,如有所招邀,各类待收获物的浓郁香气散发得又慷慨些,更远处有儿童吆喝羊群的声音,一切莫不留人脚步。特别是这些做窑的人,从四壁焦黑的窑下来到这里,满眼里都生了辉,觉得无物不美,无事不妙,竟无话可说。"②《窑哥儿》写一位单纯善良的少年窑工泉子,将在煤窑附近操皮肉生意的"老白"认作姐姐,把自己的工钱都交给老白,希望老白不要再做妓女,但是两人这种纯洁的美好关系却不被他人理解和接受,先是和泉子爹相熟的老窑工以为泉子学了坏,怕他在妓女身上花太多钱,而保管了泉子的工钱;而后老白也意识到别人只是把她当成妓女看待,无奈只能辜负泉子的善意,重操旧业,这让泉子非常失望和伤心。不幸的是泉子后来竟然遭遇矿难死在了井下,老白也因此离开了这个人心肮脏的地方。小说中的泉子"面前的这个人还小,正因为他小,人间污浊空气未及传染到他,他的一对眸子清明如水,透出纯真诚实的天性"。而文中对秋天景色的描述,由自然的澄澈清透暗示着少年泉子纯净的内心,为一段青涩单纯的美好情感做了整体的铺垫。

中篇小说《在深处》写的是一位劳动模范的故事。老劳模淳朴务实,勤勤恳恳,不为名不图利,即便右手伤残了,依然一心扑在井下的煤矿生产第一线,成为劳模反而是一些有名利心的人促成的。小说中有这样一段雪景描写:"外面正下着雪,雪下得好大。没有风,大朵儿的雪花,一朵追着一朵往下落。落在房上,停下了,落在树上,粘住了,落在身上,带走了,到处一片白。横的竖的,高的低的,都被雪裹起来,辨不出哪是房,哪是树,哪是人。地上的万物,像是画家画坏了的一幅巨大的

---

① 刘庆邦.白煤 [M]// 吴义勤.中国当代文学经典必读·1992短篇小说卷.南昌:百花洲文艺出版社,2016:96.
② 程德培.男儿情·中国篇 [M].合肥:安徽文艺出版社,1991:311.

油画，如今要用厚厚的纯白色把画面覆盖住，整个变成一个白白亮亮的平面，谁也别想显出自己的高低来。这就是大自然的公平。"① 这段雪景描述最后一句带有暗示的意味，特别承接这句话的下一段的开头："然而，在屋子里，是大雪的白色涂不到的地方。"② 屋子里，伤残了右手的老劳模在大雪天只能就着白水啃着又凉又硬的馍来充饥。作者用大自然的公平来反衬人世间的不公平，构筑综合艺术画面来烘托氛围。

《月光依旧》中有这样的段落："地里热烘烘的，庄稼抓住机遇似的，呈现出成长的疯相。野草也不示弱，拔着箭子往上蹿。这时得抓紧时间把野草锄掉，不然的话，它们就毫不客气地争水分、争肥料、争阳光，就会影响庄稼的收成。据说很久以前庄稼也是野草，因为它结出的种子可供人类食用，人类就把它们挑出来，起个名字叫庄稼，加以爱护和培育。结果它们就失去了野性，就变得很娇气，不能与野草相匹敌。如果在庄稼地里任野草泛滥，野草准得把庄稼挤垮，淹没。锄头是人类的刀，人类拿着刀，偏袒庄稼一方，冲进地里，对野草大加杀伐，一遍不够两遍、三遍，直到把野草杀得尸横遍地，化成庄稼的养分，使庄稼茁壮成长，人类才稍稍心安。"③ 这一段也是颇令人"走神儿"的描写，但是细细品味却可以感受到这一段所包含的起兴的意味。起兴指先说别的事物以引出表达对象的手法，是诗歌特别是民歌常见的艺术手法。这里的起兴是指用对他物的描述暗示作者所要表达的内涵，两者之间相似、相近或相同。如上文中提到的对庄稼和野草的描写，人类靠对野草的消灭而获得心安，暗示小说主人公也要通过种庄稼再次获得心安。《月光依旧》写了一个令人无奈和心酸的故事，女主人公叶新荣虽出身农民，但心高气傲，非常要强，曾当过妇女队长。她嫁给矿工丈夫之后，因为丈夫提到过煤矿附近一个农村姑娘李青玉对他有好感，就上了心，着了魔似的担心丈夫被李青玉拐走了，直到昏倒在干活的地里。心事重到这种程度还不直说，还要拐弯抹角地打听李青玉的情况。跟着丈夫农转非来到煤矿，本来以为脱离了农村，麻雀变凤凰了，没承想成了老家人人羡慕的城里人，日子反而还不如在农村好过：在煤矿要房没房，丈夫工资还不能按时发，几番周折孩子才得以上学。没房住，所以不得不到李青玉所在的村庄租房住，这更让叶新荣心里紧张，她几乎是想尽一切办法，彰显自己是矿上的，是有城市户口的，是比农村人要高一等的。但是每天生活处处都要花钱，煤矿不景气，叶新荣巧妇难为无米之炊，日子过得连孩子上学的钱都拿不出来。看见李青玉家荒着的土地，叶新荣莫名其妙地着急上火，眼睛发红、嘴角起泡，仿佛

---

① 刘庆邦. 曹书记买马（中篇小说集）[M]. 郑州：河南人民出版社，1983：260.
② 刘庆邦. 曹书记买马（中篇小说集）[M]. 郑州：河南人民出版社，1983：261.
③ 刘庆邦. 月光依旧 [J]. 十月，1997(3):94.

是因为她的失误，把那块好地给耽误了。就这样叶新荣还是托人向李青玉转达了想要借种她家土地的意思。种上的庄稼一天天发芽成长，这才让叶新荣稍稍安了心。这不禁令人感慨："以为她农转非后，就变为城里人，就永远告别了黄土地，从此吃不愁，穿不愁，花不愁，再也不用风里来雨里去地侍弄庄稼了。哪里想得到呢，她入了城市户口后，由于生活所迫，她还得种地。人活在地上，人走到哪里，地就走到哪里，她怎么也走不出地的手心，她想，自己真是种地的命啊！"[①]

七、复数人物与常态情景的具体化

刘庆邦非常推崇鲁迅和沈从文的短篇小说："鲁迅先生的作品更注重理性，更注重思想性，而沈从文先生更注重感性，更注重情感和表达。鲁迅先生让我们觉得很深刻，沈从文先生让我们觉得读起来很美。鲁迅先生的小说，我们读着有些硬，那么沈从文先生的小说让我们读起来有些柔软。甚至有时候我觉得鲁迅先生的文字显得有些瘦，沈从文先生的文学就显得比较丰满。"刘庆邦认为鲁迅的小说以深刻的思想性著称，令人难以企及，更喜欢沈从文的短篇小说："我对沈从文先生特别推崇，甚至说，如果我的文学要是受谁的直接教育和间接教育的话，我从沈从文先生那里的借鉴是最多的。"[②]而沈从文叙述的一个重要特征就是"他写的不是某个具体的妓女和水手，也不是具体的某时某刻的场景，他写的是复数、常态，但奇妙的是，这对复数和常态的叙述却异常逼真。不同于一般对复数人物和常态情景叙述的平板和面目模糊，沈从文的叙述能以非常生动鲜活的细节和特殊性处理，达到复数人物和常态情景的具体性"[③]。对于复数常态情景的描写，刘庆邦深得沈从文的真传，往往也可以借用"生动鲜活的细节和特殊性处理"，"达到复数人物和常态情景的具体性"[④]，从而构筑一种整体氛围，如小说《家属房》中的这段描写："外面天已黑下来了，是阴天，空气里有雪的气息。既然是冬天，乡下正是农闲，因丈夫不在家旱得要死的女人，该来的差不多都来了，寂寥了将近一年的家属房变得充实和热闹起来。有床铺和煤火的小屋必有一个女人。这些女人大部分皮肤粗糙，但肌肉结实，奶子丰硕。心思在那个事情上多些，对于一些下流的玩笑领会极快，有时显得比城里女人还聪明伶俐。被吸引来的单身矿工乐意瞅窟子在女人腿上摸一把，除了有的女人为一种默契报以微笑，多数女

① 刘庆邦.月光依旧[J].十月,1997(3):93.
② 刘庆邦.小说的细节之美[J].延河,2019(3):128.
③ 张新颖.沈从文精读（上）[M].太原：北岳文艺出版社，2014：162.
④ 张新颖.沈从文精读（上）[M].太原：北岳文艺出版社，2014：163.

人尖叫得又夸张又开心。也有的小屋传出哭声和粗野的骂声。有的小屋聚集了一帮子老乡在喝酒划拳。不知哪间屋子正放录音机，音量很大，放的是大鼓书，一个哑嗓子女人卖劲地唱，唱唱说一阵子，敲敲鼓再唱。一扇门打开，一个穿红毛衣的丰臀女人往家属房之间的夹道里泼了一盆水，水很快就冻了。若白天看，累累冰层里有白菜疙瘩、米粒和胖粉条，像琥珀。有摸黑来的不熟悉路径的人难免滑上一跤，他们只小声说了一句'我操'，很快就爬起来了。"① 煤矿因为生产的特殊性，男女比例严重失调，女性奇缺，自古以来就有一些女性在煤矿附近做矿工生意。矿工很多来自农村，有的在农村成了家，妻子也会在农闲时来矿上照顾丈夫。大多煤矿都设有家属房，煤矿工人大多文化素质不高，繁重又机械的劳作让他们也需要生理的宣泄。矿工家属一年难见丈夫一面，男女之欢自然是煤矿每个家属房生活的重要构成，人的世俗追求在这里本是一种复数的描写，但却是那般的具体鲜活。

在《月光依旧》中，刘庆邦描写了煤矿棚户街的样貌，也带有这种复数的效应。每个煤矿棚户街都非常拥挤、肮脏和龌龊，像是贫民窟一样，住在那里的人也都像是放弃了自己一样，这些可怜的底层民众中似乎还总是会有个天生智力受损的人，更彰显棚户街生存条件的恶劣，非人间一样令人难以忍受。丈夫带叶新荣到矿外巨大的矸石山下看过那些棚户，那里棚连棚、庵连庵，几乎形成了一条居民街。"那些棚和庵都非常低矮、简陋和破败，有的人家用井下捡来的废荆笆糊上煤泥作墙壁，用矸石块压两层老化的塑料布当顶，就往里住人。棚子风一刮乱摇晃，棚内生火做饭，棚外八下里冒烟。矿工的孩子就在门前已风化的矸石堆里爬来爬去地玩，他们的手和脚都黑漆漆的，脸上也乌眉皂眼，像南非一带黑种人的孩子。有矿工的妻子在门前的铁丝上晾晒新洗出来的大小衣服，因是用井下排出的废水洗的，哪样衣服都乌涂涂的，红是黑红，蓝是灰蓝，都染了煤色，失了本色。衣服还湿着，秋风扬起矸石山上和地上的煤尘，又吸附在衣服上，如落了一层带翅膀的黑蚂蚁，洗了如同不洗。一些靠捡矸石里夹杂的煤块为生的无业游民也在这里住，他们一年到头也不洗澡，不洗衣服，每个人身上都臭烘烘的。他们还养了狗，他们坐在矸石上，端着有豁口的大瓦碗吃饭，也随时从碗里挑出一筷子饭扔在地上给狗吃。他们的狗更是脏污无比，每一只狗瘦毛长的身上都富存煤炭，它随便一抖擞，全身就落煤纷纷，在地上印出一个狗形。还有一位笑口常开的天生智力受损的女人，脖子上挂着一串螺丝帽，一条腿从裤管的破洞里穿出来，扁瘪的裤管在腿后垂着，她一跑动裤管就左右悠打，显得十分飘逸。看样子

---

① 刘庆邦.家属房[M]//贫舍.懒得离婚.青岛：青岛出版社，1994：182.

这个女人年龄并不太大,不过三十来岁,她对叶新荣似乎很友好,一看见叶新荣就停止了奔跑,直盯盯地瞅着叶新荣傻乐,像是随时会冲过去扳住叶新荣的肩膀亲近下。叶新荣有些害怕,躲在丈夫一侧,示意丈夫赶快离开这里。他们走,这个女人也跟着走。丈夫弯腰捡起一块矸石,对这个女人吓狗似的示了一个威,她才站下了。叶新荣有些寒心。都知道矿工的老婆孩子到矿上去住楼房玻璃屋享清福去了,谁知到了矿上连个安身之所都没有,住这样风雨不蔽的破棚子。城里高楼片连片,矿上高楼楼挨楼,却原来那些楼房全被人占满了,一点儿也没有他们的份儿。"① 每个人都知道的棚户区在刘庆邦的笔下就像一幅水墨画,随着画师的描摹,画面越来越清晰,越来越具体,而每个读者都会在心里承认,对,这里就是这个样子!

八、虎头猪肚豹尾的叙述结构

刘庆邦小说的情调叙事模式与情感性有关,从传递情感方面来说,小说文本真正做到了虎头猪肚豹尾,开头常常单刀直入,直接撕开情感的纠结之点,带有虎虎之威,像《月光依旧》开头是插叙:"两个女人,年龄相仿,心眼儿都不算少。未见面之前,她们就成了对手,彼此都知道名字。凭一个男人透露出的一鳞半爪,她们都在心里反复想象过对方的样子。为了压对方一头,她们都不愿把对方想得太好。可奇怪得很,脑子里一出现那个女人的样子,那个女人就美得人五人六,胜过自己,让人气恼。及至见了面,两个人一惊,大老远地就觉出了对面走过来的人是谁,差点互相叫出了烂熟于心的名字。"② 开篇就剑拔弩张,充满火药味,而两个女人之间到底发生了什么?开启了无限的叙事空间。正文猪肚是要有详尽之实,要将故事详细展开,由此表达作者想要表达的主旨,像《月光依旧》随着正文故事的展开,既老实本分又心高气傲的叶新荣渐渐形象丰满,而她心心念念想着成为城里人就可以摆脱土地,就可以享清福,由此不惜跟娘家人撒下一个又一个谎言,严厉地克制自己、管束女儿,做出城里人清高的样子,实则是打肿脸充胖子,煤矿不景气丈夫工资拿不回来,家里精打细算却连孩子上学的钱都没有,不得不去借那个女人家的土地种,展开了一个女人的丰富的情感内心。结尾铿锵之力要将之前的叙述整合,用简短的话语或者明确点题,或者升华高度,或者丰富内蕴,令人感触良久,浮想联翩,启迪思考。《月光依旧》的结尾叶新荣还在老家侄子面前充着城里人的金贵,实则惦念着地里的庄稼,打发走了侄子,当天夜里就下地收割豆子,遍地月光之下,"举目四望,叶新荣在夜空

---

① 刘庆邦.月光依旧[J].十月,1997(3):79.

② 刘庆邦.月光依旧[J].十月,1997(3):76.

下看到了矿上的矸石山，还看到了附近的小煤窑的木头井架和煤堆。井架和煤堆真不少，一个连一个。矸石山和井架上都装有电灯，夜里看去，那些灯都离她很近，对她和她所种的庄稼地构成了包围压迫之势。另外，不远处的公路上，还彻夜跑着装满煤炭的汽车，那些汽车打着像探照灯一样的大灯，隆隆地开远了。她想，我这是在哪里呢？"①这最后一句就是让人获得共鸣以后"灵魂出窍"的！叶新荣来到煤矿，在老家人的艳羡中，有了农转非的城市户口，以为可以在城市人的新身份下获得更好的物质保障和一系列特权，是飞上了高枝，过上了好日子，可是她一天也没有过上城里人的好日子，反倒和从前一样，甚至是更费力地当一个农民去种地。她把自己当成城里人，端着矜持的架子，只能是打掉了牙齿往肚子里咽，自己的隐痛苦楚只能自己承受。而当她踏进土地，"不由得从心里发出赞叹，土地真好，种子真好，庄稼真好。从此，叶新荣又回到了土地上，她像是有了依托，有了牵挂，抬腿动脚就到地里去了。随着庄稼苗的一天天长高，地里的草芽子也发了出来，该动锄了。叶新荣买了一把新锄，天天下地锄草。她像在老家时那样，每天天还没亮，她就蹚着露水下地了。来到地头，她脱去鞋，打着赤脚，把裤脚缩起来，才开始锄。新锄开的土湿湿的，凉凉的，软绵绵的，她的光脚心一踩进新土里，马上找到了感觉，舒服得直缩脖子"。她还会禁不住在心里叫道："真好啊！地真好啊！老天爷真好啊！"②欢快得想要唱起歌来！那么，她究竟是在哪里呢？小说的最后一句话，无疑让读者对叶新荣酸甜苦辣交错织就的内心感同身受，体会到她那么多无奈心酸，唯一让她愉悦的反而是她曾巴望着要离开的土地。同时，这句话会引发读者对近年来农民进城问题的思考，从而让小说不只停留于揭示农转非矿工家庭的生活艰苦层面，而是探问城市的包容性，进城后农民的生存问题和精神寄托问题。城市的光鲜亮丽对农村人特别是对农村女性有着难以抗拒的巨大吸引力，即便是煤矿这样的城乡接合部，也足以令农村女人抛家舍地千里迢迢来追随。刘庆邦的《月光依旧》还是用乐观明亮的笔调解决了叶新荣进城之后的一系列生存基本问题，没有让叶新荣被前后的巨大反差、想象和现实的严重不符所压倒，但是也不得不让人追问进城后农民即便解决了生存问题，甚至仍依靠土地以农民的方式解决生存、生计这一最重要的问题之后，农民的身体到了城里，精神在哪里？是不是也像叶新荣那样？城乡的巨大鸿沟绝非一个户口的变迁就能跨越，其精神愉悦的本质来源也要自问"在哪里"呢？

简短有力的豹尾式结尾在刘庆邦的短篇小说中非常常见，《别让我再哭了》《车

---

① 刘庆邦 . 月光依旧 [J]. 十月 ,1997(3):100.

② 刘庆邦 . 月光依旧 [J]. 十月 ,1997(3):94.

倌儿》《远山》《走窑汉》《血劲》《心事》等都起到了让故事升级，让感情更深厚、升华的作用，就像是高音歌唱家在最华丽、最高亢、最优美的高音中戛然而止，而余音不绝。

九、情调叙事中的象征寄寓

刘庆邦煤矿小说的情调叙事还有一点是象征性，用富含意象、含义深沉的词语作为标题，或者作为人物的姓名。如，《卧底》①中的"国矿长"（国有）"齐老板"（企）"司站长"（死）。发表于 2005 年的中篇小说《卧底》以一位想要转正的实习记者周水明为主人公，周水明不惜去小煤窑卧底以获得第一手资料，好写出一篇有分量的长篇通讯，从而获得转成正式记者的机会。"周水明听说过，西部深山窝子里有一些小煤窑，窑主派人到火车站、汽车站等农民工密集流动的场所，把农民工骗走。一旦骗到窑里，他们就把农民工严密看管起来，强迫农民工像牲口一样给他们干活。他们喂给农民工饭，为的是把农民工喂饱了好有劲给他们挖煤。他们把钱把得死死的，一分都不给农民工发。谁胆敢逃跑，若被他们捉住，一律严惩不贷，轻者痛打一顿，重则敲断腿骨。这样的窑旧社会就有，那时叫作圈窑，猪圈羊圈那个圈。现在这样的窑还没人为它命名，不知该叫什么窑。"当时的小煤窑黑暗无比，但是因为"由于缺乏当事者的直接陈述，那些信息就显得无关痛痒，既没有切实的分量，又不具备振聋发聩的震撼力。在这样的关头，周水明只好把自己豁出去，勇敢地把责任承担起来。"等他被带到小煤窑，"转眼之间，只因他把记者的身份隐去了，就一落千丈，落到连一个叫花子都不如的地步"。"小煤窑建在一个山洼子里，三面环山，一面是一条深沟。山是土山，高有数丈，上下劈得立陡。山根处被掏出一个个窑洞，窑上的人都住在窑洞子里。往上看不见顶，只见一只只雄壮的狼狗卧在崖头，偶尔居高临下地向下面的坝子里瞥一眼。稍有动静，那些狗就狂吠起来。狗都被铁链子拴着，铁链子很长，狗的活动半径很大，狗与狗之间几乎可以交叉。这样一来，每只狼狗都是一个火力点，狗的叫声、爪子和牙齿都作为组合性的火力，构成了对坝顶的严密封锁。"小煤窑就像个牢笼，有狼狗看守，干活还有带着钢鞭的监工，没有任何安全生产措施，各处肮脏龌龊。在这里干活的窑工几乎都是被骗来的，小煤窑主扣住窑工的身份证，雇用打手看住窑工，使这些窑工拿不到工钱，还只能在这里做牛做马下苦力。"在这个窑下干活的窑工，人人的表情都有些恼怒，个个的脸都有些变形，好像都咬着牙，不愿说

---

① 林源.2005 最受关注的小说（中篇）[M].上海：上海科学技术文献出版社，2006：68-93.

话。窑工之间好像互相仇视似的，恨不得你咬我一口，我咬你一口。他们不开口便罢，一开口就是骂，骂得都很恶毒。"更令人惊悚的是窑主齐老板根本就不把这些窑工当人看，甚至要在一位逃走失败的窑工老毕脸上烙下印记，完全当畜生一样对待被逼无奈的老毕："走到炉台边，把左手垫在炉台上，用煤铲的刃子向自己的小手指切去。连切带烫，小手指冒着青烟，一会儿就切断了。断掉的手指像一只活着的蚂蚱一样，一下蹦在地上。这回屋里弥漫的是烧人肉的味儿"。而身份暴露后的周水明，一开始还受到赶来的国矿长和齐老板的好好招待，之后发现他不过是一个小人物，就将其强行塞进铁桶，扔进煤井筒底，软禁起来，后来脚脖子上还被砸上铁链子拴了起来。虽然周水明卧底之前已给记者站的司站长和自己的妻子交代好，如果自己没有按时回来就去公安局报案，但是接到报案的公安局因为不知道他具体在哪个小煤窑，也无计可施。周水明在井下被囚禁了两个月零二十一天，直至邻近有一家小煤窑发生透水事故，致使二十多个窑工死在窑下，惊动了上级，由公安、工商、煤炭、安全等部门组成联合执法队对该地区的大小煤窑全部停产整顿，对所有小煤窑进行拉网式排查，才将他救了出来，而这时早已过了他的记者试用期，记者站早就招聘了新人。在叙事中，刘庆邦一直在穿插周水明的幻想，他幻想公安机关人员冲了进来，幻想小煤窑的窑工被自己发动起来，幻想像电影情节一样被当作英雄来解救，但是他的幻想一个也没有实现。在《卧底》中，刘庆邦采用的是客观的叙述语言，展示了一幅幅令人震惊的场面，小煤窑窑工的遭遇令人联想到新中国成立前老百姓被剥削受奴役的凄惨状况。刘庆邦用周水明幻想的破灭，让叙述产生了极强的紧张感和对比感，一边是赤手空拳仅靠想象力的周水明，一边是丧尽天良、凶狠毒辣的小煤窑老板，让文本展示了一个公理和正义都不存在，阳光都照不进来的黑暗无边的黑心小煤窑。刘庆邦用零度叙述揭开了煤矿的阴暗面，语言是客观平实的，没有情感的渲染，但是在作品中人物姓名的设置和行为性格的描写已经有力地表现了作者愤恨和批判的意味，如记者站司（死）站长冷漠无情、堕落的记者井庆平（曾是煤矿宣传科的干事）和心狠手辣的齐（企）老板。

刘庆邦煤矿小说题目富含象征意蕴也是情调模式的一种表现方式。"象征意蕴"不是题材的意义，"而是形象整体特征的一种指向性，它存在于题材之外，靠人的想象力和情感体验去把握"[1]，利用文本语言指向的陌生化，暧昧地暗示文本所要表现的内在含义，带有作者明确的主观变形的强烈色彩。刘庆邦的煤矿题材短篇小说《远

---

[1]　林兴宅.艺术之谜新解[M].福州：福建人民出版社,2017:104.

山》，主要讲述一位丈夫出了车祸，独立抚养儿女，自尊要强的妻子荣玉华的故事。因家境窘迫，荣玉华被逼无奈竟然剃掉头发，以光头女扮男装，用丈夫的名字下窑挖煤。柔弱女子在煤矿多以皮肉生意为生，荣玉华却不畏辛苦，刚正不移。但是，井下毕竟是男人的世界，同班的其他男工很快就发现了她女性的身份，甚至有两人对她还有非分之想，都被荣玉华所坚持的煤矿工人的尊严和一身的刚正骨气所折服。荣玉华感念同班男工对自己的照顾，特别是没有将她的真实身份告诉窑主，趁年节备下酒菜，想要感谢、款待三位，没承想这三位却一个也没来。小说题目为“远山”，“山”包蕴依靠、依赖的内涵，丈夫往往是妻子的靠山，是妻子的依靠，所谓远山，是远远的依靠，暗指井下同班的三位男工对荣玉华同情、钦佩而后生出的相助之情。短篇小说《清汤面》《白煤》《血劲》《月光依旧》《哑炮》的题目都带有象征意蕴。

刘庆邦发表于1981年的中篇小说《在深处》，记述的是一位老劳模的故事，这部中篇小说没有当时流行的伤痕反思的意味，而是真实记录了煤矿工人的生活生产状况以及煤矿真实的人际关系状况。劳模李运来勤劳朴实，在井下挖煤时遭遇哑炮手掌被炸掉半个，“右手只剩下半个手掌和两个半指头，小指、无名指和半个中指，永远和他告别了”。此后，他被工友取了个绰号“七个半”，即便只有七个半手指，李运来依然要求下井挖煤，勤勤恳恳，不仅是业余工具保管员，干活也从不惜力，是同班其他工友争抢的对象，原因很清楚，跟李运来一个场干活省心省力，哪怕你找个地方睡一班，李运来一个人会把两个人的活儿干完，还不埋怨你。李运来“三十多年的矿工生活，他经历过瓦斯爆炸，看见过矿井着火，井下透水曾撵着他的脚跟跑，大冒顶曾把他堵在巷道深处一天一夜……难怪有人说采煤如打仗，地层深处无情的自然灾害，随时可能置你于死地。可是，他身经百战，毕竟活过来了。回首往事，李运来并不感到悲哀，他从没有自怜自叹过。相反，他感到骄傲。像既得功名的将军一样，参加过的每一场战役都是骄傲的资本，每次遇难逢生，也都使李运来增加一层欣幸之感”①。老实本分的李运来被矿上树立为劳动模范，对矿上采访他的广播员实话实说，自己因为“老婆有病，五个孩子都不能挣工分，全靠我的工资养活哩”，所以“解放后二十多年，从来没缺过勤，月月上满班”②。成了劳模的李运来被工友派去提意见改善食堂伙食；被送到秦皇岛疗养，享受不了清闲的李运来在秦皇岛待了七天就回来要下井干活；采煤队的书记张存法本来以为他好糊弄，认为他远在秦皇岛有一个半月的疗养期，时间一长会记不清队里发两个月的工资，由此好贪污掉他一个月工资。没承

① 刘庆邦.曹书记买马（中篇小说集）[M].郑州：河南人民出版社，1983：267.
② 刘庆邦.曹书记买马（中篇小说集）[M].郑州：河南人民出版社，1983：285.

想李运来不迷糊，又因为听人说他想领双份工资，一着急把工资的事捅到了矿上的丁书记那里。张存法偷鸡不成仅蚀把米，就此把李运来记恨于心。后来，矿上要清查打、砸、抢分子，张存法乘机揭发李运来打过李矿长！小说"在深处"的标题颇有深意，读罢全篇就能联想到老矿工李运来的淳朴善良、正直肯干、任劳任怨的劳动人民的本色，而这些早已深藏在普通矿工内心认知和行为习惯的深处，成为劳动人民的本能，不只是在老矿工李运来的内心深处有那金子一般爱煤矿爱劳动的热情，每个朴实的矿工的内心深处也都闪耀着熠熠的光彩！长篇小说《红煤》的标题也有着象征的意味，刘庆邦在文末的作者后记中写道："至于这部小说的名字为什么叫《红煤》，听凭读者怎么理解都可以。不过的确有一种煤和铁矿伴生，煤块上面有铁锈，里面也有红筋，被称为红煤。这种煤很硬，发热量大，耐烧，燃起来通体红透，很适合在锻铁炉上用。"[1] 这说明在自然界确实有一种红颜色的高品质的煤。在小说中提到"红煤"，比较有内涵的是这一段对话。

　　这段话中表明自然界中最常见的黑煤燃烧起来就都变成红煤，红中有黑，黑中有红。小说《红煤》主要讲的是农村青年宋长玉的奋斗发家到败落的历史，是一段由"红"变"黑"的畸变过程。高中毕业生宋长玉为了摆脱农村，改变农民身份，来到夏观矿务局下属的乔集煤矿做农民轮换工，因为有一些文化，自视高于一般农民轮换工，希冀自己可以转成煤矿正式工。除了好好工作之外，宋长玉还看上了矿长的女儿唐丽华，在与唐丽华的交往中写了几篇稿子，还参加了煤矿通讯员学习班。正当一切向好发展时，矿长唐洪涛却因为一点小事情就将宋长玉给开除了！原来表面上开明通达的唐矿长，虽然公开承诺如果有姑娘愿意嫁给矿工，矿上将给予热烈欢迎，并给予较高的待遇，对矿工也极力赞扬，称矿工是在以经济建设为中心的和平时期最可爱的人，宣称愿天下有情的姑娘都投向我们矿工的怀抱！但是，当他得知自己的养女唐丽华和一位井下的农民轮换工交往时，立即表明了否定的态度，分别与唐丽华、宋长玉谈话，明确让宋长玉不要再纠缠唐丽华！还因为宋长玉在井下随口说的一句话，就将后来发生的事故责任算在宋长玉身上，而且从重处罚，直接将其开除。宋长玉深知农村老家是不能回去的，落魄的宋长玉由工友介绍，落脚到了乔集矿附近的红煤厂村，后在红煤厂村开办的砖厂干活，认识了红煤厂村支书的女儿明金凤。这次宋长玉吸取和唐丽华交往失败的教训，成功把握住了明金凤的心，成了村支书的女婿。此后，宋长玉开始了自己的发迹史，先是开发了红煤厂的旅游资源，还以次充好、以假当真地

---

① 刘庆邦. 红煤 [M]. 北京：北京十月文艺出版社，2009:374.

红煤厂村的特产大蒜，后来更是成了红煤厂小煤矿的矿长！逐渐膨胀的宋长玉开始了自己的堕落和复仇之旅：为了应付小煤矿检查去贿赂官员，却举报唐洪涛收贿受贿，后来还举报唐洪涛隐瞒煤矿事故，最终将唐洪涛送进了监狱；为了报复唐洪涛当年对自己过重的惩罚，再次联络上唐丽华，完全出于报复心理占有了唐丽华；忽视安全生产，放任红煤厂小煤矿越界开采、过度开采，不仅破坏国有煤矿资源，还使红煤厂村的水位严重下降，导致村民吃水日渐困难；利用自己财富的影响力撤掉了老家的村支书，换自己的堂弟来当……最终红煤厂小煤矿发生严重透水事故，死亡矿工 17 人，宋长玉只得仓皇出逃。

宋长玉本来是一个年轻有为的青年，头脑灵活也积极肯干，也曾开创了属于自己的一片天地，但是他身上固有的小农意识、狭隘的利益交换和报复思想，再加上他所接触的基层官员贪污腐败的工作状态，内外因素交加在一起，将这个年轻人一步步带入了罪恶的深渊。宋长玉的人生起伏令人唏嘘感叹，正如小说文本中涉及题目"红煤"的那段对话所说，煤是黑色的，但是一见火燃烧起来就是红色的，红中有黑，黑中有红。自然界中确有品质高、颜色红的煤，就像曾经的宋长玉，但在其人生的发展中，却一步步走向了阴暗丑恶的黑路。优秀的文学作品总是会包蕴言外之意、象外之旨、韵外之致，引发人的联想和情感体验，建构文本与读者之间的情感异指同构的联系，从而更好地传达作者的主体思想。刘庆邦在长篇小说《红煤》的正文中只有上面所提到的那几句对话涉及"红煤"，然后就是在作者后记的文末说明自然界有一种高品质的红色的煤，在这之外再没有关于小说题目"红煤"的文字。可以说，作者后记中对红煤的说明是刘庆邦有意为之，利用后记扩大文本的内涵，阐释作品的含义，宣示创作的格调。刘庆邦刻意将对高品质的"红煤"的说明放在最后才说，无疑是让读者在通篇阅读之后，通过宋长玉由年轻意气和最后的仓皇出逃形成的鲜明对比，感慨人世间美变成丑、善变成恶的苍凉和荒诞。正如鲁迅先生所说："悲剧将人生有价值的东西毁灭给人看。"积极健硕对未来有美好期待的年轻人宋长玉渐渐人性沦丧，最终被金钱名利的滚滚红尘吞没，这何尝不是人世与人生无奈的悲剧呢？宋长玉的形象不禁让人联想起老舍先生笔下的骆驼祥子，祥子让人扼腕叹息"由人到鬼"的贫民悲惨命运，批判和鞭挞旧社会的黑暗制度。宋长玉的良玉不琢、红煤转黑的毁灭则让人感叹社会转型期人心的脆弱和动摇。正因如此，刘庆邦在后记中特意强调《红煤》所写的不仅是煤矿的现实，更是中国的现实："我更愿意把它说成是一部在深处的小说，不仅是在地层深处，更是在人的心灵深处。我用掘进巷道的办法，在向人情、人性和人的心灵深处掘进。"① 与之相似，刘庆邦在他获鲁迅文学奖的短篇小说《鞋》中也使用了"后记点题"的笔法。如果没有点题的后记，小说只能算是一篇描写农村姑娘真实细腻的心理小说，但是加上后记的呼应，文本记述的就不再单单是一个农村姑娘的心思，而是深层次揭示出了时代背景下人与人之间的情感纠结，并从中寄寓着时代变迁的无限感慨。

十、自成一格的语言美

小说是语言的艺术，语言不仅是小说中描绘环境、刻画人物、展示情节的工具，还是作家风格和思维特色的集中体现。因此，语言特色成为小说文体的本体性特征，也成为作家最基本的艺术特色。刘庆邦的作品不仅结构精巧、表现细腻、内蕴深刻，还在语言上独具特色、自成一格。

刘庆邦小说语言的第一个特色是创造性的词语组合方式。借用严复将作品翻译的准则概括为"信、达、雅"的说法，许多作家在文学创作中也习惯于"信、达、雅"的语言表达规则，只不过"信"是以生活原型为信。在刘庆邦的小说中，他的语言则突破了其中"雅"的规则标准，大胆而创造性地以独特话语方式展示生活中真实的情境。语言是符号系统，言语则是一种社会现象，是人类把语言符号按照语言的规则排列起来表达内容的方式，而刘庆邦的小说恰恰突破了既有的语言规则，创造性地对语言符号进行组合运用，这不仅可以让作品表意更加形象、生动，而且让读者在获得更为深刻和特殊的阅读体验的同时，引发了对文本意义的深思。在《双炮》中，对翠环的描写是"这样高的奶头子是赢人的"。用"赢人的"一词表现嫂子翠环对小叔子的性吸引力，同时暗示了翠环后来对二炮的占有欲的表达。"赢人的"就是刘庆邦对语言言语化的创造性运用。在《遍地月光》中，青年金钟因为自己的出身不好，婚姻和幸福只能成为幻想，而一次开会，偶然发现了出身有问题的王全灵，两人只是相互溜了一眼，金钟便重燃追求幸福的勇气，展开了对王全灵的追求："目光无形，无色，无味，目光走到哪里，别人也不大容易发现。可是，在金钟看来，王全灵的目光是有形的，有色的，有味的，他一下子吃到心里去了。"感受到姑娘目光有形，有色，有味，还"一下子吃到心里去了"，这种特殊的词语组合方式形象表达了金钟对异性的敏感和渴望，而且这种味觉、感觉与心理相通的方式可以更好地将读者紧紧"抓住"，好奇而关注金钟此番浓烈的情爱又将会是怎样的结果。在小说中，刘庆邦这种突破常规的言

---

① 刘庆邦. 红煤 [M]. 北京：北京十月文艺出版社，2009:374.

语方式比比皆是，这是作家个性化表达真实生活的突出体现，也是其艺术技巧和写作技能的重要特征。正如黑格尔所说："艺术家之所以为艺术家，全在于他认识到的真实，而且把真实放到正确的形式里，供我们观照，打动我们的情感。"①

刘庆邦小说语言的第二个特色是"越轨的笔致"。鲁迅曾在《生死场》序言中用"越轨的笔致"这一断语评价萧红，意指萧红作品对死亡、性及各种惨烈生存状况的不掩饰、不回避的令人心悸的描写，"超越了一般人认为的正轨，超越了常规；它大胆的落墨打破了传统写法和流行写法"②。这一特点在刘庆邦的小说中也有鲜明的体现，其作品中也有大量对性、饥饿、嗜血性和恋物癖等在传统意义上缺乏文学审美性的生物学经验的描写，且笔触大胆、视角独特。当然，如果只有这些，作者很可能沦入低级感官刺激的庸俗作家行列，而刘庆邦的成功之处在于他将这些经验变成可以被分享的有意义的社会经验和美学经验。这一点我们可以从刘庆邦小说中对性的描写来说明，如《梅妞放羊》中用少女梅妞给小羊羔吃自己刚发育的乳作为小说最重要的叙述，来展示梅妞朦朦胧胧初生的性意识、母性意识。在《到处都很干净》中，将食、色并置，饥饿的女人将性作为换得食物维持生命的最后手段，而男人在饥饿面前，面对送上门来曾经"垂涎六尺"的性却"坐怀不乱"，"那个时候，为了保命，谁都不愿意干那事。就算有人想干，也干不动"。食、色这两大基本需求的"对弈"恰恰展示了时代对人性的挤压。《城市生活》中通过田志文对歌厅、按摩女的好奇的描述，用性的暗示刻画田志文寂寞、无聊、精神贫乏的都市灵魂形象。女作家徐坤在谈刘庆邦的小说创作时说"稍微有那么点'情色'"③，但刘庆邦不是渲染身体经验的作家，他对性的描写或暗示，既无挑战禁忌的张扬，又无感官肉欲的挑逗，而是一种对人身体和欲望真切的发现和感知，充满了朴素的生活感，并以此作为打开人内心真实的通道。刘庆邦曾将自己的作品结集取名为《民间》，而他小说所要表现的就是最真实的"民间"和民间生活的本色，所关注的是普通人的食、色、性、情。刘庆邦和萧红及其他成功的笔触大胆的作家一样，不论语言风格、主题指向有何差异，均是以自己的艺术之笔和人文情怀将常人不敢书写的生活碎片转为思想之殇和艺术之美。

刘庆邦小说语言的第三个特色是舒缓沉郁的节奏性。在小说创作中，刘庆邦善于不着痕迹地改变事情发展本身的节奏，将生活中本来时间极短的事情写得极长，极长的写得极短，语言化作他手里的一根线，细线化成小说的情节和情绪，用语言的多

---

① 黑格尔．美学（第一卷）[M]．北京：商务印书馆，1979：325.
② 金大为．越轨笔致的探究 [J]．锦州师院学报,1987(3):14.
③ 徐坤．刘庆邦的味与笑与文学与酒的关系[N].中华读书报,2005-02-16(5).

少、表现的快慢控制着小说中的人物和事件，也牵引着读者；用语言的节奏干涉小说情节和读者情绪，赋予小说一种音乐节奏感。无论是叙事还是抒情，均娓娓道来，客观、冷静的笔触构筑起沉郁深刻的审美力场。短篇小说《手艺》中小孙女果果要爷爷锔碗，小说没有直接推进锔碗对爷爷的特殊意义，而是用一大段语言来营造小说舒缓的节奏，写爷爷"看见果果用的碗是一只麦绿色的塑料碗"，儿媳给他用的最大号的搪瓷碗，儿子扔掉的瓦碗，"不光是碗，他家的盆罐都换代了"，什么都用不着锔了。整篇小说用大量语言描写爷爷对各种碗的心理感受，节奏平和、不着情绪色彩，但客观、平和的叙述反而把爷爷对锔碗手艺及昔日生活的复杂情绪刻画得入木三分，读者也被深深地打动。而最早为刘庆邦赢得声誉的《走窑汉》的结尾语言刻意收敛，用带有画面感的描述将主人公马海洲的复仇故事推向高潮，也推向结尾。文字不多，但鲜明的画面感和节奏感呼之欲出，故事戛然而止，但读者却陷入沉思。《人事》中"嘴严是做人事工作的干部必备的素质之一，不需要你开瓢的时候，你得把葫芦一直抱着，抱到发黄，发干，还是葫芦。"文字精简，读来流畅顺口，寥寥几笔，形象入骨！语言上的节奏既是文本最显著的特色，又是作家把控作品整体架构能力的体现，特别是短篇小说，作者对语言、情节和故事结构的节奏把控力尤为重要！

"看似寻常最奇崛，成如容易却艰辛。"这是王安石评价张籍乐府诗的名句，我们不妨将之借用到刘庆邦小说的语言艺术上。一篇好的短篇小说就如同一首诗，同时兼具语言美、意象美和节奏美，这不仅是指要用作诗的匠心写小说，还应该像写诗那样关注短篇小说的语言和用字。"短篇小说王"刘庆邦确实也做到了这一点，他成功地用自己独具特色的语言将灵魂和精神灌注到作品中去，雅俗相融，让小说在粗野厚重的民间气息中闪耀出文学之美和人文情怀。

第二节　矿山之花——煤矿小说女性形象论

煤矿是男人的世界，但是女人的影子却无处不在。比如，矿场工作的女工。煤矿的女工基本都是在煤井之上，所从事的往往是煤炭洗选运输类边缘性工作，如在矿灯房收发矿灯，在井口负责开绞车或皮带运输机，在洗煤车间质检，在装煤楼捡矸石，相比井下冒着生命危险的男工要好很多。但就女性身体情况和其他行业工作而言，煤矿女工的工作条件差，工作强度大。煤矿世界里女人的另一组成就是矿工家属。煤矿女工数量不多，相应地作为矿工家属的女性是一个相对庞大的群体。煤矿的女人是金贵的,煤矿的女人也是无奈的,她们撑起煤矿最亮丽的风景,也承受着煤矿最痛最深的悲伤和无助。煤矿文学中塑造的女性形象多个性鲜明,也带有诸多共同的特征,但其中具有明确自我主体意识,追求自我价值的煤矿新女性并不多。整体而言,煤矿文学作品成功塑造了大批性格各异、选择不同、命运各异的女性形象,前文的叙述中也有多处提及。在此,笔者将重点对煤矿文学中最典型的三类女性形象进行简要解析。

一、善之花——贤淑的矿嫂

在煤矿文学中,矿嫂形象是数量最多的,对于正面矿嫂形象的塑造也基本从温柔善良、勤劳朴实的贤淑品质来介绍,以家庭和丈夫(矿工)为重,以照顾家庭和满足丈夫的需要为标准落笔。文本叙述中注重表现的是其对男性的迎合和被男性对象化、物化的那一面,而忽略其自身带有女性意识的精神和心理活动,对矿嫂女性主体意识的挖掘和表现并不深入。矿嫂首当其冲是被赞颂的对象,正如著名煤矿作家、词作家张枚同的诗歌《矿山的女人》[①]:

矿山的女人
山沟沟里的花
崖畔畔山坡坡
沟沟岔岔都安家
脸儿笑盈盈呀
话儿火辣辣呀
一颗心系在矿井下
辛勤是春秋
艰苦是冬夏
日日夜夜为矿工
汗珠子如雨洒
……
矿山的女人
山沟沟里的花
一年年一岁岁

---

① 杨长松.慕容风[M].新安县文学艺术界联合会,2013:167-168.

风风雨雨度生涯

夜里伴星斗呀

清晨迎朝霞呀

一片片那个深情

交给矿井下

欢乐也有她

痛苦也有她

生生死死为矿工

心血描图画

……

还有煤矿诗人刘孝敏的诗歌《矿嫂》：

有一个美丽名字叫矿嫂。

她的身影是矿山上最亮丽的风景一道。

茫茫的人海里，多少个青春秀美的矿嫂。

思念兄弟的长夜里，你熬过了多少个通宵。

矿工的妻子啊！

你的境界多么崇高。

矿工的妻子啊！

兄弟们不会忘记你的功劳，

多少人赞美你，歌声的美妙。

赞美你——矿嫂，

为你感到骄傲。

有一个动听的名字叫矿嫂，她为家庭的奉献，

有谁能知道多少。

家里的一切琐事，

需要你日夜辛勤操劳。

多少道沟沟坎坎，

你总是挺起娇嫩的腰。

……

赞美你——矿嫂，

为你无比自豪。

　　矿嫂的确是煤矿中无私奉献的贤内助,她们要承担家庭的重任,同时承受巨大的心理压力,并且矿难的阴影也让她们的精神备受摧残。矿工冲在煤矿生产的第一线,时刻面对煤矿生产的生死考验,他们背后重要的支持力量就来源于家庭、来源于矿嫂,因此对矿山女人对矿嫂歌颂的文学作品在煤矿基层文学刊物中非常常见。这些作品中的女性形象基本可以用煤矿作家侯孟于 1999 年初版、2014 年修改后再版的长篇小说《原色》中第十四章的标题"矿山女人爱无疆"概括,这一章里讲述了三位大爱无疆的矿山女性。先是描述采煤机电工冯玉担心自己青梅竹马的女朋友向梅上了大学就和自己分道扬镳,向梅和采煤一队的机电工冯玉是父母包办订下的娃娃亲,本来可以不算数的。向梅上大学后,通过和冯玉书信往来,熟悉了矿山,了解了矿山。她没有变心,甚至没有产生丝毫的动摇,一如既往地和冯玉保持着恋爱关系,直到成了一家人。冯玉是矿山的优秀青年,这几年他钻研机电技术,在矿上干得很出色。向梅找了个好工人、好丈夫;矿山多了位好女人。小说接下来描述了退休老矿工杨保旺,年轻时骗俊俏姑娘红秀说自己是"一区二号车"的车长,等到红秀嫁给杨保旺,到了矿上,才明白"一区二号车"原来是矿井里手推木板车的编号,"蒙人"的"车长"不过是个普普通通的井下搬运工。一开始红秀还赌气常住娘家,后来慢慢被杨保旺的好性子和能干感动了,最终也就认了。"等到儿子出生,红秀的一颗心拴到了杨保旺身上。户口转到矿上,成了家属,今天见这个工人工伤,明天听那个工人出事,红秀这才真正明白了当矿工的不容易。下煤窑得有个好身体好心情。妻贤夫祸少。她把农村女人的热心热肠全给了丈夫。白天黑夜,不管杨保旺啥时下井出井,吃的总是热乎饭……不知从什么时候开始,杨保旺在家里米面不买,柴炭不动,成了甩手'掌柜'。孩子们欢欢长着时,姥爷去世。埋了老人,当了小队长的杨保旺前脚回矿,红秀后脚跟回,说是怕他吃不好睡不稳歇不过身子下井出个闪失。摊上这样的老伴儿,谁不说杨保旺是积了几辈子德修下的福分。下了几十年井,杨保旺落下了职业病咳嗽气喘,可安全事故没有拿住过他,连根手指头也没有伤过,全是因为在井下无后顾之忧,心情平和。"[1]最后介绍矿工王煤蛋的老婆俊爱。王煤蛋因为冒顶之后顶板突然来压,被一块碎石击倒,命是保住了,却变成了植物人。俊爱每天悉心照顾王煤蛋,"'按摩是天天的功课,停不下来。光靠按摩也不行。肉呀菜呀,只要能买得起,我就买回来弄些肉汤汤菜汤汤喂他。天天我给他嗑些葵花子,隔些日子给他嗑些西瓜子。西瓜子贵,不敢多买。人家说葵花子、西瓜子都是高营养的东西,还养胃通便。你别说,就是见效。起先我把葵

---

① 侯孟.原色 [M].太原:北岳文艺出版社,2014:170.

花子、西瓜子嗑好了捣碎了喂，现在不用捣碎，煤蛋也能嚼下去'俊爱说着，脸上露出了满足的笑容"①。可以说，对这些矿嫂、准矿嫂的歌颂都源于她们爱矿工爱矿山，赞美的也是她们对矿工和矿山的无私、无限、无条件的爱与奉献。

同时，很多表现准矿嫂和矿嫂美好品质的煤矿文学通过对煤矿女人的歌颂来反衬煤矿男人（矿工）的积极肯干的人品性格，如《原色》第十四章中向梅对应的冯玉，红秀对应的杨保旺，俊爱对应的王煤蛋，都是煤矿工人中认真负责，敢于承担，积极向上的好工人、好同志。这样的对应关系在 20 世纪 80 年代的煤矿文学中曾经非常普遍。陈建功的名篇《丹凤眼》就是这样以描述漂亮的孟蓓姑娘开篇的："四号卖饭窗口的姑娘其实是很漂亮的一位，特别是那双眼睛，水汪汪的，眼角微微向额上翘着，标准、美丽的丹凤眼。"小说篇名叫"丹凤眼"②，一双漂亮的丹凤眼也确实长在姑娘孟蓓的脸上，但是小说通过孟蓓的爱情发展，倾力塑造了出色的年轻矿工辛小亮，"辛小亮在矿上是个人人瞩目的人物。他的大名经常在矿上的广播喇叭里被喊出来。超什么纪录呀，战什么险情呀，这就不必说了。就是在工会组织的摔跤比赛场地上，他也是观众们崇拜的勇士"③。张枚同、程琪的《矿灯姑娘》中的桃桃和高峻也是如此，通过桃桃姑娘美好的爱情故事，展示矿工高峻肯学习、能吃苦、敢于创新积极进取的好品质。

20 世纪八九十年代，煤矿文学中塑造了一大批任劳任怨、以丈夫（矿工）为先的矿嫂形象。在煤矿文学作品中，"煤矿是男人们的天地，女人除了在家里侍候男人，似乎没有什么可以干的"。④ 女人待在家里，处理家务，做饭洗衣，照顾丈夫和孩子，温柔善良，就像故事里的田螺姑娘，不嫌弃艰苦的条件，看中男人吃苦耐劳朴实本分的品质，用自己一双巧手布置出温馨温暖的家，因为男人下井工作辛苦，挣钱不容易，一切以男人为先，以男人下井的工作为先。总而言之，一切围着丈夫转，能用有酒有肉可口饭菜慰藉男人的身体，也能用柔软温暖的身体抚慰男人的精神，女人是圣母贤妻，是"家中的安琪儿"，是"屋内的天使"。《哑炮》里的乔新枝、《走窑汉》里的小娥、《家属房》里的小艾等都是这样贤妻良母式的矿嫂。

贤妻良母式的矿嫂在文本世界中带给煤矿以及煤矿工人以温暖和色彩，也给读者带来了轻松和谐的阅读体验。但也不能不看到，在这样的文本模式下，许多作品中

① 侯孟 . 原色 [M]. 太原：北岳文艺出版社 ,2014:211.
② 陈建功 . 陈建功小说选 [M]. 北京：北京出版社，1985：41.
③ 陈建功 . 陈建功小说选 [M]. 北京：北京出版社，1985：48.
④ 侯孟 . 原色 [M]. 太原：北岳文艺出版社 ,2014:123.

的男性才是煤矿里的生产力，成为生产关系的主宰，是经济基础，而在精神层面上也是男权思想占主导的世界，没有女性施展自身才华、发挥自身社会角色的舞台。从性别文化批判的角度看，女性在某种意义上似乎成为煤矿男性的附庸，有完全被物化的文化倾向。这类作品中对女性的赞美和肯定也源于女性对丈夫（矿工）忠贞不渝的爱，为家庭为丈夫无私的奉献，心里只有丈夫没有自我，将女性的价值和意义限定于此。正如《原色》中对矿嫂俊爱的肯定和赞美，就是基于她全心全意照顾矿难中成为植物人的丈夫："天底下，有些男人是为女人活着，有些女人是为男人活着。俊爱这辈子就是能耐霜雪的树皮，包裹着丈夫让他枝干粗壮；是能存炭火的四炉膛，包含着丈夫让他热力四射；是能挡风雨的房屋，包容着丈夫让他安宁恬适。这样的女人，怎么会让自己的丈夫倒下呢？她有这么多淌着情溅着爱的眼泪，这眼泪一定能托起她的丈夫。"[①]这是对善良矿嫂的褒扬和赞美，但却忽视了矿嫂俊爱的坚强，有的读者不禁会产生这样的反问：到底是工人丈夫支撑着矿嫂，还是柔韧的矿嫂支撑着丈夫和家庭呢？当然，这是煤矿作家的无心之失。但有的作品对这个问题进行了反思，最典型的当属刘庆邦的《走窑汉》，其中温柔顺从的矿嫂小娥最终牺牲在丈夫专制偏执的男性权力下，给人以震撼和警醒。

二、恶之花——"嫁死"的女人

中国女性本来性格温柔、纯真善良，特别经过千百年男权文化的熏陶，贤良顺从甚至依附的性格特性深刻地融入思想深处，但煤矿特殊、封闭的环境也会从"依附"观念的腐质中演化出畸形的恶之花。因为煤矿男女比例严重失调，矿区又都建在远离城镇的偏远地区，煤矿工人一直存在婚恋的难题，结婚的矿工大多两地分居。于是，有的煤矿周边就有暗娼出现，她们往往是矿区附近周边的农民，因为各种原因出卖皮肉。在煤矿文学中对这类暗娼的描写并不鲜见，"现在单身在外的窑工哪个不沾腥？一发工资，那些女的就冒出来了，热情得很，非把东西卖给你，不买也得买"[②]。这也从侧面揭示出矿工性压抑的状态。女性在某种意义上成为煤矿中的"稀缺资源"，正是在这种背景下，煤矿文学中揭示一些女性抛弃了善良，因为生计、面子、金钱，衍生出一些极端甚至惨烈的故事，最终害人害己。

《血劲》中的四真，当初只是在报纸上看到了矿长的一篇文章，文章中许诺嫁给矿工的姑娘，矿上会热烈欢迎并给予较高的荣誉，于是就不顾母亲反对甚至和母亲断绝

---

① 侯孟.原色[M].太原：北岳文艺出版社,2014:45.
② 赉舍.懒得离婚[M]青岛：青岛出版社,1994:185.

关系，不远千里来到矿上坚决要求嫁给矿工。结果婚礼非常风光，但过后四真去找矿长给她安排工作时，矿长却老是推托，等到换了几任矿长之后，她的婚姻就被认为"简直是开玩笑"。更不幸的是四真当初嫁的矿工劳模雄，虽然性格随和，但四真和他没有感情基础，面对矿里的出尔反尔，四真寒了心，不仅不让雄近她的身，竟然还公开和矿区卖狗肉的屠夫秤锤姘居，完全不顾丈夫雄的脸面，让矿工倍觉屈辱，甚至气愤不已，最终四真和秤锤被矿工木杀死了，但是雄替木顶了罪。四真虽有可怜之处，但她的功利和极端令人憎恨，她的婚姻带来了死亡，最终给自己、给他人招来杀身之祸。

更可怕的是煤矿世界中那些"嫁死"的女人，她们对于矿工来说更是噩梦一样的存在。在迟子建的小说《世界上所有的夜晚》中记述了乌塘这个出产煤矿小镇上的黑色故事：在这个小镇上，"嫁死"的女人几乎是公开的秘密，"还不如学那些来乌塘嫁死的女人，熬它个三年五载的，'嘭——'的一声矿井一爆炸，男人一死，钱也就像流水一样哗哗来了！要说什么是鬼，这才是鬼呢！"[1]"乌塘不是矿井事故多吗，这些年下井死了的矿工，家属得到的赔偿金多，一些穷地方的女人觉得这是发财的好门路，就跑到乌塘来嫁给那些矿工。她们给自家男人买上好几份保险，不为他们生养孩子，单等着他们死。我们私下里就管这样的女人叫'嫁死的'。前年井下出事故时，你看吧，那些与丈夫真心实意过日子的女人哭得死去活来的，而外乡来的那些'嫁死'的呢，她们也哭几嗓子，可那是干嚎，眼里没有泪，这样的女人真是鬼呀！""嫁死"的女人对于娶不上老婆的底层矿工来说，就像是人间的索命鬼，她们像梦魇一样缠住可怜的矿工，令艰辛的矿工更增添一层凄凉。在煤矿诗歌中有一首郭德学的《嫁死女》[2]：

嫁死女

某山区，有穷苦的女子嫁给小煤窑的矿工，然后诅咒他们快出事故，好领取抚恤金，人们叫她们——嫁死女。

第一声唢呐吹起羞红的炊烟

你像地主婆恐慌革命恐慌天黑

生龙活虎，转眼秋后蚂蚱

你双手抚不平他弯曲的背

体热，暖不回阴影纠缠的草根

---

① 中国小说学会，齐鲁晚报社 .2005 中国小说排行榜 [M]. 北京：作家出版社,2006:90.
② 郭德学 . 草根的念想 [M]. 北京：中国文联出版社,2007:70.

　　"嫁死女"的存在让矿工的生活更加阴暗，内心更加低沉，而更可怕、可悲的是"嫁死"在一个时期的有些煤矿竟然是公开的"秘密"。正因如此，曾在一个时期出现四篇同为《嫁死》的小说，分别为傅爱毛的《嫁死》（2006 年发表于《长城》第 3 期）、刘永飞的《嫁死》（2006 年发表于《当代人》第 2 期）、侯发山的《嫁死》（2008 年发表于《短篇小说》第 5 期）和丘晓兰的《嫁死》（2008 年发表于《辽河》第 7 期），分别写了"嫁死女"米香、二凤、小玉和周小妹。当然，小说的结尾还是给人以暖色和希望。这四位"嫁死女"最后要么彻底被矿工丈夫感动，放弃了"嫁死"的心，要"嫁活"，要和矿工丈夫好好生活；要么面对矿难发生，多少还是有所触动，动摇了这种谋财要命的阴损心理。"奇怪的是，就这样，那些经周小妹介绍结了婚，但男人还万幸的没死的，竟也相安无事地过着。"[①] 结局也富有戏剧性，放弃了"嫁死"的"嫁死女"的丈夫，偏偏在矿难中遇难，想着要抚恤金的"嫁死女"的丈夫反而会死里逃生。这种戏剧化的结局显然是文本对"嫁死女"的黑色幽默。虽然温暖的结局舒缓了读者紧张、冲突的神经，但是这四篇《嫁死》反映出的人性中的丑与恶还是令人震撼。"你们天天在地底下挖，真成了活死人了。女人嫁汉，穿衣吃饭，这男人活着她要吃。死了不也要吃的吗？要是死了更好吃，为什么不吃死的，嫁死的呢？"[②] 这不由得让人想到著名的"吃人"主题。现代文学史中，"吃人"主题的提出乃是源于鲁迅先生 1918 年发表于《新青年》上的中国现代第一篇白话小说《狂人日记》，它形象地揭露和控诉了中国几千年"吃人"的历史，认为中国的封建文化就是"吃人"的文化，"所谓中国的文明者，其实不过是安排给阔人享用的人肉的筵宴。所谓中国者，其实不过是安排这人肉的筵宴的厨房"[③]，"于是大小无数的人肉的筵宴，即从有文明以来一直排到现在，人们就在这会场中吃人，被吃，以凶人的愚妄的欢呼，将悲惨的弱者的呼号遮掩，更不消说女人和小儿"[④]。鲁迅感慨"悲惨的弱者"，感慨女人与小儿的被吃，批判阔人、凶人的无耻和残暴。而到了"嫁死女"这里，女人一反被吃的弱势，反倒成为"吃人"的主体，不仅吃得明目张胆，还吃得心安理得。在刘永飞《嫁死》中"嫁死女"二凤甚至觉得"就我倒霉，您看，姐妹们都挣十几万回去了，可我……还，还赔几千块"。而二凤的表舅老马，"是三年前做这种'嫁死'生意的。以前他也是矿工，把一些生生死死看惯了。直到有一天，他突发奇想，从老家带一些

①　丘晓兰.嫁死[J].辽河,2008(7):9.
②　丘晓兰.嫁死[J].辽河,2008(7):9.
③　鲁迅.灯下漫笔[M]//鲁迅.鲁迅全集:第 1 卷.北京:人民文学出版社,1981:216.
④　鲁迅.灯下漫笔[M]//鲁迅.鲁迅全集:第 1 卷.北京:人民文学出版社,1981:217.

女人出来，嫁给当地的穷小子，再给穷小子们买上意外险，然后他就和这些'妻子'们一起静待'丰收'。起初，老马觉得自己太缺德，后来一想也释然了……现在，他每天搜集各矿的资料，随时锁定下一目标"①。但仔细一想，这些貌似吃人的"嫁死女"自身的人性和良知又何尝不是被自私和黑暗吃掉了呢？

　　煤矿作家塑造"嫁死女"的成功之处、感人之处在于真实呈现了特定环境下人性的挣扎和冲突。人是善与恶的集合体，在"嫁死女"身上，这种人性的纠结和冲突体现得更清晰也更集中，在善与恶的斗争中，恶的一面会被爱所感化，或者说本性中善的部分会被激发成长，最终战胜人性之恶。这比起某些作品中表现的单纯的善恶、绝对的善恶，更加真实、丰满，也更具文学的感染力和冲击力。傅爱毛《嫁死》②中的米香身体健壮，却生下了一个弱智儿子皮娃子，"米香也没有别的路好走了。儿子天生是个傻子，丈夫又抛下她们母子两个走了。若是不想办法，也只能守在寨子里煎熬一辈子了。同样是煎熬，何不豁出去赌它一把呢？兴许能熬出头来呢"。为了给儿子弄一笔钱以保障他今后的生活，米香决定"嫁死"，嫁给了豫西瓦房沟的一个农民矿工王驼子。而王驼子原来吃过外地女人的亏，他曾经找过一个外地女人，"那个外地女人跟他稀里糊涂地过了半年多，趁他不在家的时候，卷了他存下的几千块钱，像鸟一样飞走了。他照着那个女人告诉他的地址找了去，结果根本没有那个人。那女人从头到尾都在蒙他"。王驼子本来还处处提防米香，但是米香不一样，"自己提出来，要跟他正式登记结婚才肯搬过去，而且把随身携带的身份证、户口本都拿了出来。证件齐全，来历分明。明媒正娶，手续完备。他心里的石头才一下子落了地，心说：人家是真心实意要跟自己过日子哩。将心比心、以心换心，自己万万不可亏待了人家娘俩"。"他只知道，登了记注了册，领了结婚证，就是贴心贴肉的一家人。却不晓得，米香有米香的算盘哩。"米香根本就看不上又老又丑，腰弯得像虾米一样没人要的王驼子，"她看中的只是王驼子无父无母、少兄弟无姐妹的单身汉身份而已。这样，王驼子一旦死了，她才可以独吞他的赔命钱"。米香盼着王驼子赶紧出事，可是一年多过去了，王驼子所在的瓦房沟煤矿却好端端的，一点事情都没有，王驼子连根汗毛也没伤着。"心里头藏着一百个不情愿，表面上却痕迹不露，还要装做恩恩爱爱的样子，那滋味甭提有多么别扭了。"米香想起"在她的家乡有一种迷信的说法，认为女人的经血是最不吉利的东西，谁沾上了都要倒霉。谁若是跟哪家结了仇怨，便偷偷地把沾了女人经血的卫生纸埋在哪家的地界里，那家里就或迟或早一定要倒霉了。米香

---

① 刘永飞.嫁死[J].当代人,2006(2):26.

② 傅爱毛.嫁死[M]// 傅爱毛.你是谁的剩女.北京：二十一世纪出版社,2011:49-79.

相信这种做法是灵验的。她偷偷地包了一条自己用过的卫生巾，趁人不注意的时候，摸黑来到驼子做工的煤矿上，把那东西悄悄地埋在了煤堆里"。"米香每天嘴里说着：多吃些，多吃些，吃饱了力气足。心里想的却是吃了这一回，还不知有没有下一回哩。多吃一口是一口吧。在她的眼里，驼子差不多已经是个死鬼了。"米香几乎是时时刻刻想尽办法诅咒王驼子赶紧死，"在她的假想中，驼子已经死过一百回了。有时候被淹死，有时候被炸死，有时候被瓦斯毒死，许多的时候是被煤块砸死。无论怎么着，反正不是好死"。王驼子不出事，赔偿款拿不到，米香就时常装病克扣王驼子的工资。王驼子不知道米香的心思，为米香的热饭热菜，皮娃子"爸爸""爸爸"的叫声所满足，一心一意照顾她们娘俩。想着米香是南方人，身体不舒服想吃鲜物，王驼子特意和工友换班去城里买了两个柚子。不承想井下出事，死了六个矿工，包括和王驼子换班的工友，王驼子竟然躲过了这一劫。米香反倒是气坏了，遇难矿工每个人赔偿了三十万，"米香便觉得，那三十万原本应该是自己的，是该死的驼子把她的三十万偷走了。驼子简直就是个挨千刀的贼。她在心里一遍遍地悲叹着：三十万啊，三十万！三十万啊，三十万！眼见到手的三十万，愣是泡了汤。这让米香捶胸顿足，简直无法面对。而这一切都是该死的驼子造成的。"这次事故让米香觉得在煤堆里埋卫生巾是灵验的，于是她在一个没有月亮的夜里再一次来到煤矿上，结果因为做贼心虚再加上天太黑，竟然被一辆拉煤车压断了一条腿！王驼子不知道米香的想法，在医院里连续几个月没日没夜地悉心照顾她，还给留在家里的皮娃子买了个小羊羔。皮娃子放羊时被二流子拐走了，王驼子连着好几天进行地毯式搜索，"整整瘦掉了一圈，连头发都白了几绺子"才把皮娃子找回来。王驼子感到自己身体越来越差，同时觉得自己要为米香娘俩负责，决定不再去煤矿挖煤，到耐火材料厂干杂工去了。皮娃子失而复得，米香知道了有人想要卖掉皮娃子的身体器官换钱，让她反观到自己"嫁死"盼着王驼子快点出事的阴险丑陋，意识到自己的卑鄙可耻。王驼子为了给米香娘俩今后打算，下班有空就弓着腰到山上种树，把自己累得吭哧吭哧的，他是这样打算的："皮娃子现在才十来岁。再过一二十年，等皮娃子成人了，这些树就差不多成材了。卖了树，就可以给皮娃子讨媳妇了。我一个月能种两棵树，一年就能种二十四棵。我今年四十来岁，若是再种二十年的话，就能种下将近五百棵树。有这几百棵树，将来就算是我死了，你和皮娃子也都吃喝不愁了。我栽下的都是上好的树种，成材以后，一棵能卖上千块钱呢。"面对王驼子的一片真情，米香被彻底感动了，"觉得自己简直不是个人。一心盼着他死，等着拿他的赔命钱，他却一心眼儿想的全是她和皮娃子。于是决定索性就跟着这个男人过下去吧。"但是，王驼子自知患了肝癌时日不多之后，竟然到了杨家洼煤矿上班，自己在井下设计了塌方事故，将自己砸死在井下，为的是让米香能拿到一笔赔偿款，好让娘俩下半生有所保障！得知驼子死在了矿井下，而且这次事故只死了驼子一个人，米香的心里像明镜似的，什么都明白了。她知道，驼子临死还在为她和皮娃子打算呢。驼子可真是个难得的好丈夫啊，自己这一辈子怕是再难遇到这样的男人了。能够跟驼子夫妻一场，也算值了。遗憾的是，自己没能替他生下个一男半女。在这一刻，米香恨死了自己。但，一切都已无可挽回了。最终，在这场"嫁死"的剧目中，米香迷失的人性又回到了她的身上，而对此时的她而言，恢复的不仅是善良本真的人性，还有独立坚韧的品格。米香带着皮娃子和小羊羔回她的家乡去了。而杨家洼煤矿赔偿驼子的二十六万元，米香一分都没有去领。

　　"嫁死女"都有两幅面孔，面对矿工丈夫无论内心多么嫌弃讨厌，都热菜热饭好生伺候着。米香为了拿到赔偿款给傻儿子日后的生活弄份保障，内心殷切地期盼着丈夫赶紧遇难，恨不得王驼子马上就出事，时时刻刻诅咒着王驼子赶紧出事。这明是一把火，暗是一把刀，阴损歹毒，令人不寒而栗。而"嫁死女"更显现出人性中善与恶两极的交锋。在"嫁死女"米香、二凤、小玉和周小妹身上，文本都着力地刻画了她们内心深处的挣扎和灵魂抉择的冲突，这种冲突充分体现在愚昧和善良、罪恶与良知、喜爱与厌弃等复杂多样的情感情绪中。上文中讲到的米香，一开始她内心觉得王驼子"丑得狰狞、丑得可怖、丑得叫人愤怒"，但随着被王驼子的所作所为逐步感动，内心开始游移，也淡化了王驼子的丑，到后来为自己对王驼子所做的一切产生了强烈的自责与不安，甚至最终没有领取赔偿款，深刻地表现了人性的丰富与复杂，也深刻呈现出艰苦生活中底层女性在迷茫混沌的情感状态和生存状态中冲破迷雾、寻求人生光明的精神进程。相比前一种贤妻良母型的煤矿女性形象，米香的形象反而能给读者以更强烈的触动和震撼，这也是煤矿文学为中国当代文学画廊贡献的最为独特、深刻的女性形象。

三、自强之花——坚强自立的煤矿女性

　　既不同于温柔贤惠的矿嫂，也不同于为了生计或金钱的"嫁死女"，在煤矿文学中，还有一类女性形象带有明确的自我主体意识，有自己独立的追求和梦想，不仅服务丈夫、照顾家庭，还能够在自我独立的生存拼搏中尽显女性的坚韧与独特魅力，她们是煤矿最绚烂最美丽的花朵。

　　张枚同和程琪在《拉骆驼的女人》中成功塑造了月儿这样一位正直善良的矿嫂。美丽的月儿嫁给了邻村善于钻营的团支书李尚尚，婚后没多久李尚尚被推荐招工来到

了煤矿，一起来到煤矿的还有月儿村里的严柱，两人一开始还结伴回家，第二年不安分的李尚尚参加了派系斗争，忙着夺权，和老实的严柱成了对立面。后来，李尚尚成了李书记，配个司机开着小车回乡把月儿和女儿念念接到了煤矿。很快，月儿就发现了丈夫李尚尚 "干了不本分的事"，他作为书记利用职权占用矿里的托儿所作为自己的家，家具陈设都很高级，这让人们在背地里 "戳他的脊梁骨"，矿工家属也都有意疏远月儿。月儿看不惯李尚尚的作风，把严柱和严柱媳妇改花的话说给了李尚尚听，结果李尚尚不仅听不进去，还故意变本加厉地整治严柱，这让淳朴的月儿 "确实觉得不能再在这个家里生活下去了！她和他，已经失去了共同的语言，共同的生活乐趣，也没有了共同追求的东西。她决定离开他！"[1] 月儿带着念念搬到了黑沟一个小小的土屋里，在严柱和左邻右舍的帮助下安了家，靠拉骆驼送炭生活，而李尚尚和月儿离婚后很快又结了婚。风风雨雨，月儿拉骆驼坚强地走了十年。十年后，李尚尚被免职，下放到采煤队做矿工了，他后来结婚的女人也跟他离婚了。此时的李尚尚充满了悔意找到了月儿，也和严柱重新走到了一起。这篇小说发表于 1981 年，对主人公月儿、李尚尚等人的塑造带有当时一种特有的人物特征，月儿的独立也体现在她不满丈夫李尚尚滥用职权等带有政治意味的思想上，但是总的来说月儿是一位坚强有想法的女性形象，在她的身上既有传统中国女性对丈夫的顺从和依恋，曾经想过像中国千千万万善良温顺的农村妇女一样，嫁鸡随鸡嫁狗随狗，这一辈子也就由丈夫安排了，又有新时代女性的正直坚强，"月儿淡淡一笑，这笑里，有几分刚强、骄傲，又有几分苦涩"[2]。月儿这边无依无靠，带着女儿念念，拉着骆驼送炭，艰难辛苦地挣钱，而李尚尚这边快乐地再婚！看到李尚尚再婚，月儿把自己的嘴唇都咬出了血，可以说月儿始终都爱着李尚尚，但是月儿的爱是纯洁的、高尚的，她爱的是李尚尚身上曾有的 "全县模范团支书""雷锋式好社员" 的优秀品质，所以当李尚尚在时代的潮流中迷失方向时，月儿果敢地离开了他，而当李尚尚向她忏悔，表示终于 "看清了自己走过的路"。"假如那失去了的东西又能回到他身上来呢？" 月儿的内心就又对他泛起了爱情的涟漪。小说充分体现了对人真实情感的揭示，无论是细致刻画的月儿的内心感受，还是改花、严柱的情感表达，都贴近生活、生动感人。对主人公月儿情感的揭示也迎合了新时期女性文学的潮流，从对女性人生影响最大的爱情、女性最关心的具体家庭生活为切入点，展现了新时代的新女性突破完全以丈夫为主宰的传统思想，以自己的想法、自己的原则为根本立场，敢爱敢恨、敢想敢干的精神特质。

① 枚同，程琪. 拉骆驼的女人 [J]. 汾水,1981(7):21.

② 枚同，程琪. 拉骆驼的女人 [J]. 汾水,1981(7):17.

　　与《拉骆驼的女人》中的月儿相近，著名煤矿作家谭谈于 1981 年在《芙蓉》上发表的小说《山道弯弯》，其中塑造的金竹也是一位善良、坚韧又有自己想法的女性。小说以女主人公金竹的情感经历为主。金竹是个非常勤劳贤惠的"田螺姑娘式"的矿嫂，她随身带着奶奶给的陪嫁就是一个田螺，而且金竹是听着"田螺姑娘"那样的故事长大的。她慢慢懂得，人不能只为自己，活在这个世界上，就要尽份责任。对父母，要尽到子女的责任；对丈夫，要尽到妻子的责任；对弟妹，要尽到兄嫂的责任。她是遵循着这么一条奶奶传授给她的、自己认定的道德准则来到这个家庭里的。"五年间接连不断的烦心的事向她压来，但她尽到了做儿媳、做妻子、做母亲、做嫂嫂的责任。五年的生活虽然清苦，但夫妻、婆媳、叔嫂间却是恩爱的、和睦的。"[1]不幸的是金竹的丈夫大猛在矿难中去世了，按规定可以由一位家属来顶大猛的班，善良的金竹就让小叔子二猛顶了班。二猛还没有结婚，之前有人给二猛介绍个姑娘叫凤月，凤月是个贪图享受，只为自己打算的有心计的女人，本来和二猛来往密切，但是因为她被选拔到大队的代销店当上了营业员，身价上涨了，唱开高调，要开高价了。二猛对凤月这种品性很生气，就不再登凤月家的门了，俩人的事就这样悬着。二猛顶了班成了煤矿工人，凤月就又回心转意了，金竹借着让凤月给二猛做衣服的事撮合两人。但是，淳朴的二猛却爱上了金竹，他对金竹、对侄女欢欢真心疼爱，而金子一般的二猛在金竹的心里也掀起了感情的涟漪，只是金竹觉得自己不如凤月，配不上二猛。二猛向金竹表达自己的心意，金竹违心拒绝了二猛，还告诉二猛村里的秃二爷给她介绍了个部队上死了堂客的赵科长。二猛于是打算和凤月结婚了，但是凤月家人还是嫌弃他在井下劳动太危险，打的主意竟然是井下工资高，一旦出事还能坏事变好事，凤月可以去顶班，有了正式工作，还愁寻不下个好主！凤月在代销店值班，因为懒，将煤油放在炉灶边上，给人打完煤油又忘了盖盖子，结果引发了火灾。二猛为了扑灭屋脊上的火，从屋脊上摔下来，住进了医院。一开始，凤月还在医院照顾二猛，后来知道二猛伤势很严重，将来恐怕会落下残疾，成为跛子，情绪就越来越坏，趁着金竹来医院看望二猛的机会，借口脑袋疼，自己回了家。回家之后就再也没来过，不仅没回来，还转身就嫁给了秃二爷说的那个死了堂客的四十岁的赵科长。因为代销店事故，凤月被撤销了营业员的职务，还被罚款 300 元，她现在一心就想赶紧离开这个地方。凤月背情弃义，薄情寡义，从医院回到村里之后就开始造谣，污蔑二猛和金竹有男女关系。金竹听到后，气得哭了一夜，但是她更担心二猛，她仿佛看到，二猛接到凤月退

---

[1]　谭谈.山道弯弯[M]// 郑电波.中国乡土小说名作大系：第 7 卷.郑州：中原农民出版社，2014：199.

去的东西时,那张愤怒的脸,那颗痛苦的心!她在内心深深地责备自己,似乎二猛今天的痛苦,她也有责任似的。"那个她幻见过多次的田螺姑娘,又站到了她的面前。她明白,二猛一直很敬重她;后来,深深地爱着她。""几千年代代相传的封建观念也不能不侵蚀这个长年累月生活在边远山区的女人。但是,现在情况发生了如此大的变化,一切该来的都来了,流言变故,不仅没有击倒她,相反倒使她坚强起来,她明确地意识到她应该站到他的身边去,勇敢地接受他的爱情!"①《山道弯弯》是个叔嫂相恋的故事,这个故事原型在不同的时代有不同的版本,以往的版本多以表现古朴淳厚的乡情乡风,反映新旧思想冲突为主。像乡土文学中台静农的《拜堂》就是写汪二与寡嫂拜堂结为夫妻这种"转房"习俗的。叔嫂拜堂成亲,"世上虽然有,总不算好事",所以时间便定在"半夜子时",两人恭敬地给"祖宗""天地"、爹妈和"阴间的哥哥"叩头时,汪大嫂的眼泪扑地落下来,甚至全身颤抖和抽搐,原来汪大嫂伤心于自己和汪大的夫妻情分,更感慨自己没能"从一而终"而感到愧疚,更为死后在阴间见到汪大时的羞辱和难堪而担忧。《山道弯弯》没有将民俗作为表现对象,却让读者感受到了金竹作为女性的温柔善良,以及最终对自我的发现和肯定,对自我美好爱情的认同和接受。金竹冲破了千百年来施加于女性头脑中的封建伦理道德观念,克服了自卑胆怯的心理,重新认识了自己在爱情中的价值,确立了自己的主体意义。小说赞美的是金竹这样在善良正直的传统美德基础上认识自我、勇敢追求爱情的新时代女性品格,表达的是以美好纯真的爱情为基础的独立、自主的爱情观与婚姻观。

在煤矿文学中还有一些"简直比男人还像男人"的女强人,孙少山的《我们家的老六》中的主人公就是一个遇事泼辣坚强,有主见有心胸,"比男人还像男人",却绕不过感情这道弯的女人。老六的丈夫于成华是个吃不起苦下不起力的人,因为受不了挖煤的苦,挖门子找窟窿当上了教员,后来又考上了师范大学,成了大学生。不识字的老六白天上班,晚上编筐,没日没夜地干,才供得起于成华上大学,在老六的心目中,大学生太崇高了,为了丈夫,老六甘心把命搭上都不吝惜。没承想于成华上大学后就和班里的女同学好上了,回来就提出和老六离婚。老六深受打击,整整编了一夜的筐。离婚时,"所有的人都支持她,包括法院和于成华的领导。可她什么条件也不提,一口咬定离婚是双方都同意的。判决是孩子归她抚养,于成华每月负担十块钱的抚养费"②。老六为了生计,集结了几个伙伴下井挖煤。"在荒山沟里出生,在劳苦

---

① 谭谈.山道弯弯[M]//郑电波.中国乡土小说名作大系:第7卷.郑州:中原农民出版社,2014:231.

② 孙少山.出关[M].长春:时代文艺出版社,2007:35.

与贫穷中长大的女人，不只有一个累不垮、压不倒的身体，而且有一副强健的神经。三年前的那次打击在她脸上身上精神上都不留痕迹，身体还是那么强健，精力还是那么充沛。她独自挑起了生活的重担，咬着牙走下来。"①老六从此"找到了新的生活目标"，组建了一支由一百多名女矿工组成的采煤队，并为这个采煤队呕心沥血。结果她们的工资超过了国家正式职工，单人的煤产量是那些男人的两倍！在这块小天地里大有女人压倒男人的趋势。"老六沉着刚毅，指挥若定，一个将军也不过如此。许多连矿长书记都不敢惹的泼娘们儿，在这里全都畏服于她。"②在井下砸伤了腿，骨折流了半靴子血，老六始终没吭一声。但这样坚强无畏让人敬佩的老六在感情上却并不洒脱，老六竟然公开同意和于成华复婚。"对这个一文不值的于成华她竟是如此一往情深，不顾别人的嘲笑，不顾姐妹的反对，演出了这场电影上都少见的滑稽戏。""她能战胜任何艰难困苦，却不能战胜自己的感情，这是她致命的一大弱点，事情发展到这地步是她的错误。天大的错误！她们这些穷山沟里生长起来的姑娘往往会轻易地爱上第一个闯入她们内心世界的人，从而终生不渝。可悲的是，有时尽管这个男人毫无可爱之处，是一个废物，一个熊包，一个混蛋，她们也不能用理智摆脱开来。"③同时，老六深知于成华好逸恶劳的为人，当初离婚时她就料到会有于成华后悔的这一天，她也想借此报复那个和于成华再婚的女人！结果那个女人带着孩子找到了老六，卑躬屈膝地给老六赔礼道歉，以为让老六实现了报复的目的这事就结束了。从这个女人身上，老六看清了于成华是怎样的人，他能做到亲戚朋友不顾，兄弟姐妹不顾，父母不顾，妻子儿女不顾，而只顾他自己，同时也觉得自己是在破坏另一个家庭，伤害另一个女人和无辜的孩子。老六是一个复杂的女性形象，她身上的坚韧刚强堪比"男儿硬汉"，能够在面对艰辛和波折生活时勇敢承担和反抗，但老六也有女性的柔情和软弱，也有对待感情的非理性态度，甚至说老六还没有完全摆脱传统思想对女性的束缚，这样的女性正是 20 世纪 80 年代"女强人""女汉子"的典型代表。中华人民共和国成立之后，女性参与社会生活的程度迅速加深，女性在各行各业都取得了令人瞠目的成就，自主独立的精神在女性身上越来越明显。在煤矿以重体力为主的世界中，"老六"们展示了让男人汗颜的巾帼风采，但是在"老六"们的精神世界中，却依然有着依附、迷惘的一面。

孙少山的另一篇小说《黑色的沉默》以一次井下瓦斯爆炸事故为背景，逆行追

---

① 孙少山 . 出关 [M]. 长春：时代文艺出版社 ,2007:36.
② 孙少山 . 出关 [M]. 长春：时代文艺出版社 ,2007:36.
③ 孙少山 . 出关 [M]. 长春：时代文艺出版社 ,2007:40.

述在事故中死亡的八位女采煤工人的故事，她们分别是有着男人一样宽肩膀，一次能拖进掌子里四台矿车，丈夫在井下受伤下肢瘫痪，外号叫火车头的王金花；一年四季穿着一件男式大棉袄，连白面馒头都舍不得吃，却一心想着要在存款折上存上一万元的庄玉梅；为了给喜欢摩托车的丈夫买辆新车，欠了亲戚三千块钱的债，为了还债才要求下井的李玉娜；丈夫是模范教师但是生活贫困，通过找关系（丈夫班里有个学生正是矿长刘昌的儿子）才到井下推大车，孩子刚刚六个月还在哺乳期的姜淑芳；十年前老头子在井下被顶板掉下来的石块砸伤了脊骨，腰部以下瘫痪萎缩，成了完全的废人，儿子从军队转业在邮电局上班，工作清闲但是工资太少，为了给儿子挣下结婚钱，患有痨病的牛老婆子也到煤井下推大车；母亲去世早，十年前父亲在井下放炮崩瞎了眼，为了不让瞎眼父亲为难，三个女儿决心自己下井挣钱置嫁妆的老大田彩霞、老二田彩云、老三田彩凤。这群女人在艰难的生活中不屈拼搏，她们拼上性命去守护和成全自己所爱的人，希望用自己的艰辛劳作来获取生活的富足。孙少山在《黑色的沉默》里呈现了煤矿女人刚强独立的那一面，同作品中的一些不负责任、推卸责任、阳奉阴违的男性形成鲜明的对比。这些女采煤工的死是沉默的，也是沉重的，矿难中遇难的多为男矿工，孙少山以女矿工遇难，以柔弱女子迸发出的刚强坚韧，更加强烈地揭示了煤矿工人生活的艰辛，歌颂了这些平凡矿工高尚伟大的生命状态：这些人一生都没吃过好的饭食，没住过豪华的房间，没穿过好的衣服，没坐过舒适的车辆，甚至没吸过干净的空气，没沐浴过太阳的光辉。他们终其一生没消耗过这个世界上的财富。这些人小而言之是为了父母、为了妻子儿女、为了朋友弟兄不受贫困之苦才去舍生忘死的，大而言之，一切冠冕堂皇的话用在他们身上也不为过。"对于整个人类来说，死于矿井之下比死于战场要伟大得多。"[①]

四、心灵史诗——煤矿女性的自我追寻

黄静泉的《一夜长于百年》被誉为"矿山女人的史诗"，小说围绕着矿工妻子豆青的房子展开叙述。事实上，梦想有自己的房子是中国人千百年来根蒂深固的想法，在当代文学史中梁三老汉心中"三间大瓦房"的向往、李顺大艰难造屋的执着，都是民族特有的文化情愫的体现。《一夜长于百年》以豆青盖房到搬离为线索，讲述了四十多年煤矿女人平凡艰辛又情浓意满的生活：因为王姐和丈夫要回家背粮食，让豆青帮忙看家，由此豆青和丈夫度过了终生难忘的欢乐和幸福的一夜。之后，豆青像

① 孙少山.黑色的诱惑[M].北京：中国文史出版社,2015:67.

愚公移山、燕子衔泥般也盖上了自己的石头片房子，在自己的石头片房子里给丈夫烘烤了二十多年的窑衣，生养了一个儿子两个女儿。经历了丈夫在井下透水事故中死去，亲如姐妹的王姐丈夫瘫痪，王姐和她的女儿成了精神病患者，丈夫死后豆青下小煤窑挖煤，大女儿为了挣钱不惜出卖肉体，最终在高速公路上遭遇车祸而死这一系列人生变故。黄静泉的小说被认为"是有峥嵘之气在里边的"，这峥嵘之气就在于，作者通过描写最凡俗、最琐碎的日常生活传达出的最悲怆、最悲壮的情感和意味。《一夜长于百年》中能感受到那些夜夜去听别人家房事声的矿工，每天"下井采煤，其实跟战争一样，只不过战争是有年代有时间的，甚至是短暂的，而煤矿工作是一种听不见枪声的长久的战争。在漫长的岁月里，煤矿人无时无刻不在经历着死亡和危险的折磨"[①]。他们有着最原始最单纯的生命力，因为死亡和危险的时刻存在，他们才更向往生命的欢乐和生命的存在。作为"矿山女人的史诗"，《一夜长于百年》多面彻底地表现了煤矿女人的生存状态，"矿上的女人太苦了，丈夫好好着的时候让女人担惊受怕，丈夫死了，让女人去守寡，若是瘫了呢，就让女人守活寡"[②]，"矿上的女人比其他地方的女人坚强，不出大事儿不掉眼泪"[③]。小说用细腻的语言和笔法塑造了以豆青、王姐为代表的煤矿女性形象，展现了她们所遭遇到的生活和精神的双重压迫的真实感受。豆青对拥有属于自己的房子的执念，与弗吉尼亚·吴尔夫"一间自己的房间"中"房间"的内蕴完全不同。在妇女解放话题的阐释中，"房间"与女性意识逐渐形成了共生体的内蕴。在豆青这里，她眷恋石头片房子是因为在这里曾经有她和丈夫艰辛而又温暖的生活，她担心活人可以搬走，死人不能搬走，她心里惦记着丈夫，希望和丈夫生生死死永不分离。煤矿文学中的女性形象，如凤月、老六、李玉娜、王金花等，她们没有简单地围绕着男人、以丈夫为天，她们有自己的追求和想法，但其精神世界还是有缺陷的。文本中呈现的精神诉求往往和家庭、丈夫密切相连，基本上是在表现女性与温润柔软相对的，坚韧刚烈的另一面的美好品性。可以说，这些"他者"的叙述，没有摆脱物化、对象化的文化特质，依然有封建男权思想侵染煤矿的痕迹。

从展现煤矿女性意识层面看，叶炜的《富矿》是有所突破的，小说讲述了麻庄煤矿的建立和发展，以及发生矿难和破坏了生态平衡而衰落的整个过程。故事以两个农村姑娘麻姑和笨妮为主线，这两个淳朴的乡村女孩，一个离开农村来到煤矿后又回到农村，一个由麻庄的骄傲变成煤矿男人集体想象中的"大洋马"。这两个女性延伸

①　黄静泉.一夜长于百年[M].济南：山东画报出版社,2011:52.

②　黄静泉.一夜长于百年[M].济南：山东画报出版社,2011:54.

③　黄静泉.一夜长于百年[M].济南：山东画报出版社,2011:65.

出了麻庄村和麻庄煤矿的变化,从中透视了农业文明和工业文明之间的冲突,更重要的是从女性的角度反映了煤矿场域的艰辛苦难和人世的不平。在小说中,淳朴的麻姑曾经简单地认为在这个矿上有两个女人是自己的榜样,一个是阿细,还有一个就是紫秀。理由是煤矿是一个男人的世界,她们俩是能够在男人的世界里面呼风唤雨的女人。然而,作为矿长夫人的阿细最初在矿上被当作高贵的上层人,但是在某个夜晚被矿工强奸后,她苦心经营的家庭和地位都破碎了,丈夫不仅不同情和体贴她的痛苦,反而谴责和抛弃了她,最后她被丈夫作为交易送给麻庄村长喜贵作为欲望发泄的对象,紫秀则是矿区发廊的老板娘。她们都是被不同男人占有、发泄欲望的对象。可见,在男人的世界里,女人寻找自己的生存之道,维护女性的独立意识是艰难的。与之相对,笨妮能够对自我精神和价值充分认识并保持了自己精神的圣洁,"笨妮在紫秀的劝说下被逼无奈做起了那种生意,但和发廊那些姑娘每天都待在发廊不一样,她一周去一次发廊。她不想真正沦为那种女人,她一开始就向紫秀说明,我和你不一样,我是干净的麻庄女人,只是迫于生计才走了这条道。尽管我的身体不干净,但我的魂魄是干净的"[1]。最后,麻姑一次次经历遭遇后,认清了人世间的关系种种,也认清了自我独立与自我价值的重要,她这样发表自己的宣言:"对这个现世人生,我算是看透了。我现在没有了任何依靠,和哪个男人睡觉,那是我的权利。我想和谁睡,什么时间睡,在哪里睡,谁也管不着。"[2] 以笨妮、麻姑为缩影,叶炜在作品中成功发现并塑造了新世纪自我意识觉醒的煤矿女性,展现了她们自我觉醒的艰难历程,她们勇敢地在夹缝中追求自我幸福和自我价值,通过一次次自我离经叛道的颠覆、建构、守护自己内心的本真和自我的精神家园,成为煤矿女性自我成长、自我超越与自我实现的精神史诗。

近年来,一些女作家从女性的角度出发,为煤矿文学提供了另一种表达方式,也为煤矿文学增添了新的亮色。其中,煤矿女作家李芮的长篇小说《季节深处》(2012年新华出版社出版)荣获第七届全国煤矿文学"乌金奖",该作品堪称近年来煤矿女性文学创作方面所取得的最大收获,是煤矿女性心灵的成长史。小说《季节深处》以煤矿工人的女儿唐小菡的人生历程为主线,围绕唐小菡的经历,书写了王玫玫、小程、王秀芬、铁红、女兵,以及和诸多煤矿有着千丝万缕联系的女人的内心感受和心理变化,极富女性意识。主人公是唐小菡,小说最重要表述的就是唐小菡所认识到的女性人生:女人如季节性变化的一生。而且唐小菡的这种变化不再像很多煤矿文学中

---

① 叶炜.富矿[M].西安:西安交通大学出版社,2010:242.

② 叶炜.富矿[M].西安:西安交通大学出版社,2010:233.

的女性形象那样紧紧环绕男人，而是站在女性视角、女性立场上的一种自我成长。从女性创作的立场看，20 世纪 90 年代曾经出现以林白、陈染为代表作家的女性主义小说，掀起女性主义创作的热潮，诸如林白的《一个人的战争》、陈染的《私人生活》，都是以自传体或类自传的书写方式讲述女性心灵和身体的成长故事，通过真实尖锐地表达女性的身体欲望和性感经验作为突破，进行女性意识的自我表达，有力冲破了传统文学的叙事规范，但也导致许多人产生女性文学缺乏深厚的生命内涵和文化意义，沉溺"身体写作"的狭隘路径的误读。煤矿女作家李芮的《季节深处》虽然也是以类自传的方式书写唐小菡心灵的成长和变化，但是文本并不以女性欲望和性感经验为表达突破，而是将细致书写矿区女性生命感悟和自我成长作为主要架构。小说中唐小菡的人生轨迹大致可以分为少女期、婚姻期和离婚后三个阶段，还围绕唐小菡书写带给唐小菡重大影响的女兵、王玫玫、王秀芬、建国、铁红、铁明等人的故事。这些人都生活在煤矿或者曾经生活在煤矿，矿区的生活带给他们深刻而热烈的印记，矿区封闭性的行业社会特性，造成他们作为一起长大、一起生活的邻里伙伴关系，相互之间生活和工作交织纵横，彼此的人生相互影响、相互渗透，矿区一切围绕生产的工业化特征也深刻影响了他们的人生。少女时期的唐小菡是个对人生充满幻想的女孩，热爱唐诗宋词，喜欢文学创作，这时期的她惊诧于同班同学王玫玫的怀孕生子，赞赏女兵和满仓为了爱情不顾一切的劲头，将自己初开的少女情窦"云样的心"抒发到了教语文的刘老师身上，这种朦朦胧胧的爱恋伴随刘老师结婚、调走、搬家、离开矿区而淡化、模糊。初中毕业的唐小菡顶替父亲，当上了选煤工人，后来凭借自己的文学才华，被推荐到了矿工会宣传组，最初的工作就是整理铁红作为劳动模范的材料。铁红父母去世早，她顶替父亲来到选煤楼上班，当时只有 16 岁的铁红就要自己一人扛起弟弟妹妹的生活，于是变得越来越重视工作，个性越来越刻板粗糙。通过唐小菡的整理，铁红作为矿区第一个女性劳动模范的光辉形象被完美地"制造"出来，由此将铁红牢牢地束缚在了"劳模"的光辉之中，使铁红彻底变成了一个对感情麻木的"老处女"，十几年不休假，永远一身工装，人们都以为她已经忘记了自己女人的身份，从此成了矿区"怪物"一样的存在。几十年后，她突然身体觉醒而发生自慰受伤的事，由此再一次成为矿区人们嘴里的头号"新闻人物"，最后铁红了却凡尘，一心向佛。到了婚嫁年龄的唐小菡怀着小女子的柔情蜜意，因为一种错觉、一种梦幻感，和建国谈起了恋爱，并草率结了婚。婚后的唐小菡并不幸福，忍受着建国的冷漠和婆婆的挑剔，直到王秀芬出现在他们的生活之中。婚后几年的人生阅历让唐小菡越来越成熟，通过对小程和王秀芬的了解，她也越来越深入地发现和认识自己。对比小程平凡而现实的生活态度,以及相互匹配的建国和王秀芬在一起之后,建国由令人反感到让人觉得平和温暖的变化,都让唐小菡深刻地反思自己,反思生活,探究对于女性来说的幸福的真谛和人生的本质。离婚后的唐小菡重新见到了已经发福油腻的刘老师,和自己的初恋彻底告别;经历了铁明的追求;感受了王玫玫的人生动荡以及剽窃自己文学作品的背叛;帮助小煤窑出事故畏罪潜逃的铁明重新面对现实;在新年之夜给建国和王秀芬举办了朴素但庄重的婚礼。依然孤身一人的唐小菡,成熟而稳重地踏上回家的路,这时的唐小菡对自己有了充分的了解和把握,对人生有了透彻的体悟,这一切的经历和成长让唐小菡找到了自己真正的定位,这才是煤矿女性真正可靠的、坚强的心灵归属。小说以矿区为故事背景、环境背景和情感背景,通过展示不同女性的人生经历和情感变化,展现了女性真实的内心世界和精神追求,完成了对煤矿女性精神世界及其建构历程的全方位展示。

第三节 记忆与反思——煤矿改革小说论析

一、煤矿改革小说的背景

20 世纪八九十年代改革文学中也出现了煤矿题材的作品,大多以"改革"为主旨,注重塑造煤炭行业改革者的形象,同时对经济改革中煤矿工人的失落和彷徨进行揭示,塑造了作为变革中的失落者的煤矿工人的身影,主要表现为煤矿工人对曾经辉煌的作为"主人翁"的美好时代的追忆,以及对自己的战斗成果(保住矿井和综采)不被人重视而产生的对过去岁月的失落和失望。社会精神的变迁所产生的影响不仅是煤矿一个行业,各行各业的工人心理上都有巨大的落差和失落。可以说煤矿文学对煤矿的改革探索、对煤矿工人心理与精神进行了深刻的艺术观照。在这一价值层面,煤矿改革小说不仅是对外在社会改革所造成的改变的记录与思考,还是对煤矿工人内心孤独、心灵苦闷的追忆书写,是对煤矿工人群体精神成长历程的一次审美观照,在中国文学史上刻下了社会变革中煤矿工人和煤炭工业的精神纪念。

20 世纪 90 年代以后,随着国家能源发展战略的变化,以及煤矿资源开发状况的变化,煤矿企业开始了前所未有的转型升级。进入 21 世纪,特别是党的十八大以来,国家产业结构转型不断升级,原有的低技术、低产能、高速度的增长模式日趋无以为继,优化产业结构、科学发展、生态发展,从高速增长转为中高速增长成为我国当前经济发展的一个重要特征，也是未来相当长一段时期内经济发展的一个常态。"新常态"经济发展背景下，曾经遍地开花的小煤窑被大批整顿关停、彻底消失，国有大中型煤矿也迎来"煤炭革命战略"。在中国经济由高速增长转入"中高速增长"的新时期里，煤炭行业也转入调整、改造、升级的新阶段。未来的煤炭行业将把安全、清洁、可持续发展作为总的发展原则，在此时代背景下，每一个煤矿城市，每一个矿区，每一个煤矿企业都掀起了前所未有的革新，波及煤矿的每一个人。在这一时期，煤矿文学出现了一批反映煤矿企业转型升级的故事，这些作品记录了煤矿企业在新的社会背景下所面临的发展机遇和挑战，触及煤矿不同阶层对新变化的不同反映，既有不理解、不舍而造成的阻挠，又有对明天无知盲从的胆怯，当然还有坚定的向往和憧憬，煤矿世界由此翻开了历史的新篇章。可以说煤矿文学创作不仅开辟了新的题材领域，还在转型升级中更多、更深入地涉及煤矿管理体制层面的变迁，让煤矿文学增添了改革小说的意味，既有对落后的旧人物的揭露与否定，又有为煤矿改革新人物的画像。

二、煤矿改革小说概述

对社会改革的文学记述由来已久，中华人民共和国成立之初，在"双百方针"指引下就曾出现过短暂的干预现实生活的小说创作潮流，如《组织部来了个年轻人》《在桥梁工地上》等。20 世纪 80 年代，改革文学的大潮中也涌现了《新星》《乔厂长上任记》《沉重的翅膀》《花园街五号》等在变革背景下，揭示进步力量与保守力量的冲突与矛盾，表现不同政治诉求对改革推进与阻挠的作品。到了 20 世纪 90 年代，河北的"三驾马车"何申、谈歌、关仁山先后推出以《大厂》《天下荒年》《年前年后》《九月还乡》等一系列反映城市、农村变革的现实主义作品，掀起现实主义的冲击波。进入 21 世纪，"官场小说"风靡一时，其中著名的有《中国制造》《国家公诉》《苍天在上》《省委书记》《国画》《沧浪之水》等，并一度成为畅销书类型。"从总体上来说，这类小说具有鲜明的现实主义特征，是当代作家用艺术的视角和文学的形式对中国当代社会转型期官场生活的一种观照和阐释，是对当前现实生活中权力与人性关系的一种暴露与反思。"① 其实不难理解，改革是系统工程，中国社会的每次变革都会牵一发而动全身，官场小说中的官场当然脱不开改革的关系，甚至是改革的关键区，对改革进程有着至关重要的作用。煤矿改革小说的发展与中国产业能源政策变化紧密相关。

---

① 赵树勤，李运抟.中国当代文学史 1949—2012[M].长沙：湖南师范大学出版社,2012:425.

特别是煤矿转型升级变革战略的提出,煤矿管理体制改革进入深水区,关闭破产、资产变现、资源重组,不仅煤矿企事业单位从上到下、从人到物都要变革,还关联相关省市矿务局和相关领导,其中既有从上到下经济利益的影响,又不乏管理权力、权限的迁移和变化,就像一场巨大的风暴,形成强力的旋涡,将煤矿的各色人等裹挟其中,形成多样化的矛盾冲突,激发和放大人性的美丑与善恶,汇聚成一幅当代中国社会的景观画,也是对当代中国故事和中国经验的文学叙述。

煤矿改革小说最初的端倪是和矿难结合在一起的,在叙述中往往是井下和井上两个空间层面,在反映井下被困人员坚韧顽强生命力的同时,呼吁加紧相关管理制度和安全设施的改进,推进煤矿管理体制的完善进步,提升安全生产能力和水平。周梅森的长篇小说《黑坟》、"煤矿系列小说"《喧嚣的旷野》《沉沦的土地》《崛起的群山》《庄严的毁灭》《黑色的太阳》、孙少山的《黑色的诱惑》、刘庆邦的《红煤》《黑白男女》、叶炜的《富矿》等,都或多或少地涉及煤矿生产具体操作、管理层面的改革、改进内容。

20 世纪 90 年代之后,随着国家对煤炭资源的重组整合,国家对小煤窑进行整治关停,在经济发展"新常态"的大背景下,煤矿转型升级战略逐步落实,全国大大小小的煤炭企事业单位开始了新一轮的改革风潮,煤矿文学中反映此次巨大变革的作品也层出不穷,如简默的《太阳开门》、亚东的《风起乌毛素》、姚有纠的《正科级干部》、李宏林的《非常城市》、卢国成的《黄钟不弃》、翟永刚的《窑衣》等。这些作品以煤矿转型升级变革为线索,由煤矿不同阶层之间的利益纠葛为核心内容,多层面、多角度地呈现了改革背景下的煤矿变化,从人物关系设置、矛盾焦点设计、基本情调构成等方面建构煤矿改革小说独特的叙事特色,建构起改革、历史和人性三层次的价值取向。从人物构成看,煤矿改革小说涉及政府部门领导、煤矿企业单位领导、技术人员、普通矿工、矿工家属、退休老矿工等,人物类型众多,可说是生旦净末丑悉数登场,煤矿各个层级的人物都网罗其中。根据他们对待这场变革的态度,基本可以分成三种人:第一种是积极进取型,他们支持煤矿转型升级革命,领导层面的敢于且善于为煤矿谋发展、谋出路,煤矿技术人员、普通矿工积极用智慧和劳动再创煤矿美好未来;第二种是犹豫不定型,他们多考虑自身的利益,对这场前所未有的变革持观望态度,迟疑观望,关键时刻甚至掩饰自己的真正想法;第三种是强烈反对型,对国家社会的经济形势不了解,不愿放弃煤矿过往的辉煌历史,习惯于旧体制,害怕新变化,简单化地处理问题,其中甚至包括许多煤矿忠心爱煤的老工人。

煤矿改革小说矛盾焦点多是源于现有煤矿开采殆尽,面临资源枯竭,现有管理生产体制落后，煤矿经营不善，煤矿人的生计、养老、医疗、住房都无法保证，各方矛盾层出不穷，煤矿上上下下出现工作人员精神涣散，煤矿事故也不期而至的危险景况，或是多年开采造成矿区甚至是整个煤矿城市生态环境的破坏，这些情况都强力刺激和推动着煤炭企事业转型升级的推进落实。从叙述情感看，煤矿改革小说的基本情调是悲壮，面临转型升级的煤炭企事业单位在十几年前甚至就是刚刚过去的几年前，都曾取得过光辉的业绩，为社会、为国家的经济发展提供了强有力的能源支持，是曾经首屈一指的能源明星。然而，昨日华彩的乐章即将或已经谢幕，当下的煤矿发展面临诸多问题，改革势在必行，但改革动辄涉及几万工作人员与十几万家属，甚至是半个煤矿城市的变革，要这些曾经为之奋斗打拼的煤矿人放手过去、重新开始，寻找新的生机和出路，这必然面临宏伟而又琐碎的抉择和选择，以及饱含艰难而又痛苦的情感历程和价值判断。

三、反思与追忆

煤矿文学以往多以一线矿工为主人公，呈现煤矿生产最前线的故事。在八百米深处的黑暗矿井中，复杂多变的地理构造，时刻面临伤亡的生死考验，包蕴着满腔情感、满腹心事的矿工就像暗藏着太阳能量的乌黑的煤，能焕发出照亮人类文明和历史进程的温暖力量。煤矿深井和能燃烧的煤一样，对文学创作来说是取之不竭、用之不尽的富矿。煤矿是一个情义满满的世界，也是一个矛盾交错、人员复杂的场域。煤矿改革小说将煤矿的历史沿革、上下内外的矛盾冲突、利益关联以及生产管理人事变化，融汇在煤矿破产关停、升级转型等改革的"硬核"事件之中，全方位、立体化、多角度地揭示煤矿世界的改革风云，带有鲜明的行业性、区域性和时代性特征，充分体现了煤矿作家深沉的使命感和责任感。在文学创作受到市场经济大潮冲击而迷失自己的精神追求，甚至沉溺于消费主义和社会娱乐中时，中国煤炭工业发展正处在伟大而复杂的历史变革时期，煤矿文学坚守自身的文学审美品格，在观照审视煤矿日常生活生产的同时，通过煤矿改革小说表达出反腐倡廉、锐意改革和勇于向前的时代精神。

反腐倡廉的主题内容与中国经济发展紧密相关。随着中国市场经济的迅猛发展，人们的物质生活条件极大改善，但贪污腐败现象日益增多，很多官员因为贪污腐败而身败名裂。很多改革小说就涉及或直面腐败现实，积极响应党中央的文化指引，敢于对自私贪婪、丧失党性的"老虎""苍蝇"出手画像，充分展现了正义力量对腐败现象的打击和清肃，书写出文艺工作者对反腐倡廉坚定的信心和态度，唱响了新时代的正气之歌。煤矿领域也存在贪污腐败现象，特别是在产业升级重组的改革背景下，腐败会给煤炭企业带来更严重的危害,并且相较于其他领域的贪污腐败,其影响和造成的后果更加严重,因为煤矿领域不仅涉及金钱交易,会导致国家资源浪费流失,还会破坏生态环境,关联安全生产,甚至直接导致矿难发生,致使无辜的矿工丧失性命。对此,煤矿改革小说中对涉及的贪腐现象给予了辛辣的讽刺和揭露。

简默的《太阳开门》就反映了个别矿务局领导公款吃喝、生活作风问题。矿务局局长戚阳春带人去珠海参加全国煤炭订货会,住在金沙湾大酒店,半夜上错了床,钻进小姐的被窝里了,后被派出所的人带走,要交上十万元罚金。"戚阳春不敢不答应,去开会随身又没带那么多钱,忙安排人谎称会上急需钱,要求矿务局抓紧汇十万元过去。不知谁将这事捅了出来,听说匿名电话也打到了上级纪委。"①李宏林的《非常城市》中的矿长胡立利用煤炭产业政策改革的机会,打起利用国家资产发个人财的如意算盘:"他胡立手里攥着十多个小煤窑的生死大权,自打三年前金山矿实行部分煤炭资源租赁给个人开采以来,他从中没少获利。比如,哪个小矿主得到开采权,哪个小矿主越位开采,哪个年关节日到了,等等,小矿主都要给胡立进贡。传说前年胡立的儿子结婚,收礼金就收了二十多万元。一旦煤矿实施关闭破产,这些小煤窑全都得关闭。现在是5月,以后的国庆节、元旦、春节都是胡立收钱的极好日子,如要实施破产,他每年这笔不小于一二十万的外财不也就没了吗?"②刘庆邦的《红煤》中乔集矿的矿长唐洪涛打着改革的旗号,行贪腐的勾当,他一边干着国家大矿的矿长,另一边还在附近农村开了一个小煤矿,打着扶持地方小煤矿和与小煤矿联营的旗号,矿上出图纸、技术、资金、设备,村里出土地、人力,所得收入,矿上与村里四六开,矿上得六成,村里得四成。因小煤矿出的煤不在国家计划之内,不受计划支配,唐洪涛想卖给谁就卖给谁,分到的钱就进了矿上的小金库。有了小金库,唐洪涛捞起钱来就方便了。卢国成的《黄钟不弃》中的矿长张宽财玩忽职守,值班期间在外嫖娼,结果发生事故被撤职。一年半后,通过行贿矿业集团董事长,摇身一变,成了另一个煤矿的矿长,由此开始变本加厉地结党营私,肆意妄为,权钱交易、权权交易、权色交易,腐化堕落,对煤矿疏忽管理,致使煤矿上下混乱,不仅国有资产严重流失,还毫无安全生产保障!煤矿改革小说揭示了煤矿改革进程中了这些煤矿"蛀虫"的丑恶行径,而"蛀虫"的结果要么被绳之以法,要么仓皇出逃,彰显了玩火自焚、作恶自毙的人间正道!

煤矿改革小说对煤矿改革与生产中的腐败丑恶进行了强烈鲜明的批判和讽刺。尤其对第二种犹豫不定型的保守人物进行了深入的艺术挖掘,这种人物多设定为领导层

---

① 简默.太阳开门[M].济南:山东人民出版社,2013:33.

② 李宏林.非常城市[M].沈阳:春风文艺出版社,2005:49-50.

级的人物，或是各省市矿务局的领导，或是煤矿企业领导，他们之所以不积极推进煤炭企事业单位转型改革，往往就是自私自利思想在作祟，他们首要考虑的是要保住自己头上的乌纱帽，担心一旦处理不好就会影响自己下一步的升迁。这种类型的领导是典型的不作为、不以人民利益为先；相对于那些贪污腐败分子，这些人就是隐藏着的"蛀虫"，占据权力高位，享受高级待遇，却不愿履行带头人的职责，在实际工作中阻碍煤矿建设和改革发展。比如，《非常城市》中的副秘书长高明、副市长马平、矿长胡立；《太阳开门》中的市委书记曾文樵、副省长马知遥。这些人以自己的官位为天，凡事遵循自我为先的原则，工作中虽没有大问题，但也没有大成绩，不能真正落实为人民服务、为人民谋福祉的中央精神。在小说文本中，这类人往往会勾结在一起，运用手段投机钻营，将自私虚伪表现得淋漓尽致。《非常城市》中的马副市长通过自己的老婆宁玉珍向市委书记杨天老婆刘菊传话，以此传话给杨书记。高副秘书长当着杨书记的面，饭也不吃茶也不喝匆忙赶路，一副公事公办、一切为民的样子，实际上高秘书长匆匆地离去并没有赶路，而是去了马平的家聚议美餐。"中午宁玉珍下厨做了一个汤，其他的菜都是从宾馆做好现送来的。高秘书长喜欢吃鹿肉馅饺子，马平特意安排宾馆淘弄点鹿肉，给包了一斤饺子。打开一瓶老茅台酒，两个好朋友推杯换盏，无所不谈。马平关心高秘书长什么时候能当上真正的秘书长；高秘书长分析马平能否接任市长的利弊条件，特别叮嘱老同学，要注意抓点政绩工程，在一半年之内别出什么乱子。两人一会儿感慨，一会儿牢骚，痛痛快快地喝到下午三点钟，高秘书长才浑身冒着酒气依依不舍地离去。"①煤矿作家以自身高度的责任感和敏锐的现实意识，深刻剖析和批判了这类隐藏的"蛀虫"。

从我国能源资源结构来看，煤炭是我国的优势化石能源，我国"富煤贫油少气"的资源格局决定了煤炭在能源供给中的重要地位，能源消费以煤为主的格局在中短期内不会改变。但是，"更高质量、更有效率、更加公平、更可持续的发展"必然要求深入推进能源产业革命、能源供给转型，不能将这次能源产业改革简单理解为"革煤矿的命"，更不是"要煤矿的命"，其本质是要在产业结构供给侧的立场上变革传统煤矿粗放、分散、落后的开发利用方式，着眼"社会经济可承担、环境容量可承受、有效供给可保障"目标，推进煤矿清洁开发、高效利用的新业态。煤炭行业的转型升级是一个新战场，这场攻坚克难之战，需要具有现代管理思想，懂经济、爱民生、勇于承担、敢于创新、真正为国为民的改革先行者，只有真正的新时代的"开拓者"，

---

① 李宏林.非常城市[M].沈阳：春风文艺出版社,2005:45-46.

才可能在市场经济的大潮中，带领煤炭行业走出凤凰涅槃的新生之路。《非常城市》以资源枯竭城市大阳市的经济转型为主题，以金山矿破产事件为契机，讲述了在市长杨天的带领下实现煤矿企业、煤矿城市重新出发和再次崛起的不同平常的开拓历程！《太阳开门》中的林海市因煤而建，因矿而兴，因煤设市，曾是国家最早的能源工业基地之一，现在煤炭开采资源枯竭、产能殆尽，不仅林海矿风光不再，林海市也成了"捧着勋章要饭吃"的典型。这样资源枯竭的资源型城市，全国有六十多座，山穷水尽的林海市和林海矿务局打响了煤炭资源枯竭型城市转型的第一枪。小说以北京大学毕业的经济学博士石汉涛为主人公，因为石汉涛对国有企业改革的相关研究，石汉涛被动员出任省政府政策研究室副主任，两年之后通过省委全体会议无记名投票方式当选林海市市长。面对有着一百多年开采历史的老矿，累积多年的痼疾顽疾，三四百户房屋下沉，二十多万职工和家属嗷嗷待哺，面对全市一百五十个等待改造的棚户区，一千万平方米的旧城改造，石汉涛，锐意进取，针对实际解决问题，疏通思想，克服各方阻力和干扰，最终整合各方力量组成了"联合舰队"，联手在林海市发展煤化工产业，迎来了"太阳开门"的新一天！

　　煤矿改革小说里还凝结着对煤炭行业发展厚重的历史审视和追忆。煤矿开采历史由来已久，因为煤矿开采的利益性和复杂性，煤炭行业发展曾经是一段充满血雨腥风的过程。中华人民共和国成立后，煤矿开采技术和条件都获得了较大提升和改善，但是矿藏资源多处于偏远地区，从勘察原始资源到打通巷道、正常生产，多少人披星戴月、远离故土去建设煤矿，在荒无人烟的深山戈壁、大漠荒滩上建起一口口矿井、一个个矿区、一座座城市。在国家能源短缺时，为了经济发展的需要，煤炭企事业单位上上下下多少人日夜奋战，创造了多少光辉的生产业绩。正因如此，大量的煤矿改革小说，在触及改革、官场、矿难、利益等煤矿诸多敏感问题时，常常会从煤矿创立、发展、辉煌以及衰落的历史基调着笔，并从中引发读者对煤炭工业发展及时代价值变迁的思考。周梅森的《黑坟》以及"煤矿系列小说"《喧嚣的旷野》《沉沦的土地》《崛起的群山》《庄严的毁灭》《黑色的太阳》，都以动荡的中国近现代社会为背景，揭示当时的煤矿开采和矿难发生所牵扯和触动各方利益最终导致宗族之间、各派系军政势力之间旷日持久的争斗。多少有识之士怀着实业救国的精神投资矿业，希望以此托起中国民族工业的明天，但是在政客、军阀、土匪、绅商、地主、乡绅、流氓、地痞以及形形色色的热心老爷的"关怀"下，煤矿开采或矿难救援最终卷入政治的战争，在相互消耗、推诿的血拼中，多少爱国情怀不得施展，多少宝贵的生命和资源白白浪费，而煤炭行业本身依然是触目惊心、破败落后的面貌。这类小说深入梳理各方头绪、各方立场，面对生命、理想、情怀和利益，从历史评判的角度审视各方的不同表现，令人有一种洞察世道人心、豁然开朗之感。21 世纪以来的煤矿改革小说多聚焦于 20 世纪 80 年代以来煤矿艰难的发展历程。《风起毛乌素》以陕北毛乌素大沙漠上的世界级大型国有煤矿——沙枣树煤矿的建设过程为叙述背景，围绕着一场矿难引爆的蓄谋已久的煤矿权力之争，展现煤炭工业改革发展的沧桑巨变，塑造了以方政为代表的煤矿新一代领导人物，以及当代中国煤矿工人的生存状态和精神面貌。《非常城市》《太阳开门》以回顾一个煤矿、一座城市的历史来展现煤炭工业曾经取得的辉煌成就，表现了煤炭工业文化带给煤矿人难以磨灭的巨大精神影响力，也让煤矿改革小说对煤炭行业发展历史的记述起到为煤矿人、煤炭工业、煤炭系统立言、立功、立德的作用。

第四章　成与败的矛盾：煤矿文学创作机制论

法国社会学家布迪厄提出著名的"场域"概念，用一种全新的视角审视人类认识自身社会活动的角度和方法："从分析的角度来看，一个场域可以被定义为在各种位置之间存在的客观关系的一个网络或一个构型。正是在这些位置的存在和它们强加于占据特定位置的行动者或机构之上的决定因素之中，这些位置得到客观的界定，其根据是这些位置在不同类型的权利（或资本），占有这些权利就意味着把持了这一场域中利害攸关的专门利润的得益权—分配结构中实际潜在的处境，以及它们与其他位置之间的客观关系（支配关系、屈从关系、结构上的同源关系等）。"① 作为认识人类社会活动的一种全新独特而深刻的角度，将场域思维应用到文学创作，产生当代文学研究全新的"文学场"视角，这已经在学界引发越来越多的关注。经过几十年的发展，煤矿文学已经形成产业体制系统内稳定的组织机构和运行机制，具有煤矿"场域"的文化特征和行业文学特征，产业体制系统内的创作运行机制极大地推动了煤矿文学的发展和繁荣，但随着时代文化语境的变迁，煤矿文学产业系统场域的束缚限制也日益显现。

几十年来，产业系统场域的强大力量让煤矿文学的行业文学特征愈发鲜明，这里的行业是指从事国民经济中同性质的生产或其他经济社会的经营单位或者个体的组织结构体系，如林业、汽车业、银行业等。行业文学往往是由此行业和真正了解此行业的人用文学的形式反映此行业的生态图景，结合当下社会现状刻画此行业的人与事，并揭示当下社会问题的文学创作。中国现当代煤矿文学创作对中国文学史具有重要价值和影响，是中国行业文学中成果丰硕、蔚为大观的一支，是中国文学的重要构成部分，纵观其多年创作情况，不断发展并形成自己稳定、成熟的创作机制和运行系统，优秀作家作品层出不穷。站在当下的时代视角反观其发展历程，中国煤矿文学最主要、最重要的场域背景无疑是其煤炭行业产业的体制和机制。中国现代以来，煤矿文学的发展主流和创作动力都存在于煤矿生产生活和产业之中，煤炭行业的体制形式、

---

① 布迪厄.实践与反思[M].李猛,译.北京：中央编译出版社,1998:133-134.

资本运营、权力构成直接影响着煤矿文学的存在状况，并对煤矿文学的发展进程产生重要影响。影响表现为两方面：一是推动煤矿文学蓬勃有序发展，同时随着经济和能源产业结构的调整和时代文化背景的变化，煤炭行业对文学场域的束缚性、限制性作用也日趋突出。特别是 21 世纪以来，中国煤矿文学因其"文学场域"的变化出现诸多全新的趋势和特征。

第一节　行业体制内的组织机构与机制

一直以来，煤炭系统内的各级各类文艺团体组织都对煤矿文学创作发展发挥了重要的引导、支持和动力保障作用。20 世纪 80 年代，国家以及煤炭系统自身对煤矿文艺发展的高度重视使煤炭产能迅猛发展的同时，煤矿文艺团体组织工作也得到了飞跃式的前进，到 20 世纪 80 年代中期，煤炭系统就已经形成较为健全、丰富的各级文艺团体组织，而这些团体组织又成为推动煤矿文学创作发展的基础、动力与保障，对煤矿文学发展发挥了重要作用。就具体机构设置而言，中国煤矿文学最主要的组织机构为中国煤矿文化宣传基金会、中国煤矿作家协会和中国煤矿文化艺术联合会。

一、中国煤矿文化宣传基金会

1982 年 10 月，经当时国家煤炭工业部党组研究批准，中国煤矿文化宣传基金会组织成立，并在国家民政部注册登记，这是全国产业当中最早成立的一家文化组织，从此煤炭系统文化战线有了专门的领导组织。其宗旨和目的是，坚持"文艺为人民服务，为社会主义服务"的方向和"百花齐放，百家争鸣"的方针，坚持中国先进文化的前进方向，统一规划、协调、组织、指导全国煤矿的群众文化艺术活动，提高职工队伍的素质，为煤矿战线的两个文明建设服务，满足煤矿广大职工的文化生活需求，用先进的文化思想占领煤矿文化阵地，推动各煤矿企业建立和完善现代煤矿企业文化，推动煤矿文化艺术事业的大发展、大繁荣。

中国煤矿文化宣传基金会自成立以来，在工作实践中建立和完善了一整套切实可行的文化工作措施和奖励机制，而且使其不断制度化、规范化，主要包括基金支持地方煤炭系统的文化艺术建设，组织、举办煤炭系统的文化艺术节，进行全煤炭系统的文学、美术、书法、曲艺、戏剧、影视等分专业分艺术门类的比赛活动，设立、举办全煤炭系统的"乌金奖"评奖，奖励在文化艺术领域做出突出贡献的优秀文学艺术人才。

为广大基层煤矿职工提供优质的文化艺术服务是中国煤矿文化宣传基金会的一项重要任务。中国煤矿文化宣传基金会自成立以来，依托基层矿区文艺组织和团队，提供资金和政策支持，结合基层矿区生产生活实际，以丰富矿区矿工文化生活、提升基层文艺工作水平为目的，精心组织了一系列内容丰富、范围广泛、为广大职工喜闻乐见的矿区文艺活动，极大地繁荣和活跃了矿区群众的文化生活，也有效提升了各煤矿的企业文化水平，凝聚、增强了广大职工的工作积极性，在文艺系统和社会各界都产生了良好而广泛的反响。在这些活动中影响广、效果好的大型活动包括先后成功举办了四届"中国煤矿文化艺术节"，先后两次在北京人民大会堂启动"兖矿杯·寻找感动中国的矿工""大同杯·寻找感动中国的矿工"活动，2009 年"开滦杯·中国煤炭工业辉煌 60 年"电视专题片大赛活动，等等。这些大型的行业系统活动和各大矿区定期举办的文化艺术节向全社会展示了新时期煤矿人崭新的精神风貌，是对煤炭行业精神文明建设的大检阅。在举办丰富多彩的文化艺术活动的同时，中国煤矿文化宣传基金会还高度重视文艺人才的培养，抓骨干、抓基层、抓提高，积极打造德艺双馨的文化活动积极分子队伍，强化了煤矿文艺人才队伍建设，促进了煤矿文艺创作的繁荣。在中国煤矿文化宣传基金会的指导与帮助下，80% 的煤矿企业都有了自己的文学、书法、美术、摄影、音乐、戏剧等协会和兴趣小组，聚拢了一大批业余文学艺术人才和骨干力量，还涌现出大批优秀文艺人才，"五个一"工程奖、鲁迅文学奖、老舍文学奖、兰亭奖、梅花奖、曹禺奖、飞天奖等各类国家级文艺奖励的领奖台上都曾出现过煤炭系统文艺骨干的英姿。

二、中国煤矿作家协会

中国煤矿作家协会成立之初称为"中国煤矿文学研究会"，于 1982 年在北京成立，1995 年更名为"中国煤矿作家协会"，其中半数左右成员同时为中国作家协会会员或各省（市）级作家协会会员。作为产业系统最早成立的协会之一，中国煤矿作家协会三十多年来在煤炭系统文学组织建设和人才培养等方面发挥了重要作用。在中国煤矿作家协会的引导、组织下，全国各大矿务局（公司）和基层煤矿都积极选拔、集聚文学人才，相继组建了各级作家协会、文学协会甚至是最基层的文学爱好小组，为煤矿文学创作奠定了坚实的人才基础。

近年来，随着经济结构调整和煤炭行业形势的变化，在中国煤矿文化艺术联合会的指导下，中国煤矿作家协会进一步调整组织机构，与时俱进，积极采取有效措施，进一步改革、完善作家人才工作机制，逐步推行作家创作制度、合同聘任制度、中国作家协会会员申报制度及其他促进文学创作活动的制度，加强细化文学奖励机制，充分调动广大煤矿作家和文学爱好者的创作积极性，在传统文学广受冲击的情况下，积极巩固和稳定煤矿文学创作队伍。在加强组织建设、制度建设的同时，煤矿作家协会还积极组织写作交流、作品竞赛等文学活动。其中，规模大、影响广，比较具有代表性的活动有南戴河煤矿诗歌研讨会、承德文学评论理论研讨会、全国煤矿文学创作工作会议、煤矿文学乌金奖评选活动以及全国煤矿范围的文学及文学期刊评比活动等。基层矿区文学协会和文学创作小组的各类笔会和创作活动更是不可胜数。这些活动有效推动了煤矿文学的进程，提升了基层矿区的文化水平。

三、中国煤矿文化艺术联合会

中国煤矿文化艺术联合会成立于 1995 年 3 月 29 日，这堪称是中国煤炭系统政治文化生活中的一件大事，是继 1982 年中国煤矿文化宣传基金会成立后煤矿文艺事业的一次里程碑式事件，标志着中国煤矿文艺工作进入了一个组织更加完备的新阶段。中国煤矿文化艺术联合会按文艺门类划分设 11 个分会：中国煤矿作家协会、中国煤矿书法家协会、中国煤矿曲艺家协会、中国煤矿影视戏剧家协会、中国煤矿美术家协会、中国煤矿摄影家协会、中国煤矿音乐家协会、中国煤矿舞蹈家协会、中国煤矿群众文化理论研究会、中国煤矿收藏家协会、中国煤矿集邮协会。其中，中国煤矿作家协会、中国煤矿书法家协会、中国煤矿摄影家协会、中国煤矿音乐家协会、中国煤矿曲艺家协会、中国煤矿影视戏剧家协会、中国煤矿收藏家协会、中国煤矿集邮协会 8 个协会为国家级协会团体会员单位，这也从侧面反映出中国煤矿文化艺术联合会及其各协会的建制级别和水平。

中国煤矿文化艺术联合会的建立，是进一步整合煤炭系统文艺资源，完善煤炭系统文艺工作管理模式与运行机制的成果，也是中国煤矿文艺发展成熟的集中体现。在组织上，为煤炭系统文艺的正常运行提供了全面有力的组织保证，有效推动了我国煤炭系统群众文化艺术工作水平的提高与繁荣。随着中国产业结构改革的深化，经济产能、能源结构都在发生着日新月异的变化，这对煤炭行业的影响是根本而深刻的，煤炭工业系统的组织机构及相关机制也随之发生巨大变化。1998 年 3 月，根据国务院机构改革方案，中华人民共和国煤炭工业部正式撤销，有关职能并入国家经济贸易委员会，成立新的国家安全生产监督管理总局和国家煤矿安全监察局，监察煤矿企业安全生产活动。2018 年 3 月，按照国务院机构改革方案，撤销国家安全生产监督管理总局，国家煤矿安全监察局划归新组建成立的应急管理部。在煤矿管理机构调整改革背景和情形下，以中国煤矿文化艺术联合会为首的煤矿文艺组织对煤矿文学的组织引领作用更加凸显，中国煤矿文化艺术联合会秉承煤矿文艺立足煤矿、服务矿工的特色，不断创新煤矿文艺发展思路，开拓工作形式和内容，推进煤矿文艺建设对产业经济发展同频共振，坚持为基层煤矿文艺工作服务，为基层文艺工作者服务，推动煤矿文艺、煤矿文学稳步有序发展。

在煤矿各级各类文学组织的领导和带动下，许多矿区甚至基层煤矿都形成了自己培养文艺创作者、提高文艺创作水平的思路和模式，不断创新以促进煤矿文学创作发展的动力与途径。中国煤矿作家协会高度重视创作人才的培养，定期对煤矿作家进行摸底、建档，并结合摸底、建档情况进行分析，分类制定促进老中青作家发展的引导措施。

为有效提高基层作者的创作水平和发展空间，经各级各类文学组织牵线搭桥，采用"请专家、送苗子、强外联"的方式培养优秀的创作队伍。"请专家"顾名思义就是邀请文坛知名的作家、评论家和知名期刊编辑来矿区基层以讲座、研讨会的形式为广大基层文艺爱好者传经布道，对矿区的优秀作家、重点对象进行对口指导，对优秀煤矿文艺作品进行研讨、评论和推广。多年来，王安忆、刘庆邦、刘恒等一大批文坛大腕都曾深入煤矿一线与广大基层作家进行深入交流。"中国作家看煤矿"一度成为中国煤矿作家协会的一个品牌活动。"自 2006 年起，煤矿作协相继在河南义马、神华神东、内蒙古平庄、山西潞安等集团公司共举办了 4 次活动，邀请著名作家、评论家、编辑家如陈建功、雷达、胡平、张颐武、孟繁华、陈福民、雷抒雁、韩作荣、叶延滨、徐坤、施战军、秦万里、陈东捷等走进煤矿，与矿工进行座谈，还深入井下采风。通过这些活动，使作家、评论家们对新时期煤矿的精神面貌、矿工的素质及煤矿企业文化建设所取得的成就有了更为真切的认识和体验，也为煤矿作家近距离接触文学名家，认识和提高自己的创作水平创造了机会。"[①] 而"送苗子"则是煤矿各级文艺组织选拔有潜力、有前途的优秀基层创作苗子到高校或北大作家班、鲁迅文学院等专业文艺学习班深造学习，增加文化和理论素养，加强与文坛的交流，拓宽专业视野。许多煤矿作家群的优秀作家都曾接受过这类学习，并在理论修养和创作水平上得到提高。"强外联"即煤矿文艺组织加强与系统外各级文联、作家协会和其他社会文艺组织的联系。煤矿作家积极参加煤炭系统外各种征文、笔会、研讨会文艺活动，积极向系统外刊物投稿，从而使煤炭行业文学创作与中国文坛大格局进行互动交流。中国作

---

① 佚名 . 中国煤矿作家协会 [N]. 文艺报 ,2011-08-19(7).

家协会曾在 2004 年召开"平庄煤矿作家群"专题研讨会，众多知名作家、评论家以"平庄煤矿作家群"为切入点，对煤矿文学创作给予高度关注并深入探讨，有效提高了煤矿文学在全社会的知名度和影响力。

系统内各级各类文艺组织和配套的制度措施，有效激发了煤矿基层创作的活力，推动了煤矿文学创作的蓬勃发展，一批又一批优秀煤矿文学作家走上文坛，各类优秀作品大量出现。据不完全统计，21 世纪以来，每年的《新华文摘》《小说选刊》《小说月报》《诗选刊》等国家知名专业期刊上都会有多篇煤矿文学作品名列其中，许多优秀作品被翻译成多国语言，在国际范围内广泛传播。而荣获各类省部级以上级别奖项的作家作品也不可胜数。多年来，在煤矿文学战线已经形成一支老中青相结合、实力雄厚的创作队伍。从张枚同、黄树芳、成善一、吴晓煜、程琪、沙凡等老一辈作家，到刘庆邦、荆永鸣、徐迅、刘俊、叶臻、夏榆、葛平、庄旭清、栾晓明等中年骨干作家，再到闫桂花、东篱、江耶、王韵涵、冉军、陈年、岳伟等年轻的新锐作家，一批批优秀煤矿作家献身中国当代煤炭工业与煤矿文艺建设，用手中的笔记录时代变革、书写人性人生，在中国当代文学画廊中留下了自己浓墨重彩的一笔。

第二节　煤炭系统文学传播平台

煤炭系统创办发行的报纸期刊具有多重作用，不仅是煤矿企业打造推广自身企业文化的成果和体现，还是煤矿文学重要的传播推广平台，也是广大基层煤矿文学爱好者一展才艺的园地，许多煤矿作家的处女作就是在自家煤矿刊物上发表的。煤矿文学期刊《阳光》于 1993 年创刊，由中国煤矿文化艺术联合会主办，著名煤矿作家刘庆邦、徐迅、凌翼都曾在该期刊担任重要职务，设有作家镜像、中篇小说、短篇小说、散文、诗歌、网络行星等栏目。作为全国煤炭系统唯一公开出版发行的文学期刊，《阳光》在发掘、培养和推介优秀煤矿文学作家作品方面发挥了重要作用，《小说月报》《小说选刊》《中华文学选刊》《诗选刊》《散文选刊》等专业文学选刊都多次刊选《阳光》杂志上的优秀作品，《阳光》还定期辑选出版《阳光文丛》，成为宝贵的煤矿文学文库资料。

最早的煤矿文学期刊创始于 1959 年，为大同煤矿创办的全国煤炭系统第一份也是当时唯一的一份文艺杂志——《矿工文艺》。《矿工文艺》创刊后，吸引了许多文学爱好者投入文学创作中来，极大地提升了煤矿文学创作的积极性。1976 年，《矿工文艺》在"文化大革命"结束劫后复生；1992年，大同矿务局成立大同矿务局作家协会，作家协会将《矿工文艺》改为《同煤文艺》，并以此为园地培养文学作者，吸引了黄中文、杨照钦、张瑞平、阎桂花、安开学、任和等一批年轻的作者以一种强劲的势头，从一个较高的起点加入大同煤矿文学创作队伍。经过多年的发展和经营，在大同集团公司作家协会成立后，各基层都成立了相应的文学协会或社团。《同煤文艺》在努力办好自身的基础上，也成为下级基层办刊的指导，并与基层报刊共同撑起山西煤矿文学的一片天。在其带动示范下，煤矿基层自办文艺报刊达10余种之多，燕子山矿的《雏燕》、马脊梁矿的《金马文艺》、十里河文学社的《绿草坪》、同家梁矿的《燃烧》、化工厂的《化工文艺》、二中韶华文学社的《校园文学报》是其中的佼佼者。这些刊物一直坚持不断出刊，而且在刊物内容、封面装帧设计、文字校对方面颇具特色且有相当的水准，可以与正式期刊媲美。

除《阳光》《同煤文艺》等正式对外发行的期刊外，像上述大同集团那样基层煤矿企业自己创办文学刊物的还有很多，据不完全统计超过50家，比较出色的有《矿工老哥》《跨越》《同煤文艺》《云雁》《燃烧》《雏雁》《轩煤信息》《晋煤文艺》《雏凤》《主人公》《超越》《寺河人》《吹征鼓》《七色花》《马兰花》《汾西文艺》《新阳文化》《潞安文艺》《潞安史志与战略》《晨光》《潞安工运》《金火焰》《蒙河》《今日平朔》《黑海潮》《热土》《热流》《乌金潮》《腾飞曲》《升华篇》《高煤文化》《田陈文化》《铁军风采》《梅香》《金笛》《银河》《丁香花》《谢桥风采》《八公山采风》《皖煤文化》《大泽文化》《热流》《欣源》《映山红》《工会工作通讯》《光源》《火神》《天润》《咏梅》《滇煤工运》《东源知音》《川煤文艺》《太阳石》《金鹤》《涟邵文艺》等。这些期刊一直是煤矿作家文学创作起步的平台。为了推进全国煤矿企业文学内刊的健康发展，中国煤矿文化艺术联合会、中国煤矿作家协会先后于1996年、2002年、2008年、2010年、2012年组织了五届全国煤矿文艺期刊主编培训班并进行优秀刊物评奖活动，评选"双十佳"期刊、优秀期刊。《中国作家》《小说选刊》《十月》等专业期刊主编和中宣部出版局相关领导出席活动进行指导，为繁荣煤矿期刊、巩固基层文艺创作阵地、培养煤矿作家、壮大煤矿文学创作队伍起到了极大的推动作用。

此外，《中国煤炭报》《山西煤炭报》《鸡西矿工报》《大同矿工报》《焦作矿工报》《广东煤炭报》《邢台矿工报》《鹤岗矿工报》《当代矿工》《安全为天报》《平顶山矿公报》《双鸭山矿工报》《兖州矿工报》《肥城矿工报》《铁法矿工报》《赤峰矿工报》《煤田地质报》《石嘴山矿报》《永棠矿工报》等各地矿区综合报刊着眼基层矿工的文化生活需要，也成为刊登煤矿文学作品、传播煤矿文化的重要平台。

　　结合时代文化形势变化和广大煤矿文学读者的需要，2009 年 7 月，《阳光》杂志开通博客；2010 年 9 月，"中国煤矿文化网"上线，开设"原创天地""煤矿文化人""煤矿作家"等栏目；2011 年 5 月，《中国煤炭报（太阳石版）》开通博客；2014 年，中国煤矿文化艺术联合会建设运行中国煤矿文化宣传基金会网站及中国煤矿作家、书法、美术、摄影等子协会网站。煤矿人充分把握互联网技术优势，积极搭建网络平台，推广并发掘网络煤矿作家作品，及时报道煤矿文学活动和做法，通过新媒体技术扩大煤矿文学的社会影响力。

第三节　乌金文学奖的意义与价值

　　20 世纪 80 年代，我国煤炭工业迅猛发展，煤矿文艺随之进入繁荣期，煤矿文学作品数量迅速增加，但良莠杂陈，亟须规范、引导和推动。针对当时煤矿文学创作的实际情况，1983 年，由中国煤矿文化宣传基金会、中国煤矿地质工会全国委员会和中国作家协会研究决定并组织发起煤矿文艺作品的评奖活动，设立"乌金文学奖"（第一届、第二届还包括曲艺作品的评奖），宗旨是鼓励专业和业余作家用各种形式的文艺作品，宣传新时代煤炭工业和煤矿工人的精神面貌，繁荣、推动煤炭工业战线的文艺活动，加强社会主义精神文明建设，促进煤炭工业的发展，为开创煤炭工业的新局面做出贡献。组建成立"煤矿文艺作品评奖委员会"，评奖工作由煤矿文艺作品评奖委员会下设的办公室具体负责。由此，乌金奖的组织及评选工作被写入煤矿文化宣传基金会的工作章程，作为一项常态化的工作内容来具体落实。经过中国煤矿文化宣传基金会十几年的助力引导，群众性煤矿文艺活动广泛开展，在各个矿区涌现出一大批拔尖的各类煤矿文化艺术人才，许多矿区还适时组织了文学、美术、书法等各类协会，到 20世纪 90 年代初，有近百名煤矿文艺人才成为国家级作协、书协、美协会员，在社会上形成了独特的"乌金文化"景观。为了更好地与社会接轨，用积极、健康的文学艺术思想引领矿区文化阵地，规范和引导煤矿文化艺术的发展，经当时的煤炭工业部党组同意和中国文联的批准，中国煤矿文化艺术联合会于 1995 年在民政部正式注册成立，其经费使用中国煤矿文化宣传基金会利息。乌金文学奖从此转由中国煤矿文化艺术联合会组织开展。自 2005 年乌金文学奖评选活动被纳入煤矿文化艺术节的重要内容之后，乌金文学奖在煤炭系统和社会各界的影响力和知名度进一步得到提升。

　　乌金文学奖作为中国作家协会与中国煤矿文化艺术联合会联合组织的中国煤炭系

统内最高文学奖项,在当代文坛一直享有很高的声誉。它与文化部"文华奖",戏剧"梅花奖",话剧"金狮奖",电视"飞天奖""金鹰奖",曲艺"牡丹奖",音乐"金唱片奖",舞蹈"荷花奖"以及"孔雀奖"等奖项一样,同属国家级专业大奖。其目的是鼓励、推进煤矿文学创作,评选范围为公开发表、出版的煤炭系统职工创作的文化艺术联合会作品和社会作家反映煤矿题材的文学作品,每四年举行一届,由中国作家协会和中国煤矿文联聘请文学界杰出人士组成评委组,经初审、终评两个阶段评出获奖作品。作品体裁每届会有所变化,包括长篇小说、中篇小说、短篇小说、报告文学、散文、诗歌(诗集)、组诗、文学评论、曲艺。

笔者以搜集资料最齐备的第六届全国煤矿乌金文学奖为例,简要介绍其评奖过程。该届乌金文学奖得到神华集团有限责任公司及其基层企业的赞助支持,由中国煤矿文化艺术联合会牵头组织,中国作家协会全程参加。评奖活动自 2010 年启动,2011 年 6 月评选揭晓,共收到 2005—2009 年煤炭系统作者正式出版发表的文学作品以及社会作者出版发表的煤矿题材的文学作品 368 部(篇),其中长篇小说 24 部,中篇小说 28 篇,短篇小说 65 篇,散文集 46 部,诗集 39 部,组诗 71 篇,报告文学73 部(篇),文学评论 22 部(篇)。评奖委员会本着公开、公正、公平的评奖原则,经作品登记、资格审查、初评、终评四个阶段,最终评选出全国煤矿文学乌金奖作品 55 部(篇),提名奖 39 部(篇),获奖作品体裁包括长篇小说、中篇小说、短篇小说、报告文学集 / 单篇、散文、诗集 / 组诗、文学评论七类。同时,为了感谢和表彰已故的高扬文和张超两位前辈对中国煤矿文化事业做出的贡献,本届评委会研究决定,特授予《我当煤黑子的头》(高扬文著)、《征尘路》(张超著)两部作品以特别荣誉奖。该届乌金文学奖评委阵容强大,远远突破了煤炭系统圈子,切实保证了乌金文学奖的评选质量和社会影响力,具体人员构成如下:

名誉主任:

梁嘉琨　时任国家安全生产监督管理总局副局长、中国煤矿文化艺术联合会主席

主任委员:

陈建功　时任中国作家协会副主席

黄　毅　时任国家安全生产监督管理总局党组成员、总工程师

张玉卓　时任神华有限责任集团公司总经理

许传播　时任中国煤矿文化艺术联合会名誉主席

副主任委员:

刘庆邦　时任中国煤矿作家协会主席

张春耀　时任神华集团责任有限公司公会委员会主席

吴晓煜　时任中国煤矿作家协会副主席

庞崇娅　时任中国煤矿文化宣传基金会理事长、中国煤矿文化艺术联合会副主席

评　委（按姓氏笔画排序）：

孙德全　时任中国作家协会创联部主任

许传播　时任中国煤矿文化艺术联合会名誉主席

刘庆邦　时任中国煤矿作家协会主席

何向阳　时任中国作家协会创研部副主任

李　潘　时任中央电视台"子午书简"栏目制片人

李小雨　时任《诗刊》杂志常务副主编

李炳银　时任中国报告文学学会副会长

李敬泽　时任中国作家协会党组成员、书记处书记、《人民文学》主编

陈建功　时任中国作家协会副主席

吴义勤　时任中国现代文学馆常务副馆长

吴晓煜　时任中国煤矿作家协会副主席

庞崇娅　时任中国煤矿文化宣传基金会理事长、中国煤矿文化艺术联合会副主席

张广义　时任中央电视台科教频道综合办主任

胡　平　时任中国作家协会创研部主任

施战军　时任鲁迅文学院副院长

高洪波　时任中国作家协会党组成员、书记处书记、副主席

徐　坤　时任北京作家协会党组成员、文学博士

崔　涛　时任中国煤炭报副总编辑

崔道怡　原《人民文学》杂志副主编

梁鸿鹰　时任中宣部文艺局巡视员

雷　达　时任中国作家协会创研部主任

雷抒雁　时任鲁迅文学院常务副院长

笔者在2010年还曾就乌金文学奖的社会价值和影响力组建课题组进行专项调研。课题组采用实证调查的研究方法，围绕对乌金文学奖的知名了解情况、对煤矿文学作家作品的认知情况、对乌金文学奖的评价认知以及煤炭系统文学创作情况、文化活动开展情况等方面设计调查问卷，进行采样式调查。本次实证调查分煤炭系统和非煤炭系统两部分进行，调查地区涉及北京、天津、河北、河南、山东、山西、安徽、新

疆、内蒙古9个省（直辖市、自治区），受访单位有煤矿、公司、学校、医院、国家机关及企事业单位，调查对象包括煤矿职工、公司职员、教师、学生、医生、警察、公务员、农民、个体户，调查对象为年龄20～60岁的成年人。调查共计发放问卷400份，收回有效问卷306份。收集到了较为详尽的第一手信息，具体调研情况如下：调研问卷（一）针对煤炭系统进行调研，地区涉及河北、河南、山东、山西、安徽5个省，受访单位有河北开滦集团、河南焦作煤业集团、河南平顶山煤业集团、山东兖矿集团、山西大同煤矿集团、安徽淮北矿业集团6家单位。调查对象的性别比例为男性占64.8％，女性占35.2％，调查对象包括矿工、技术人员、办公人员，调查对象的年龄跨度为20～60岁，所选调查对象基本符合煤矿职工的自然人员构成。发放问卷200份，回收有效问卷165份。调查内容涉及乌金文学奖、煤矿作家的认知情况，煤炭系统文化生活状况，以及对乌金文学奖、煤矿文化艺术现状及发展的看法等半开放性问题。调查基本呈现了煤炭系统的文化生活现状，也获得了煤矿职工对乌金文学奖、煤矿文化艺术发展的相关看法。调研问卷（二）专门针对非煤炭系统进行调研，调查地区涉及北京、天津、河北、山西、内蒙古、四川、重庆、新疆8个省（直辖市、自治区），受访单位有学校、公司、政府机关、医院等。调查对象包括教师、学生、公司职员、医生、警察、公务员、个体户、农民等。调查对象的性别比例为男性占48.9％，女性占51.1％。调查对象的年龄跨度为20～50岁，在社会大众正常年龄范围之内，基本符合参与公众事务的社会大众人员构成要求。发放问卷200份，回收有效问卷141份。调查内容涉及乌金文学奖的认知情况，煤矿作家的认知情况，煤矿题材文艺作品的社会传播情况，以及对乌金文学奖、煤矿文化艺术现状和发展的看法等半开放性问题。调查基本呈现社会大众对乌金文学奖、煤矿文化生活的了解状况，以及对煤矿文化艺术发展的看法。

该次调研得到如下相关结论：乌金文学奖在民众中具有一定的知名度，在非煤炭系统有25.5％的被调查者知道该奖项，在煤炭系统则有30.7％的被调查者知道该奖项。乌金文学奖的评选活动从2005年开始被列为煤矿文化艺术节的一项内容，作为煤炭系统最重大的文化活动，有23％的被调查者参加过煤矿文化艺术节的活动。在非煤炭系统，有近30.9％的被调查者听说过该文化艺术节。乌金文学奖获奖作家的认知情况相对较好，乌金文学奖推出的获奖作家的知名度较高。3/4的被调查者知道至少一位所列举的作家，一位北京的工程师甚至知道所有列举的获奖作家。这反映了乌金文学奖具有较广泛的社会知名度和一定的民众参与基础，能够体现乌金奖的社会底蕴。在乌金文学奖社会影响的调查中，有80％的人表示"想了解矿工生活"；调查中即使受访者不了解乌金文学奖评选，也一致认为该奖项的设置是有意义的，不仅有利于培养专业人才，提高矿工文化素质，丰富其文化生活，还能让社会上更多的人了解矿工，并认为该奖项的设置体现了国家对矿工与煤矿文化的重视，也是煤矿文化展现自身风采的有效途径。

乌金文学奖不同于茅盾文学奖、老舍文学奖等纯粹的文学奖项，原因是乌金文学奖评选表现出了精神的文化探寻与现实的"载道"意义之间独特的结合，它追求与实现的不仅是艺术层面上的尖峰境界，更多的是关注现实大地上煤矿人的生产、生活，发掘的是能带给煤矿人温暖与欢乐的文化乌金。因此，乌金文学奖评选表现出了精神的文化探寻与现实的"载道"意义之间独特的结合，这应该是乌金文学奖能够成为中国作家协会仅有的两个行业文学奖项之一，能够在众多文学评奖中一脉延承的根本原因。具体来说，乌金文学奖的社会价值主要表现在推进煤矿文艺建设、提升煤炭行业影响力、倡导安全生产文化和拓宽文学创作领域等方面。

首先，乌金文学奖对我国煤炭系统文化建设发展功不可没。每一届的乌金文学奖评选活动都是矿山儿女的文化盛事，对鼓励、推动煤炭系统职工的文学创作，提高矿工文化素质发挥了重要作用。煤矿生产的特殊性和危险性使矿工比其他职业工作者有更独特的生活体会，煤矿是人类能源的源泉，而煤矿生活是文学创作的重要源泉。事实上，在煤炭系统确实存在着千千万万的文学爱好者，乌金文学奖评奖的主要对象正是这些"煤黑子"作家和写"煤黑子"的作品，这自然对煤炭系统创作与创作者起到了鼓励和引导的作用，为业余煤矿作者明确了创作路向，也为煤矿作家提升自己的创作层次与文坛影响力提供了很好的机会。许多人从煤矿作家经由乌金文学奖脱颖而出成为文坛名家，如陈建功、谭谈、刘庆邦、周梅森等。也正是在包括乌金文学奖在内的诸多因素作用下，煤炭系统文化组织不断健全，创作队伍不断壮大。乌金文学奖对中国煤矿文化建设发展起到了动力与方向的作用，是煤炭系统文学走向社会的一面旗帜。

从构成上看，乌金文学奖评奖及其获奖作品是煤炭系统文化的重要组成部分。乌金文学奖评选是历届煤矿文化节的核心议程，是各矿山创作者与读者极为关注的一项活动，已深深融入矿山文化并成为其亮点，而获奖作品则成为记录、表现我国煤矿生产、生活的文学档案。其中，既有煤矿人革命斗争史的真实呈现，如《血染春秋》《黑魂》《卧龙镇》等，也有对人们在煤炭系统历史变革中心理、思维和情感冲突的记录，如《跋涉者》《强者》《断层》《篱笆》等，细腻而深刻地揭示了特定历史变革时期，真善美与假恶丑的人性交锋。相应地，乌金文学奖获奖作品还成功塑造了一大批血肉丰满、性格各异的矿山人物形象,为世人展现出一个丰富多彩的矿山人物画廊:扎根矿山的老矿工、屡屡受挫的煤矿管理者、黑心辣手的小煤窑矿主、温柔善良的矿嫂等各色人物。通过对这些人物形象的性格透视既展现了矿山儿女的朴实、勤劳与自强,又暴露出了在矿山特殊环境中人性软弱、无助与卑微的一面。发生在他们身上多姿多彩的故事更是充分体现出了文学所具有的展示生活和道德教化的功能。乌金文学奖获奖作品对煤矿生产、生活的描述使不可能接近矿山的普通人有了了解煤矿、熟悉矿工的机会,使民众在审美感受中更深刻地体悟到了矿山世界。乌金文学奖还是替矿工传达心声的有效方式与渠道,因为许多获奖作品通过对矿工生活的真挚、诚恳表达,说出了矿工说不明、说不清、说不得却最想说的话,成为矿工的代言人。比如,蒋法武在《瓦斯》等作品中真切地撕开了现实中的虚伪面纱,道出了矿工的心里话,此类作品也正是最受矿工欢迎的一类。对于矿难,在乌金文学奖作品里给予了高度关注:对魔鬼巷道、塌陷、冒顶、瓦斯、渗水等事故进行了深刻描摹,对矿工面对死亡时的恐惧(甚至和老鼠相依相偎)、幻觉、坚韧心理进行了深入刻画,把800米地下矿井的阴森、井下失事人的本能感受、坚强意志以及对生命的体悟进行了全面、深刻地呈现。除此之外,乌金文学奖的评奖及获奖作品还起到了振奋煤矿精神、凝聚矿工力量的作用。乌金奖获奖作品中刻画的矿工群体是一支特别能战斗的队伍,其工作环境艰苦、危险性高,长期工作在地层深处,默默为人们发掘着光热能源,为国家经济建设做出了巨大贡献。这形象地刻画出了煤矿人的高尚品德与重大贡献,展现了煤矿人的大岸胸襟和豪迈激情。在围绕乌金文学奖开展的相关调查中,受访者普遍认为乌金文学奖的设置体现了对矿工与煤矿的重视,有利于民众通过文艺途径了解煤矿和煤矿人,有利于社会和谐氛围的形成,有助于煤矿生产的科学管理。

“文以载道”,乌金文学奖选出的作品都是“载道”的作品,是具有社会责任的文学,但这并不意味着乌金文学奖会降低、忽视对艺术水准的要求。作为一项文学评奖活动,乌金文学奖对中国文学艺术的发展繁荣同样具有不可抹杀的价值。乌金文学奖推进煤矿文学使之成了真正意义上的文学现象,即促成煤矿文学有了自己健全、独立的组织机构、创作群和读者群,并且向整个文坛和社会扩散影响。乌金奖由中国作家协会和中国煤矿文化艺术联合会组织发起,这促进了煤矿文学规模化和专业化发展,对作家成长有很好的感召作用。而评委组成员一般都是专业、富有成绩和影响力的作家、评论家,经他们筛选的作品,自然是沙中烁金,这既给煤矿作家以正确的艺术指引,也是对获奖作家、作品极具影响力的肯定,对获奖作家今后的文学之路会产生很大的推动作用。同时,乌金文学奖获奖作家日后卓著的文学成就反过来也证明了乌金文学奖评委的评选功力，昭示着乌金文学奖对推进煤矿文学和中国文学的重要价值。除了推出一批顶尖的作家精英外，乌金文学奖还极大地高涨了煤矿作者的创作热情。各大煤矿集团先后成立文联、作协等文化组织，出版文学刊物，形成了一支力量雄厚、富有特色的创作队伍，成了20世纪90年代以来行业文坛写作中最亮丽的一道风景线。在相关调查中，受访者对煤矿题材作家的熟悉度比较高，10.8%的调查者知道两个以上所列举的乌金文学奖获奖作家，76.2%的受访者至少知道一个相关作家，这反映出煤矿文学确实在社会上占有自己的一席之地。多年来，乌金文学奖对煤矿文学作品优中选优，推出了大量艺术和思想兼备的杰出之作，推出了一大批优秀的煤矿文学作家，拓展了文学创作疆域，还为中国影视创作提供了优秀的底本。乌金文学奖有非常严格的评审系统，评选对象为已公开发表、出版的煤炭系统职工创作的文学作品及社会作家反映煤矿题材的文学作品。通过发布征选公告，由单位推荐和自由报名产生候选作品，由中国作家协会和中国煤矿文化艺术联合会共同甄选专家成立评委组，评委组经初选和终评确定奖项名次，这不仅能保障获奖作品具有相当的广泛性和艺术水准，还能保障评奖本身具有相当的影响力与公信力。正因如此，乌金文学奖才有可能选拔和推出真正优秀的作家和作品，起到推进文学发展繁荣的作用。

以下为乌金文学奖历届获奖作品要目：

获得首届全国煤矿文学"乌金奖"的有6部中篇小说、49篇短篇小说、14篇报告文学、15篇散文、38首诗歌。

获得第二届全国煤矿文学"乌金奖"一等奖的作品有中篇小说《瓦斯》（蒋法武）、《沉沦的土地》（周梅森）、《东家》（刘庆邦）；短篇小说《爱》（刘云生）、《冷屋》（张枚同、程琪）、《我们的老六》（孙少山）；报告文学《今天，谁是最美的人》（严阵）、《让男人佩服的是女人》（黄静泉）、《煤海魂兮》（周培玉、王和岐）；散文《不敢敲门》（陈建功）、《心心相印》（范圣辉）；诗集《孙友田煤矿抒情诗选》（孙友田）、《沉重的阳光》（秦岭）。

获得第三届全国煤矿文学"乌金奖"一等奖的作品有诗集《好雨轩吟草》（梁东）、《深情》（刘欣）；中篇小说《家道》（刘庆邦）、《归去》（焦祖尧）；短篇小说《屠妇老塘》（刘庆邦）、《家事》（刘欣声）；报告文学《抓住历史的契机》（李从林）、《世纪光明行》（姚喜岱）；文学评论《季风与地火》（雷达）。

获得第四届全国煤矿文学"乌金奖"一等奖的作品有中篇小说《渴望出逃》（刘宝生）；短篇小说《老黑鱼号的短暂航程》（谢友鄞）、《蓝蓝的山桃花》（刘云生）、《父亲和鹤鹰》（李连杰）；长篇报告文学《走出地平线》（马泰泉）；中篇报告文学《心灵的密码》（李从林）、《壁立千仞》（章成）、《黑锅》（谢春阳）；散文《脸上有煤》（栗晓明）、《大地的心》（徐迅）、《面对死亡》（陈琳）；诗集《回声》（胡建平）；组诗《叶臻的诗（五首）》（叶臻）；文学评论《珍惜生命》（唐达成）、《花报一枝春》（毕长吾）。

第五届全国煤矿文学"乌金奖"评委会收到了700余件作品，最终有49件作品获奖，其中包括长篇小说《竞争时代（上下）》（朱兴中）、《太阳背后》（陈琳）、《人间烟火》（胡国柱）、《市委书记的遗孀》（张枚同、程琪）、《黑涡》（徐化芳）、《莲花春秋》（陈玉则）；中篇小说《北京候鸟》（荆永鸣）、《天黑黑》（夏榆）、《骡子》（徐站夫）、《支部书记赵大旗》（杜培玉）、《颠倒》（蒋法武）；短篇小说《小说二题》（荆永鸣）、《逃离煤井》（谢友鄞）、《小舅子》（白丁）、《这日子应该平静如水》（曹多勇）、《远去的粉蝴蝶》（刘云生）、《采访》（水土）、《烈日舞蹈》（元平英）、《斗地主》（卢金地）；报告文学《惊蛰》（赵颖）、《杨村制造》（钱广潮）等；散文《母亲的收藏》（闫桂花）、《黑暗之歌》（夏榆）、《父亲不说话》（徐迅）等；诗集《开春大典》（叶臻）、《从午后抵达》（东篱）、《沧桑诗耳》（桑俊杰）等；组诗《说出了它就战胜了它》（王建旗）、《矿工赋》（段永贤）、《矮小的枞树以它自己的方式生长》（潮汐）、《一个人的列车》（葛平）；文学评论《话说周梅森的"长"和刘庆邦的"短"》（成善一）、《重要的在于强中固本》（梁东）、《检阅中国"煤炭诗"》（冉军）、《关于阳光获奖小说的11条笔记》（红尘）。

神华杯·第六届全国煤矿文学"乌金奖"获得特别荣誉奖的作品有：《我当煤黑子的头儿》（高扬文）、《征尘路》（张超）。获得乌金奖和提名奖的作品有长篇小说《黄钟不弃》（卢国成）、《红颜绿煤》（武翔）、《疼痛难忍》（水土）、《小车司机》（姚有起）、《非常城市》（李宏林）；中篇小说《爱了又爱》（徐站夫）、《半个夏天》（小岸）、《在丰镇的大街上嚎啕痛哭》（张锐强）、《被时光漂白的记忆》（张可旺）、《窑衣》（翟永刚）、《初嫁》（杜培玉）；短篇小说《胭脂杏》（陈年）、《步步生莲》（张光宇）、《父亲和公爹》（闫桂花）、《遥远的库布其》（温治学）、《矿工的女儿》（李发强）、《杀牛》（黄静泉）、《连慧的麦穗》（张波）、《祭窑》（黄卫平）、《鸳鸯》（李芮）；散文《白天遇见黑暗》（夏榆）、《半堵墙》（徐迅）、《微笑着的乞丐》（梁俊明）、《尘世是唯一的天堂》（杨荻）、《绵山居文系·石在》（毛守仁）、《江上有好酒》（古枫）、《万千灯火》（薛晓燕）、《寻找》（栾晓明）；诗集《冰封的烈焰》（刘欣）、《抚摸生命的亮色》（郭安文）、《大地苍茫》（江耶）、《红与黑的颂辞》（冉军）、《在大鹰爪下签名》（温古）、《描描》（杜工会）、《神圣的煤》（肖峰）；报告文学集《向阳人家》（陈玉则）、《大路朝天》（黄树芳）、《见证轮回》（王韵涵）；单篇诗作《岁月有价》（皇甫琪）、《为了六十九名矿工兄弟》（杨晓东）、《走向和谐》（钱广潮、吴玉华）、《甲子回眸》（沙凡）、《她们和她们的感动》（李君）、《风从草原走过》（温治学）、《大同在人间》（张枚同）、《塞上记忆》庞顺泉；组诗《煤炭》（苏传道）、《内心的煤》（黑马）、《废墟之上 鲜花绽放》；文学评论集《梁东论诗文丛》（梁东）、《大唐烟霞》（路忠强）；文学评论单篇《中国煤炭诗精神史小议》（冉军）、《怎一个"拙"字了得》（阎晶明）、《乡野风骨》（北乔）、《国企高官的一面镜子》（成善一）。

　　第七届全国煤矿文学"乌金奖"评选揭晓，获得特别荣誉奖的作品有：《黑白男女》（长篇小说 刘庆邦）、《当代中华诗词名家精品集（梁东卷）》（梁东）、《矿工万岁》（长诗 杨启舫）、《中国矿工》（长诗 刘俊）。其他获奖作品有长篇小说《风起毛乌素》（亚东）、《北京时间》（荆永鸣）、《正科级干部》（姚有赳）、《我的独立消失在雾中》（夏榆）、《太阳开门》（简默）、《季节深处》（李芮）、《时光照着我的脸》（秋野）、《三个煤机手》（胡西友）、《大水汤汤》（许斌）；中篇小说《兰成走了》（闫桂花）、《小车里的煤田》（海佛）、《突围》（陈琳）、《九层塔》（陈年）、《城市边缘》（徐站夫）、《灵湖》（刘亮）、《门》（安建功）、《月亮湾》（五十弦）；短篇小说《别问我是谁》（王庆才）、《过年》（黄静泉）、《将军的子弹》（卢金地）、《差点以为是他杀》（老九）、《夜千重》（李舍）、《在江湖行走》（王献青）、《动脉》（卢新平）；散文《我的故乡雨雪初霁》（徐迅）、《黄树芳随笔》（黄树芳）、《季节河》（安海）、《墙后面有人》（江耶）、《这里能听见心跳》（古枫）、《心底映象》（姚喜岱）、《阳光不锈》（吕秀芳）、《寻常》（薛晓燕）、《零度情感》（郭安廷）、《凝望与行走》（姚中华），诗集《秘密之城》（东篱）、《苏北记》（黑马）、《温古诗选》（温古）、《以魂灵的名义》（凌翼）、《地心的蛙鸣》（老井）、《诗日记》（王建旗）、《玫瑰色薄雾》（邵悦）、《风中的镜子》（李文焕）、《故道书》（王文海）、《随悟》（张智）；组诗《春天日记》（葛平）、《我有我的八百米地下》（司跃双）、《桃花十四行》（耿小会）；报告文学《五彩石》（报告文学集 沙凡）、《煤矿农民工》（单篇 皇甫琪）、《陕西煤老板》（报告文学集 王成祥）、《时刻攻坚》（报告文学集 杜茂昌）、《英雄之歌》（报告文学集 朱兴中）；文学评论《多维视野中的中国当代煤矿小说》（评论集 史修永）、《浅谈中国煤矿文学发展史》（单篇 成善一）、《相得益彰的成功合作》（单篇 白丁）、《黄静泉后期小说印象》（单篇 程琪）、《长安思评》（评论集 张春喜）、《族天下与氓世界》（单篇 孟凡通）、《献给伟大与光荣者的史诗》（单篇 桑俊杰）。

第四节　煤矿文学作家的群落性特征

一、"煤矿作家群"概况

创作主体的群体性和地域性集中是煤矿文学行业文学性质的重要体现。特别是自20世纪80年代以来，在经济复苏、复兴的产能需求影响下，煤炭行业得到重视和发展，与之相伴，一些煤矿企业特别是大型矿山企业里出现了煤矿题材文学创作热潮，许多优秀的煤炭系统作家扎堆出现，在系统内甚至整个文坛都颇具影响力，这些煤矿作家群体被研究者称为"煤矿作家群"。他们多以自己的矿山生产生活为题材，用自己的笔书写矿山精神，讴歌煤矿人的拼搏奋斗精神，写作内容涉及矿山生产生活的方方面面。通过他们的作品，煤矿人可以艺术地观察自己的存在状态，矿山世界之外的读者也可以借助作品深入了解煤炭行业、企业和煤矿人的悲欢离合，与煤矿人进行精神文化的深入交流，有的作品甚至促成了煤矿生产生活实际困难的解决。

成善一曾担任中国煤矿作家协会副主席，他是文学研究者中关注并命名"煤矿作家群"的第一人。早在1994年5月，他在《大同有个作家群》的研究文章中首次以"作家群"来命名煤矿作家。时任中国作家协会副主席的陈建功于2000年5月以序言的形式写了一篇《涟邵是个作家窝》的文章，用"涟邵作家群"来命名湖南涟邵矿务局（湖南煤业集团涟邵实业有限公司）的创作群体。"平庄作家群"的名字出现在2004年，得益于内蒙古平庄煤矿《太阳城》丛书的问世。之后，"煤矿作家群"在越来越多的矿山中涌现，在煤矿文艺战线中发挥出越来越重要的作用。正如有的研究者所说："像安徽的淮南煤矿、江苏的徐州煤矿、山东的兖州煤矿、山西的汾西煤矿、河北的开滦煤矿以及黑龙江的鹤岗煤矿等，都涌现出了一批较为优秀的煤矿作家，他们勤于笔耕，成果显著，几乎每个群体中都有几个在全煤乃至全国均小有名气的作家，他们以自己的创作实践带动了当地文学创作的发展。在他们身边也聚集了一批志趣相投的文学爱好者，相互砥砺、切磋，不断创作出好的作品，为自己也为所在的煤矿赢得了荣誉。他们都可以称为煤矿作家群。"①

煤矿文学创作主体的群落性特征是煤矿文学行业文学特征的重要体现，表现出了

---

① 赵爱华.煤矿作家群研究 [J].华北科技学院学报，2011(7):112.

煤矿文学创作与煤炭行业的密切联系。创作主体源于矿山的生产人员，作家集聚在煤矿企业中，煤炭行业的兴衰成败影响着煤矿作家的生存环境，影响着煤矿文学的创作导向和创作状态。改革开放以来，中国经济进入蓬勃发展期，对煤矿能源的需求日胜一日，煤炭行业也得以迅猛发展。而煤炭行业的壮大直接推动了煤矿文学作家队伍、创作组织和受众群体的发展壮大，煤矿文艺进入了百花齐放的繁荣期，优秀作家、作品横空出世，广大矿山职工的阅读和创作热情也大幅高涨，各级各类煤矿文艺组织日趋健全，还设立了煤矿文艺的专业评奖——乌金奖，可以说正是煤炭行业的发展有力推进了煤矿文艺的兴盛繁荣，大同、淮南、涟邵"煤矿作家群"现象于是应运而生。

　　各大小煤矿的具体文艺创作环境直接影响着本地（矿）作家群体的规模和质量，其具体影响体现在以下几个方面：矿山领导对煤矿文艺作用是否理解和重视，是否建构了较为完善、成熟的文艺组织，是否对煤矿文艺活动进行了较为充足的资金配置。矿山作为经济生产单位，首要任务自然是煤炭产量、质量和生产安全。煤矿的各级领导或经营者如果认识到煤矿文艺对调动工人积极性的重要作用，积极建设矿山文化文艺，那么这片矿山的文艺创作力量和氛围就会优越，本地煤矿作家群的影响力和实力自然也会增强。单位领导如果重视文学创作，他们不仅会在精神上支持，也会付诸行动，在具体操作上为文学创作提供便利条件，如在本企业内部创办文学刊物，鼓励文学爱好者外出参加创作培训，推荐本单位职工参加文学评奖，等等。反之，煤炭系统和矿山的各级领导如果急功近利，单纯看重煤矿产量和经济利益，而忽视煤矿文艺建设和投入，甚至视文艺创作为"不务正业"，那么煤矿文艺创作自然会受到抑制。事实证明，在煤矿文艺系统乃至在全国文艺战线享有盛名的"煤矿作家群体"无不在自己的煤矿企业内部获得格外的重视和支持，无不具有良好文艺创作微观环境。内蒙古平庄煤矿作家群和山西大同煤矿作家群，是煤炭系统中最引人注目的两个地域作家群，创作成果突出，优秀作家众多。显然，这两个矿区具有良好的微观文艺环境，文艺人才能够得到重视和支持。在内蒙古平庄煤矿，从矿长、书记到各级领导都非常关注文化文艺建设，有写作特长的人才会受到重视、重用。平庄矿区的高素杰、刘丽娟都是因为有较突出的写作能力，又有作品公开发表而被矿区领导关注、赏识，才被从类似宾馆服务员的岗位安排了到专业写作的重要岗位上的。著名煤矿作家荆永鸣因为出色的创作才华，1985年被调到矿区下辖元宝山矿宣传部工作，后又被调到矿区工会，为鼓励他进行文学创作，矿区组织和领导在生活和工作环境上为他提供了诸多便利。正因如此，这些作家在成名后仍深深热爱、眷恋着矿区，关心着煤炭事业的发展。山西大同煤矿也有非常好的尊重文化、尊重作家的传统，以书记、矿长为首，各级领导都把文艺工作视作精神文明建设的重要内容，将煤矿文学创作纳入煤矿整体工作框架，鼓励基层煤矿工人进行文艺创作，张枚同、程琪等优秀煤矿作家正是在这样的环境下成长起来的。从这个角度讲，煤矿组织、领导的重视与支持是该区域内煤矿文学发展壮大的直接的、重要的外部条件。特别值得一提的是，在许多煤矿企业的创作群体中，许多矿山领导不但鼓励、支持自己的职工开展文学创作，而且亲自参与文学创作，或者自己本来就是文艺爱好者、创作者，这就更能推动、带动矿区和煤炭系统内的文艺发展。连续两次获得内蒙古自治区"索龙嘎"文学奖的刘欣声不仅是优秀的作家，还是平庄煤业集团的党委副书记，刘欣声除了每天的大量工作事务之外，还能够坚持创作、笔耕不辍，他对整个矿区文化艺术建设的示范带动作用是显而易见的。曾任徐州煤矿基层矿区党委书记的刘玉龙也是一名出色的煤矿诗人，是连续两届全国煤矿文学"乌金奖"二等奖得主。他的诗作在"高调"书写矿山精神的同时，带动了更多的煤矿人走上了文学道路。类似的处级以上矿山干部还有许多，他们的创作和作品带动、培养、感染了一批批基层读者和煤矿作家，有力地推进了煤矿文学的发展壮大。

除了矿区领导、组织的支持引导外，基层煤矿文学和矿区作家群的壮大还离不开具有创作实力和实绩的优秀作家的引领。综观各知名的矿区作家群，每个群体中都不乏这样的"核心人物"。淮南作家群有蒋法武、叶臻（叶有贵）、梁俊明，平庄作家群有荆永鸣、徐站夫、麦沙，大同作家群有张枚同、程琪和黄树芳，涟邵作家群有谭谈、魏文彬等。在基层矿区和创作圈子，以这些优秀作家为师友，辐射带动、切磋探讨，吸引、聚集了为数众多的文学爱好者，这些人再拓展开来去影响、带动身边更多的人加入文学创作的队伍。

在涟邵作家群，煤矿作家谭谈无疑是矿区文艺的灵魂人物，他不但成名早、作品好，而且人品、人缘出众。在他的感召和带动下，团结并影响了一批批基层文艺创作队伍；在他的引领和影响下，矿区业余文学创作队伍多年以来一直稳定发展，一批矿山文学作者迅速成长，在小说、散文、报告文学、诗歌创作领域颇有建树。涟邵煤矿中很多人的第一个作品都是经谭谈帮助修改后发表的。事实上，这种专业的培养和塑造在许多基层矿区都存在，难以计数的基层工人、文学爱好者通过老作家的培养走上文学之路，成为中国煤矿文学的新生力量。正如时任中国作家协会副主席的陈建功在《涟邵是个作家窝》一文中所述："文学固然主要靠作家的个性化劳动，但创造性的发挥也仰赖融洽的人际关系、良好的创作氛围和宜人的文化环境。在某一地域，在某一历史时期，因为营造了这样的关系、氛围和环境，作家群体如星河般璀璨的情况屡见不鲜。"① 这种领军作家的传承培养是文学内在魅力的体现，也是煤矿文学"江山代有才人出"的重要原因和直接动力。

文学的整体是一个呼应、交流的过程，从作者到读者均离不开传播的媒介。在煤矿文学的发展过程中，煤矿文学刊物功不可没。煤矿文学因为其煤矿题材、主题等行业文学的特殊性，注定其作者、读者和传播刊物与煤炭行业的关系密切，其作品大部分发表于煤炭系统自办的文学刊物上。正是因为有了这块煤矿味十足的文学园地，众多基层的煤矿文艺爱好者才有了施展才华的平台。《矿工文艺》（后更名为《同煤文艺》）是煤炭系统创办的第一份文学刊物，1959 年由大同煤矿创刊，之后其下属矿山也陆续推出自己的文艺刊物，以马脊梁矿的《金马文艺》、燕子山矿的《雏燕》、同家梁矿的《燃烧》最为有名，总计刊物达 10 余种。这些刊物成为基层煤矿文艺爱好者的交流窗口和阵地，许多文学讲座、作品研讨会、创作笔会也都依托文艺刊物和机构开展，对基层煤矿文艺发展起到积极的推动作用。涟源煤矿在矿务局建局的时候就开始发行《涟邵矿工报》，其副刊《矿灯》对涟源作家群的形成、成长关系重大，一批批基层煤矿文艺爱好者从这里脱颖而出，许多优秀作家的处女作就发表在上面，许多煤矿文艺爱好者甚至将之作为自己与身边同道的"竞技场"。

煤矿作家群体源自生活在煤山、工作在矿山的行业人群，许多人是最基层的煤矿一线工人，他们了解煤矿生产生活，深刻理解矿山人的悲欢离合，更希望借助文艺来宣泄、表达自身内在的心情感受和生存困惑，而且很多煤矿作家的文化水平与文学水平不高，但他们拥有一般作家所无法比拟的题材积淀和生活体验，这也是煤矿人书写自身物质和精神生活不能替代的宝贵因素与行业特征，是植根于乌金中的艺术力量！

二、主要"煤矿作家群"及构成

经过中国作家协会、中国煤矿文化艺术联合会（煤矿文联）以及煤矿企业领导、组织的大力扶持，煤炭系统作家群体日益壮大。目前，煤炭系统较具规模和知名度的文学创作群体有山西大同煤矿集团的"大同作家群"，湖南煤业集团的"涟邵作家群"，内蒙古平庄煤业集团的"平庄作家群"，安徽淮南矿业集团的"淮南作家群"，江苏徐州矿业集团的"徐州作家群"，山东兖矿集团的"兖州作家群"，山西汾西矿业集团的"汾西作家群"，河北开滦集团的"开滦作家群"以及黑龙江龙煤鹤岗矿业的"鹤岗作家群"等。

---

① 陈建功.涟邵是个作家窝[M]// 谭谈.今生有缘 谭谈说朋友：下篇.长沙:湖南文艺出版社,2003:81.

这些煤矿作家群的人员数量较多，作家群内部比较团结，成员之间互相沟通、交流密切，且每个群体基本都有一个或几个核心人物为代表，他们在文学创作方面的数量和质量都属上乘且小有名气，并且团结了身边一大批文学爱好者。

除了上述成型的作家群体以外，在广大的煤矿企业里还存在着一些不太成型、没有形成群体结构特征的煤矿作家个体，他们中的有些人虽然已经小有名气，但因彼此之间的交流沟通不是很频繁，联系不是很紧密，没有形成一个群体，如山西晋煤集团、河南郑州煤炭工业集团、山西焦煤西山煤电集团、山西潞安矿业集团、陕西神东煤炭集团以及四川省内的几个煤矿等都有一些煤矿业余作家，但从规模和凝聚力来看，目前尚不足以称之为"作家群"。

下面简要列出群体特征最为明显、社会影响力较大的几个著名煤矿作家群体的主要成员情况。

山西大同煤矿作家群的主要构成："文化大革命"以前有秦振中、张景星、王发贵、黄树芳、张家麟、杨玉升等；20世纪70年代有张枚同、程琪、秦岭、张高、王子硕、王巨台、何玉清、马立忠等；20世纪80年代有刘云生、杜珍考、刘俊、黄静泉、武怀文、刘增元等；20世纪90年代有黄中文、杨照钦、张瑞平、阎桂花、安开学、任和等，现已经形成中国作协会员、省作协会员、煤矿作协会员为核心，基层的矿、厂、处、文学协会会员为骨干，区队班组文学爱好者为基础的文艺创作结构。

安徽淮南煤矿作家群的主要构成：20世纪五六十年代，小说创作以肖向远、都来宾、周为松等为代表，诗歌创作以方传政、朱长龄、孙登科、朴照元、王俊仁等为代表；20世纪七八十年代，小说创作以蒋法武、梁俊明等为代表，诗歌创作方面主要有被人戏称为"叶家军"的叶友贵（叶臻）、方徐林、耿小会、张立邦、苏传道、张友山、蒋华刚、窦勇、赵华玉、叶坤、孙士利等；20世纪90年代以后有岳伟、王献青等。

内蒙古平庄作家群的主要构成：活跃在20世纪50—70年代的第一代代表作家有韩根长、鞠广栋、田春甫、王静山、张晓光、孙岗、王守城、周清明、崔占元、刘至厚、陈永库、岳祥等；第二代作家成名于20世纪八九十年代，有刘欣声、徐站夫、荆永鸣、麦沙、榛子、刘志、书斐、邓钰、毕长吾、陈国钧、绿岛、吕森、金维国、孙晓东、刘丽娟、邓慧丽等；第三代作家成名于20世纪90年代以后，有老米、安榆、梦日边、高素杰、苏吉祥、刘江龙、王拥华、张光宇、王宏生、马晔、易景华、万鹏程等。

湖南涟邵煤矿作家群的主要构成：小说创作以谭谈、林家品、魏文彬、梁瑞郴、姜贻斌、童丛、谢春阳等为代表；散文创作以安鹏翔、孙昌贵、李育凡等为代表；诗歌创作以姚作军、陈援华等为代表。

江苏徐州煤矿作家群的主要构成：代表作家有翟永刚、李桂海、李其珠、栾晓明、沙凡、胡兴明、刘欣、张本刚、黄志和、吴亚旭等。近年来的新锐作家有李桂海、路忠强、张一军、刘开学、余伟、陶明军、张智、何爱平、苏建平、王祥贵等。女性作家有吴亚旭、丛云姣、孟宪玲、刘冰、姚桂芳、刘允侠、陈玲波等。还有一大批作家为矿处级以上领导干部，有李剑、沙凡、胡兴明、张本刚、刘玉龙、贾兴沛、纵凤杰、孟宪玲等。

从上述煤矿作家群的人员构成不难看出，基层的煤矿创作者是煤矿文学蓬勃发展的原动力，为煤矿文学储备了创作人才，老一辈作家培养、发掘年青新锐，形成老中青三代并存共生的作家群体格局，并在创作主题、文学思维、艺术技巧方面不断推陈出新，使中国煤矿文学自 20 世纪 50 年代以来根深叶茂、生机勃勃。在创作主体的发展变化中，煤炭行业及其机制的推动、推进作用在"领导干部作家"身上得到集中体现。

三、"煤矿作家群"领军作家介绍

煤矿创作群体的创作成果和创作形式是多方面的，涉及文学各种领域和体裁，其中以小说、诗歌、散文、报告文学最为突出。许多著名的煤矿文学作家都是"一体为长、众体兼备"。下面就通过对部分煤矿作家群核心作家、领军作家的介绍，概览煤矿文学创作的大致面貌。

谭谈是湖南涟邵作家群的领军人物，也是该创作群体最早、最著名的作家之一。谭谈 1944 年生于湖南涟源，1968 年当兵复员回煤矿，先后做过电焊工、矿区宣传干事、记者。1978 年调入《工人日报》当记者，同年调入《湖南日报》文艺部。1984 年调入湖南省作家协会任专业作家。1985 年当选湖南省作家协会副主席，后任常务副主席、党组书记。1995 年，当选湖南省文联主席。并先后担任中国文联全委、中国作家协会副主席。他从 1965 年开始发表作品，在基层矿区做过《涟邵矿工报》记者，直至走上专业创作道路，文学创作道路越走越宽。他著有长篇小说《桥》《美仙湾》《风雨山中路》《山野情》，中短篇小说集《采石场上》《山女泪》《光阴》《男儿国里的公主》《罪过》，散文集《儿子·情人·我》《太阳城》《爱之族》《生命旅程》，报告文学集《搏击》，并出版了 8 卷本的《谭谈文集》。其创作作品多次获奖，中篇小说《山道弯弯》获全国 1981—1982 年优秀中篇小说奖，长篇小说《风雨山中路》

《山野情》均获中国首届乌金文学奖,长篇自传体小说《人生路弯弯》获全国第四届青年读物优秀图书奖,中篇小说《山雾散春》《你留下一支什么歌》分别获第一、二届全国煤矿乌金文学奖。

林家品,国家一级作家,著名实力派煤矿文学作家,中国作家协会会员,20世纪80年代末被列为文坛"湘军七小虎"之一。1965—1968年,他在涟邵矿务局洪山殿煤矿筛煤、担土方,做过测量工、锻工、电工;1968—1971年,他为双峰县新泽公社知青;1972—1978年,他在涟邵矿务局汽修厂做钳工、锻工、焊工,兼新闻干事;1978—1985年,他在涟邵矿务局利民煤矿做汽车修理工、材料保管员、宣传科新闻干事;1986年,他任《冷水江民兵史》主编、利民煤矿办公室秘书;1987—1990年,他任娄底地区地方志办公室编辑;1991年起,他在《湖南工人报》任编辑、记者,从此走上了专职创作道路。其主要作品有长篇小说《野魂》(中国工人出版社,1992年4月出版)、《热雪》(长江文艺出版社,1993年5月出版)、《从红卫兵跨国黑帮》(花城出版社,2002年4月出版)、《蛊惑之年》(花城出版社,2003年8月出版)、《生番女兵》(花城出版社,2004年11月出版),另著有长篇报告文学《风云天马山》(湖南出版社,1993年10月出版),小说集《林家品中篇小说选》(娄地文准字1991年第1号,1991年1月印行)。目前,他已创作出版600余万字,译著20余万字。即便在近几年文学低迷的市场状况下,他仍连续出版3部长篇小说。其作品先后荣获众多奖项:中篇小说《沉重的相思》获第二届全国煤矿文学"乌金奖",长篇小说《热雪》先后获第三届全国煤矿文学"乌金奖"长篇小说第一名、湖北省图书奖,短篇小说《黑道》获中国工人出版社《五月》文学全国短篇小说大奖赛二等奖(一等奖空缺),报告文学《血肉筑成的青藏公路》获湖北省社科文艺奖。20世纪90年代,《人民日报》《理论与创作》《文学报》《文艺报》《工人日报》等众多报刊对林家品其人其作进行过专题报道。

姜贻斌,湖南邵阳人,专业作家,文学创作二级,湖南省作家协会理事,也是"湘军七小虎"之一。1971年到邵东板桥公社插队务农,后历任涟邵矿务局朝阳煤矿工人、教师、新闻干事,《主人翁》杂志编辑,《海南开发报》编辑部主任,《文化时报》编辑室主任。1982年开始发表作品,1995年加入中国作家协会。著有长篇小说《左邻右舍》、中篇小说集《女人不回头》、中短篇小说集《窑祭》《白雨》、散文集《漏不掉的记忆》等。其创作的小说《枯黄色草茎》获1992年上海《萌芽》文学奖,中短篇小说集《窑祭》入选中华文学基金会"21世纪文学之星丛书"。

蒋法武,安徽颍上人,中国当代文坛小说创作名家,是淮南煤矿作家群的代表人物、安徽省作家协会第三届理事、中国煤矿文联首届理事。他 1965 年毕业于安徽淮南市第二中学，历任水城矿务局（现为水城矿业集团）四十二工程处工人，《淮南煤矿建设报》编辑，安徽省文学院合同制作家，淮南矿务局（现为淮南矿业集团）党委、多种经营总公司宣传部干事，淮南矿务局（现为淮南矿业集团）企业文化研究室干部。1982 年开始发表作品，1990 年加入中国作家协会。著有中短篇小说集《爷们哥们妯娌们》、中篇小说《气场》《瓦斯》等。其短篇小说《矿东村 0 号》获首届全国煤矿文学优秀作品奖，《沈家爷儿们》获首届煤矿题材长篇小说"乌金奖"，《瓦斯》获第二届全国煤矿文学"乌金奖"一等奖，电视剧剧本《爷们哥们妯娌们》（已录制播出）获全国首届"乌金奖"电影、电视、戏剧类一等奖。

荆永鸣，出生于 1958 年，内蒙古赤峰人，是一位知名度高、创作势头强劲的煤矿文学作家，为内蒙古平庄煤矿作家群的领军人物。荆永鸣在煤矿基层工作二十余年，先后从事过宣传、工会、编辑和办公室等工作，1985 年开始文学创作，1998 年被中国煤矿作家协会聘为合同制作家。小说代表作品有《北京候鸟》《狭长的窑谷》《远逝的云》《和好》《辞职》《老师》《大款》《取个别名叫玛丽》《玩笑》《要腿》《外地人（四题）》《耳环》《等待巴刚》《口音》《足疗》等，另出版散文集《心灵之约》、中短篇小说集《在时间那边》。其作品多次在《人民文学》《小说月报》《十月》《小说选刊》等专业期刊文学评奖中获奖。中篇小说《大声呼吸》《北京房东》获老舍文学奖，中篇小说《北京邻居》和短篇小说《外地人》获内蒙古自治区文学创作"索龙嘎"奖。部分作品被改编成了电影和话剧，或译成多种文字在国内外出版。

卢金地，生于 1963 年，笔名布衣，山东滕州人，中国作家协会会员，为山东兖州煤矿作家群代表作家，自 1985 年开始发表文学作品。代表作品有中短篇小说集《斗地主》《104 国道地区》等。卢金地早期的作品《拒绝》《走来走去》等受"先锋文学"影响较大，充满神秘与怪异。从《斗地主》开始，其小说风格发生转变，到短篇小说《口红》《望乡》等作品，写实的成分大大增强。卢金地的小说曾先后获首届蒲松龄短篇小说奖以及第四、五届乌金文学奖。2017 年 12 月，他的短篇小说《将军的子弹》获得第七届全国煤矿文学"乌金奖"。

叶臻，生于 1963 年，本名叶有贵，安徽宿松人，安徽省作家协会会员，中国作家协会会员，中国煤矿作家协会副主席，是安徽淮南煤矿作家群代表作家，其诗歌创作在煤矿文学领域享有盛誉。1983 年，他从六安师专中文系毕业后被分到淮南煤矿，先教书，从了解矿工的子弟到接触矿工，让他对煤矿生产生活有了初步的了解。1985 年到矿宣传部，一种关注煤矿和矿工生命的情结相随而生。和所有煤矿诗人一样，他最初的创作动机也是本着对煤矿和矿工基本的感性关怀，开始了黑色歌唱。叶臻对诗歌创作情有独钟，自 1983 年开始诗歌写作，著有诗集《拾穗的王子》《开春大典》，先后在《诗神》《诗潮》《诗刊》《青春诗刊》《黄河诗刊》《星星》《清明》《安徽文学》《诗歌月刊》《阳光》《绿风》《扬子江诗刊》《中国煤炭报》《安徽日报》《创世纪诗刊》(台湾)等报刊上发表诗歌 500 余首。诗作曾先后荣获第四届全国煤矿文学"乌金奖"组诗一等奖、第五届全国煤矿文学"乌金奖"等奖项。《煤炭之光》《铁血煤炭》《大风刮不飞心上的煤炭》《挽歌》《煤或咳出的黑血》《煤的真善美》等诗歌为其最具代表性的煤矿诗作。

刘欣，江苏徐州煤矿作家群中的诗人代表，1987 年毕业于中央戏剧学院戏剧文学系，1999 年加入中国作家协会。1971 年参加工作后，他先后在徐州矿务局夹河煤矿做过掘进工、机电工、宣传队队员，后担任《热流》副主编、徐州矿务局工会宣教部宣传干事、徐州市职工演讲协会会长以及《中国煤矿文艺》编辑、馆员。其著有诗集《深情》，报告文学《为了祖国遥远的海岸》，剧本《山重水复疑无路》《生死界》《少男少女》等。诗歌《万棚手之歌》《地下蘑菇园》《生命的另一种形象》在 1987—1989 年《中国煤炭报》太阳石文学征文中连续荣获一等奖。叙事诗《矿长》荣获全国总工会庆祝中华人民共和国成立 40 周年珍酒杯三等奖。长诗《奔流之歌》、报告文学《为了祖国遥远的海岸》、诗集《深情》分别荣获第一、二、三届全国煤矿文学"乌金奖"优秀奖、三等奖、一等奖。

刘玉龙，江苏徐州煤矿作家群中一位优秀的"领导作家"，自 1974 年开始发表作品；有着丰富的基层煤矿管理经验和基层创作经历。他曾在徐州矿务局新河煤矿做过采煤工、宣传干事、办公秘书，后调至徐州矿务局（现为徐州矿物集团）做局组织部秘书、科长，先后担任董庄煤矿党委副书记、书记和《徐州矿工报》副总编辑，1999 年加入中国作家协会。刘玉龙的代表作品有诗集《燃烧的心》《旅途的箫声》《一方热土》等。其中，《一方热土》在 1996 年荣获徐州优秀图书奖二等奖，1997 年荣获第三届全国煤矿文学"乌金奖"二等奖；《燃烧的心》于 2001 年荣获第四届全国煤矿文学"乌金奖"二等奖。另有电视散文《秋之三峡》荣获江苏省政府优秀作品奖，散文《矿山再回首》获全国报纸副刊作品一等奖。

葛平，山西汾西煤矿作家群著名煤矿女诗人，她在煤炭系统的诗名与叶臻不相上下。葛平原籍四川雅安，大专文化，1972 年开始在汾西矿业设备总厂工作，1989 年开始发表作品，2009 年加入中国作家协会。先后有数百首诗作发表在《星星》《人民文学》《诗歌报月刊》《诗神》《山西文学》等报刊上。代表诗歌有《"三八节"我要奖励自己》（外一首）、《把一封信读出声来》（三首）、《病房日记》（两首）、《汶川大地震纪实》（组诗）等。诗作曾先后荣获第四、五届全国煤矿文学"乌金奖"，首届山西诗歌大赛铜奖等。20 世纪 90 年代后期，葛平出版了中英对照版诗集《梦的雕像》《葛平短诗选》，获得雷霆、秦岭等著名诗人的肯定。《诗刊》编辑周所同撰写长篇评论《有个诗人叫葛平》对其人其作予以高度评价，《山西日报》推出大幅版面刊载她的组诗，海外诗刊《世界诗叶》也进行了专版推介。这一系列殊荣让葛平一度成为煤矿作家中耀眼的明星诗人。

东篱，本名张玉成，开滦煤矿作家群的代表作家，也是煤炭系统的一颗诗坛明星。他可谓文学专业"科班出身"，大学毕业于淮北煤炭师范学院（现为淮北师范大学）中文系，1989 年 7 月在开滦矿业集团参加工作。多年来以笔为伴，立足煤矿生产和基层矿工生活，创作了大量诗歌作品，先后在《星星诗刊》《诗歌月刊》《诗刊》《诗选刊》等专业诗刊上发表大量诗歌、诗评、散文，作品多次被《中国诗歌精选》《中国年度诗歌》《中国诗歌年选》收录，曾出版诗集《从午后抵达》、随笔《低于生活》。东篱诗作多次获奖，2005 年荣获第五届全国煤矿文学"乌金奖"，2008 年入围中国作协《诗刊》杂志社主办的第六届华文青年诗人奖，2009 年荣获阳光文学奖。

周玮，江苏睢宁人，山东兖州煤矿作家群优秀散文女作家，在整个煤炭系统享有盛誉。她于 1971 年参加工作，1978 年开始发表作品，2002 年成为中国作家协会会员。周玮先在山东枣庄矿务局机（现为枣庄矿业集团）修厂做宣传干事，后担任贵州水城矿务局（现为贵州水城矿业集团）《矿工报》编辑、副总编辑，山东兖矿集团报社副总编辑、社长，兖矿集团新闻中心副主任、党总支书记兼兖矿电视台台长、兖州矿区文学创作协会主席、中国煤矿作家协会副主席。周玮自 20 世纪 70 年代以来，在《杜鹃》《太阳》《中国煤炭报》《阳光》《山东文学》等刊物发表了大量散文作品，这些作品的文风清新自然，富有生活气息，还出版有散文集《有一种美让人怀念》。其散文《在男人世界里做女记者》《新媳妇儿》曾分别荣获第二、三届全国煤矿文学"乌金奖"三等奖、二等奖。

张枚同，出生于 1940 年，山西原平人，国家一级作家，中国作家协会会员，中国音乐家协会会员，中国音乐文学学会理事，曾任中国煤矿作家协会副主席，中国煤矿音乐家协会副主席。张枚同 1965 年于山西大学艺术系理论作曲专业毕业后留校任教，1972 年 9 月调动到大同矿务局（现为大同煤矿集团）工作直至 2000 年退休。先后担任大同矿务局（现为大同煤矿集团）工会干事、文工团团长、宣教部副部长、宣教部部长、文化工作委员会秘书长等职。

程琪，1944 年生人，河北张家口人，中国作家协会会员，中国散文家协会会员。他在 1967 年山西大学中文系毕业后被分配到大同矿务局（现为大同煤矿集团）工作。先后担任局工会干事、宣教部副部长、宣教部部长，曾任山西省作家协会理事、大同市作家协会副主席、中国煤矿影视家协会副主席等职务。

张枚同、程琪两人是夫妇，都是山西大同作家群的代表作家，堪称煤矿文艺领域的"神雕侠侣"，皆是"一专多能"型作家，在多个文体领域成绩斐然。他们自 1978 年开始合作进行文学创作，先后出版发表小说、散文、报告文学、戏剧等各类作品 200 多篇（部）。代表作品有长篇小说《市委书记的遗孀》、中篇小说《土地，沉默不语》《隐身者在夏天》、短篇小说《拉骆驼的女人》《冷屋、深巷》、报告文学《人间有大同》《壁立千仞》、散文《哦，那些活着和死去的矿山女人》《不想碰碎》、电视剧《水母娘娘》等。其中，小说《市委书记的遗孀》《深深的大山里》《土地，沉默不语》《拉骆驼的女人》《麦苗返青的时候》《荒岭》、散文《哦，那些活着和死去的矿山女人》、报告文学《壁立千仞》《人间有大同》等作品曾分别荣获山西省优秀作品奖、赵树理文学奖和乌金文学奖等众多奖项。他们结集出版的中短篇小说集《拉骆驼的女人》还被翻译成外文，在国外出版发行。除此之外，程琪还单独出版有散文集《一生有约》，张枚同先后创作了逾千首歌曲，著有歌词集《九十九支曲儿九十九道弯》《年轻的朋友来相会》《张枚同词作歌曲选》等。

第五节　行业文学体制的局限与束缚

近年来，在以媒体化、市场化为重要特征的大众文化背景下，以煤炭行业体制为依托的煤矿文学遭遇前所未有的冲击与挑战，这与外部文化环境的变化有重要关系，但也提醒了我们必须深刻反思煤矿文学自身运行机制中存在的问题。多年来，煤炭行业的体制保证了煤矿文学创作有自己深厚的生活基础和诸多系统内的"专用通道"，使煤矿文学可以坚守一方、自成一派，但不容忽视的是这种系统机制也给煤矿文学带来一定的限制与束缚，其中最显著的便是煤炭产业系统在带给煤矿文学稳定的存在基础及发展动力的同时，逐渐使作家创作、作品传播受行业体制所限，进而阻碍了煤矿文学的发展。

一、产业体制束缚了煤矿文学的创造力

煤矿文学体制生产特色非常明显，从基层到中央，从业余文学研究会到专业的作家协会，从企业征文到全国性的权威评奖，从文学娱乐到国家一级作家培训，形成了基层创作、期刊阵地、评奖推广等一套独立自主的体系。这种体制虽然保证了煤矿文学创作的持续性，极大地调动了煤矿儿女投身文学创作的积极性，但也使煤矿文学创作画地为牢。就大部分煤矿文学作品的创作而言，大都落实在"贴近煤矿工人，贴近生活"的创作宗旨上，以适应煤矿工人的阅读水平，采取为煤矿工人所喜闻乐见的创作形式，注重生动性、趣味性与情感共鸣，因而在形式上倾向通俗化的叙事、平易化的抒情，作品人文关怀情意浓重，在主题上具有较强的意识形态色彩，承担了行业文化所必需的文化建构的责任。这种呼吁性的文学创作呈现了煤矿文学的萧条之态，形成了煤矿文学体制创作模式下必须"坚持"的发展之路，也造成了煤矿体制创作模式下的创作"偏离"。受这种体制的限制，来自行业外的煤矿文学作家、作品大量减少。煤矿文学不等同煤炭行业作家的文学，行业外优秀作家的关注与加入是煤矿文学健康发展必不可少的力量。通过调研发现，全国煤矿文学"乌金奖"获奖作品中署名为非煤炭系统单位的在第一届为33篇（部），第二届为56篇（部），第三届为17篇（部），第五届为7篇（部），第六届为10篇（部）。在影像艺术与网络科技的冲击下，传统题材与视角在文学创作中被不断偏移与创新，矿山、矿井、矿工这朴实得不能再朴实的题材和时尚、娱乐、先锋似乎都不搭界，煤矿题材遭遇社会作家冷落也自然在情理之中，这是由来自文化环境、市场经济与作家创作追求合力而造成的结果。究其原因，有多方面，但结果是来自行业外作家力量的减弱，不断降低着煤矿文学在中国当代文坛的质量、水平与影响。

在新的文化语境和时代背景下，煤矿文学应该突破原有的标志性的创作体式和创作思维，更加关注自身作为社会文学的文本价值，凸显文学的社会化功能。在这方面，煤矿文学领军作家刘庆邦的创作堪称范例。他的作品植根于矿山、农村，题材广泛，通过矿工、农民的真实生活，致力书写底层人生，并以之揭示人与生活的真相。刘庆邦对人性阴暗和绝对精神的深层挖掘具有大胆的虚构色彩和浓郁的文学性，这使他的创作突破了煤矿体制所伴生的浅层的国家意识形态，超越了行业文学标签的限制，成为优秀社会文学的构成。从这个角度来说，刘庆邦的创作也是对煤矿文学体制创作模式下的"突围"。在《红煤》出版接受采访时，刘庆邦说："我不大愿意承认

《红煤》是煤矿小说。"①事实上，他多年来一直强调《红煤》本质上是一部写人性、人情的小说。小说主人公宋长玉的经历深刻反映了社会转型期奋斗者、投机者的人生轨迹，而他的悲剧也是许多进城农民命运的一个典型，正如路遥《人生》中的高加林，让人唏嘘不已。可以说，刘庆邦的创作为煤矿文学作家提供了很好的借鉴和启示。

二、产业体制削弱了文学批判的勇气和魄力

多年来，煤矿文学一直在按照无形的行业体制所预设的主题、方向、声音、规则创作、发声，这保证了煤矿文学创作的基本水准和价值选择，使煤矿文学得以稳步成长。但文学毕竟不同于新闻报道，优秀的作家作品和文学潮流应该有自身独立性和超前的探索性，应该勇于在思想精神层面进行反思、探索和批判，这是超越时空的文学理想和价值所在。但这种价值追求在煤矿文学中受到行业背景和运营机制的影响而大打折扣。20世纪90年代，"新现实主义冲击波"揭开"工业文学"的新篇章时，煤矿文学领域对这股"新社会主义问题小说"清流的反响仅表现为对小煤窑的乱采乱挖和黑心窑、小煤窑矿难频发等内容的阐述，对整个煤炭系统尤其是国有煤矿企业生产、发展过程中出现和面对的深层次问题、矛盾没有进行深入的挖掘和强有力的艺术表现，如产业结构调整、国有资产重组、生态环境协调发展等问题。煤矿文学在题材拓展和思想深化层面错过了一次提升与超越的时代机遇。究其原因，是创作人才缺乏吗？是煤矿作家认识高度、深度不到位吗？与这些似乎都有关系却又难有定论。但一个确凿无疑的重要原因是行业背景牵绊了煤矿文学探索的步伐，体制力量在无形中束缚了作家的思想和创作，思想与题材超前的创作往往被限制。当然，这种限制更多是来源于或表现于创作者主体环境和思想的暗示，作家一旦触碰和违反行业体制的规则，个人的生活、前途将大受影响。更重要的是，煤炭行业作家群体也因为体制的给养和纪律，逐渐形成了思想上的"惰性"和"依附性"，削弱了自身的艺术创造力和进行精神批判的魄力。这使得煤矿文学在新的文化语境下的发展步伐滞后于时代节奏。

三、产业体制牵绊煤矿文学传播渠道的拓展

从20世纪90年代开始，市场经济的推进令大众文化迅速成为民众文艺娱乐活动的主体。传统文学刊物读者减少，刊物滞销、倒闭，作家分流，创作分化。进入21世纪，随着网络科技与终端设备的发展，网络文学风生水起，网络作家不仅创造

---

① 刘庆邦.红煤[M].北京：北京十月文艺出版社，2009:374.

了成百上千万的点击阅读量和利益可观的分成，还进军线下市场攻城略地，各类网络畅销小说动辄上百万册的发行量，集聚了超高的人气，成就了一大批畅销书作家，并且已经形成网络作品—在线阅读分成—线下书籍—影视剧改编—网络游戏开发这样一种全新的文化产业链。大众文化成为文艺与网络联姻的宠儿。"大众文化的全民性、参与性、世俗性、对快乐的追求等使其处处散发着巨大的影响力、抑制不住的活力和旺盛的生命力。"① 在这样的文化背景下，文学阅读和写作的方式发生巨大变化，这让整个中国文坛为之侧目，原来对网络文学不屑一顾的文坛大腕也不得不对网络新锐作家刮目相看，中国当代文坛最重头的鲁迅文学奖、茅盾文学奖评选也修改规定，吸纳网络文学作品参加评选。相对于网络文学的"众声喧哗"，煤矿文学的传播推广则相对滞后。由于自身行业背景，煤矿文学的经济支持和组织管理主要依靠煤炭产业体制，在经济、文化环境发生巨大变化的情况下，未能及时依据读者需求调整、拓展自己的传播媒介，依然以传统的体制内纸刊和文艺活动为主要传播方式和发声渠道。直到 2009 年，《阳光》等煤炭系统的杂志才陆续开通自己的微博，开始在各大煤矿集团网站下建设集团内部刊物的网页链接，但更新不够及时，读者通过网络进行阅读的渠道不够畅通，阅读资源也相对匮乏。虽然一些文学爱好者自发创立、建设了"原创文学""文体大观""矿工之家"等栏目，相对活跃，但这类网站和作品数量少、影响小，只能算作传统体制内煤矿文学的一点补充或花色装饰，相较发达的网络文学的产业链而言远不可同日而语。传播渠道的滞后和不畅导致煤矿文学在文坛和文化市场的声音微弱，造成读者流失，反过来又影响煤矿文学创作端的发展，更加剧了煤矿文学的劣势处境。

四、产业体制让煤矿文学直面产业转型的冲击

在能源产业结构调整、供给侧改革的大环境下，煤炭产业发展面临巨大的调整，一场深刻的能源产业变革已全面铺开。在此背景下，一直在体制内成长的煤矿文学也随之受到强力冲击：基层煤矿文学刊物的质量和从业人员的待遇得不到保障，基层煤矿文学创作水平下降。主题、题材囿于传统而缺乏创新，读者流失。笔者不久前曾走访过河南某地方煤矿，发现一线的采煤工人对自己煤矿企业的内部刊物主动阅读的兴趣并不高。煤矿政工人员是基层煤矿文学创作的主要人才来源，这部分人员大多是煤炭系统里热爱文学、喜欢写作的人才，常常身兼多职，产业调整使他们的工作生活受

---

① 洪晓.试论中国大众文化的影响 [J].广西社会科学,2007（3）：192.

到直接影响，不得不面对工作杂、待遇低、岗位不受重视的种种情况，这使他们难以有充分的经济条件、时间保证和精神动力去投入文学创作，人员流失情况极为普遍，企业内部刊物也频频出现不能按时发刊的情形。在行业背景羽翼下成长起来的煤矿文学因行业自身的调整变革受到影响，相较大众文化市场的高歌猛进，如今煤矿文学的发展势头却大为放缓，缺乏征战文学市场的竞争力。

第五章　进与退的挑战：新语境下煤矿文学发展策略论

第一节　大众文化背景下遭遇的困境和冲击

自20世纪90年代以来，随着市场经济的发展与网络科技的进步，中国全面进入新的大众文化时代，中国的文化格局、文化产业日新月异。在以多元化、市场化、媒体化为特征的大众文化背景下，中国煤矿文学——这支植根于现实主义土壤之上的"乌金之花"也不可避免地遭遇前所未有的挑战和冲击。集中表现为：煤矿文学领军作家缺失、流失，来自行业外的煤矿文学作家、作品减少；创作水平进入瓶颈状态，题材内容缺乏创新突破，作品的"专一"与"特色"成了"单一"与"限制"；传播渠道单一且滞后，煤矿文学作品对广大社会读者的阅读吸引力降低，新生代受众疏离于煤矿文学，接受群体对煤矿文学的忽略与误读日趋加剧。

一、文化传播的"失落"与"失声"

大众文化背景下，中国文化格局与文化产业每天都在发生微妙的变化，新的文化产品、文化载体与传播渠道层出不穷，不同类型的受众群体在五光十色的文化环境中追逐、宣泄、狂欢、迷失。"以往文学大一统的格局如今已是一分为三，传统文学、市场化文学和新媒体文学各占其一。"[1] 煤矿文学显然应该划归于此谓的"传统文学"之列。在这个"80后"已感叹老去的年代里，传统文学那自新中国成立以来形成的"以文联、作协为核心，以各级文联、作协主办的文学期刊为基地"[2] 的文学机制发生了重大变化，传统的传播渠道与接受群体在新的文化背景下发生了重大变化，时代变革的冲击已然到来。

---

① 白烨.中国文情报告(2008—2009)[M].北京：社会科学出版社,2009:2.

② 邵燕君.传统文学生产机制的危机和新型机制的生成[J].文艺争鸣,2009(12):12-21.

其一，网络平台异军突起，拓展了人们的阅读渠道，甚至改变着人们的阅读习惯。在市场经济的洪流中，这种新的传播渠道对传统的纸质发行方式具有异质性、致命性的冲击，文学期刊的销量急剧下滑，网络作家（写手）与网络文学作品的影响力却日甚一日，各出版社都在想方设法寻求夹缝中的新生，煤矿文学期刊与通过传统渠道发行传播作品的煤矿作家的影响力都在无形地衰退，而让人无奈与恐惧的是，衰退的原因并不是刊物或作家本身质量与水平的降低。对此，煤矿文学作品的传播发行也做出了相应的反应，如推出了《阳光》杂志的网络版，建立了"中国煤矿文化人"等文化网站，一些煤矿作家也开创了自己的博客空间。应该说这还远远不够，煤矿作家协会将建载体、搭平台的工作依然偏重于"传统纸质和传统的一些文学笔会、培训班等活动"，而以网络为依托的新传播渠道对于中国文学在创作、传播与接受上的影响正在不断深化。

其二，影视图像文化产业的影响日甚一日，大众文化背景下读图时代来临。在这个时代，有相当一部分钟情于文字的读者被图像文化产品转换为观众。而就煤矿文学而言，其受众范围与数量本就存在行业背景、教育水平等条件的限制，在读图时代，忙碌的生活节奏与繁重的生活工作压力使许多人身心俱乏，而煤炭行业读者更是如此，这种状态下的受众更容易和乐于接受与选择影视图像产品。这自然会造成包括煤矿文学在内的传统形式文学受众群体的流失。

其三，随着时间的推移，"80 后"将要步入不惑之年，中国文化（文学）的创作主体与受众群体发生了巨大变化，相较于煤矿文学取得巨大成绩与发展的 20 世纪八九十年代而言，煤矿文学受众群体的知识构成与习惯趣味已发生了巨大的改变。面对这些已深受大众文化趣味熏染的不断在被"当代化"的一代又一代，煤矿文学应该也必须不断更新发展思路，正视文化环境与受众群体特征，不断开拓自身新的文化生长点以吸引聚集他们。否则，这些正在形成中的受众群体会毫无痕迹地流失。

二、创作人才的"缺失"与"流失"

20 世纪 50 年代以来，中国文学形成文联、作协及其主办文学期刊为阵地的基本体制模式，它与国家行政级别和计划经济体制紧密配套。90 年代以来，随着新媒体、文化产业以及网络文学的迅猛发展，新的商业化的运作模式进入文学创作领域。"专业—业余"作家体制解体，文学期刊纷纷倒闭，作品必须要作为商品进入市场流通，遵循市场经济规律，对于生产机制的变革，中国煤矿文学的反应则较为迟缓，煤矿文学的生产机制依然较为稳定地沿袭着传统的生存方式。而 21 世纪以来的文学作品，能否进入公众视野获得大众青睐，并非完全源于艺术水准的高低，新媒体传播推广的力量不容小觑。

煤矿文学历经数十年的发展，已经拥有了一支为数颇众的作家队伍，亦有如刘庆邦这样的文坛大腕，还形成了"平庄作家群""大同作家群""徐州作家群"等创作群落，应该说在作家构成上有了长足的发展。但就当下中国文学语境而言，煤矿文学创作人才缺失的情况已经非常明显。从 20 世纪 90 年代后期开始，煤矿市场疲软，煤炭行业的不景气波及煤矿文学的发展，开始出现大量创作人才外流现象，导致创作队伍整体素质不强，文学精品匮乏，这对本来就需要顽强意志克服众多困难的煤矿文学创作而言无疑是雪上加霜。原煤矿作协副主席、煤矿老作家成善一在《漫谈"煤矿文学"八十年》中感慨煤矿作家创作的艰辛："相对而言，业余作家没有专业作家那么自由，他们要在圆满完成本职工作任务的前提下去搞创作。所以业余作家需要更多的主观能动性和拼搏精神。那些搞创作成名的矿工作家，多是上班爬巷道，下班爬格子；那些优秀作品都是一口窝头、一口咸菜、加一杯白开水熬出来的！"[1] 在市场化商品经济模式下，这样文学创作精神难能可贵，但发展肯定难以为继。多元化娱乐文化生活，文学创作边缘化文化大背景的出现，都使投身煤矿文学创作的人才日渐稀缺，煤矿文学创作凸显出如下问题。

其一，作家整体的创作水平与社会知名度不高。我们曾就煤矿作家群和"煤矿文学乌金奖"的社会知名度与影响力做过访谈与问卷调查，结果显示，社会民众对煤矿作家、作品的了解集中在几个大家、名篇上。之所以这样，除了宣传推广与受众阅读喜好上的原因外，一个相当重要的原因便是煤炭行业作家的艺术水平还需进一步提高，他们中的大多数人没有受过专门的文学教育和写作培训，创作的题材与动力主要来源于自身生活的工作经历与感受，投入感情较深，却相对缺乏艺术的视野与深度，而且由于选材上囿于自身生活经历，创作题材和视角上也较为单一，这使大部分煤炭行业作家难以创作出超越生活表层、深入人心世相的、经久流传的经典作品，这势必会影响煤矿文学作品的耐读性与社会影响力。

其二，领军作家的缺失与流失。我们知道，对于各行各业而言，领军人才都起着至关重要的作用。在煤矿文学圈里，优秀而富有影响的领军作家不仅能提振煤矿文学的社会影响力，还能带动、指导众多的基层作家创作形成良好的行业创作态势，进而引导整个煤矿文学步入持久发展的良性状态。但遗憾的是，虽然煤炭行业作家特别

---

[1]　成善一. 漫谈"煤矿文学"八十年 [J]. 阳光,2010(9):92.

是基层作家人数众多，还形成了一些地方特色的煤矿作家群，但在整个中国文坛能叫得响的具有领军影响的"大家""名家"却为数不多。而且，随着市场的建立和发展，尤其是当代生活方式多元化的形成，文学创作不再是煤矿职工们的最佳选择，一些小有名气或稍有成就的作家纷纷离开煤矿，步入更广阔的社会生活，转移自己的写作方向，他们"出走"煤矿之后所取得的新的成就固然能带给中国文学更多的喜悦，但同时也给煤矿文学带来失落与思考，甚至因此煤矿文学创作队伍也出现短暂青黄不接、后继乏人的局面。煤矿文学组织也深刻认识到了这一点，已经想方设法、采取措施稳定壮大队伍，但对于此时的领军作家而言，煤矿文学平台及其系统机制很大程度上却成为其艺术生命发展的束缚，艺术生命的勃发让作家"去意已决""覆水难收"。这不是作家个人与其所在单位环境、待遇的具体问题，而是深层次反映出煤矿文学领域设定与煤炭系统机制束缚的深层次问题。优秀作家的缺失与流失已经成为制约煤矿文学创作水平与社会影响的最重要的因素之一。

三、创作题材的"专一"与"单一"

行业文学作家的优势在于他们了解行业的真实，行业工人生活的真实，有丰富的行业故事的素材，在创作中得心应手、信手拈来，容易写出真实、生动、深刻的行业故事的，具有形成自身行业题材创作群落的优势。但是行业题材对于行业文学来说却是成也萧何败也萧何，既为文学创作提供丰富的生活蓝本，也无形中使其在创作题材上囿于自身特色的限制而难以突破。许多煤炭行业作家工作在煤矿，家庭也在煤矿，有着其他行业人员所绝难体会的生命感受，这甚至成为相当部分煤炭行业作家创作的生命动力。因此，煤矿文学当仁不让也理所应当地成为煤矿从业者创作的专利与优势，同时相关题材作品会给广大读者带来独特的阅读体验。但在拥有这种题材优势的同时，却呈现出另一层面的限制与束缚，制约煤矿文学整体水平的攀升。

其一，煤矿业作家（特别是基层的那些还没有"成名成家"的文学创作者）常年生活、工作在煤矿，相对而言对整个社会接触不够多，了解不够深，创作题材与选材视角相对狭窄，甚至在作品中出现重复的情况。在这种情况下，煤矿文学的"专一"与"特色"反而沦落成为"单一"与"限制"，这样的煤矿文学作品在多元化的大众文化背景下难以对广大的社会读者形成持久的阅读吸引力，甚至会造成接受群体对整个煤矿文学的误读与忽略。

其二，广大煤炭行业文学创作者生活与工作条件并不优越，甚至很艰苦。对他们而言，首要的是生存与工作，创作的时间、精力常常被生活的负重严重侵蚀。他们有深刻、鲜活的矿山生活体验，但他们没有足够的金钱与时间踏出自身的生活圈，缺乏与外界交流的机会，文化信息缺乏、滞后，眼界与思路不够宽、不够深，这可能会使他们深刻、鲜活的生活体验滞留在一时一地的生活表面，而难以抓住表层之下的深刻点和忽略对更广阔的生活气象的把握。工作和生活是把双刃剑，在给予煤炭行业作家独特生活体验的同时，也限制了他们创作的深度与视野，而刘庆邦、周梅森、陈建功等文坛大家也正是突破了这种限制走向成功的。

其三，从煤炭行业文学创作整体气象看，随着矿山生产技术和产量的改进和提高，煤矿工人生活水平在逐步提高，生活圈的设施配备也越来越完善，这自然是好事，但又使矿山更形成一个"小社会"体系。煤矿人在那里生活、生产、消费，不觉中形成一种类似村社文化的结构和状态，发展与完备也可能带来自足与封闭。这种"圈子格局"在一定程度上影响着矿山文化与外界的交流，阻碍着煤矿文学创作观念与思维的拓宽，会直接影响煤炭行业（特别是基层）作家的题材范围、思想深度与文化积淀。煤矿文学包括煤炭行业作家的创作与行业外作者的煤矿题材创作，这其中就含有允许、鼓励煤炭行业作家拓宽视野，走出自身行业题材限制的一种发展方向，这是一种大气、健康的策略。具体到作家，必须不断努力寻求题材、写法、艺术的突破，在立足自身行业和突破行业限制中找到自身的涅槃新生之路，在创作中突破行业文学的定位而立足文学史的宏观视野，其创作水平与空间才能得到真正的质的提升。

第二节　中国煤矿文学的更生之路

实现自身文学价值与社会价值的双重升华，是煤矿文学自诞生之日就共生共存的价值追求。穿越荆棘方能攀得险峰，在新的社会背景和文化语境中，中国煤矿文学只有克服不期而至而又避无可避的重重困扰，才能够在 21 世纪绽放出新的光彩与光芒。而迈出这砥砺前行的勇敢一步，就是要勇于正视当下的困扰与冲击，正视问题和困难，大胆突破煤炭行业系统体制的牵制与缺陷，把握网络时代大众文化围城的挑战和机遇，谋求在全新文化语境下的复兴，借此笔者提出如下建议。

一、坚持煤矿文学发展的"四项基本原则"

即使时代变迁，社会环境和文化语境发生变化，中国煤矿文学也应该牢牢把握自身发展应坚持的"四项基本原则"：坚持发挥煤炭行业的组织、物质基础优势；坚持底层叙事的人文关怀;坚持开放、兼容、创新的指导理念;坚持文学史定位的视域高度。

首先,越是在变革发展的特殊时期,具有"老底子"的煤矿文学越要充分利用好、把握好原有的优质资源。从一定意义上讲,煤矿文学在这个时代变革发展的过程,就是主动对原有基础资源进行重组、调整、优化适应新语境的过程。这个过程的重点是要"取长补短",而绝不是简单的"除旧布新",是继承中的发展,是发挥优势的改革,而非推倒重来。因此,煤矿文学要把握时代先机,必须要充分发挥几十年来煤炭行业文化资源与资源文化的优势,充分发挥煤炭行业的组织、物质基础优势。煤炭系统深厚的群众创作基础由来已久,各级各类文学文艺组织也较为健全。要充分调动各类基层文学组织、研究会的协调组织功能,结合时代媒体技术和文化产业状况,加强写作技巧、传播途径、文化产业策略等方面的辅导、培训,积极利用网络媒体、社交平台挖掘、培育文学创作的优秀人才,通过低门槛、大范围、高频次的文艺活动激发普通矿工文学创作的热情,拓展煤矿文学的受众群体。自上而下,完善各级文学组织的管理制度、活动制度,建立和完善煤矿文学创作人才库。不能把煤矿文学仅仅看作是娱乐文化活动,必须将发展煤矿文学、培养专业作家当作繁荣与带动煤矿文化产业的事业来常抓不懈。

其次,一直以来,底层叙事和人文关怀就是中国文学关注的焦点命题,煤矿文学也是因其对煤炭行业人群的特殊关注而具有深刻的社会性意义和文学价值,一直作为底层写作的经典文本而为受众熟知和认可。在新的时代背景和文化语境下,煤矿文学创作关注底层矿工生存状态的叙事选择不能改变,而是要深化,要通过书写矿山儿女的社会生活、人生具象,追踪关注当下煤矿人的生存境遇,在与当今社会的、时代的整体性文化比照中,增强煤矿文学文本的历史性内涵,深刻阐释对社会底层的人道主义关怀。正如《川煤文艺》主编星桦在 2016 年第一期卷首语中说道:"我们期待2016 年有更多这样或有筋骨,或有道德,或有温度,或彰显信仰之美、崇高之美的文学佳作呈现给大家。"[①] 扎根于行业现实,为煤炭产业唱响正能量的艺术集结号,勇敢承担文学艺术的责任与担当!这种使命和担当曾经是,也应该一直是煤矿文学的旗帜与方向,只有以此为引导和规范,才能保证煤矿文学的艺术品格和思想境界。

再次,坚持开放、兼容、创新的指导理念。对于煤矿文学创作,就是要鼓励创作者积极拓展写作技巧,开阔文学视野,创新写作方式和传播方式。鼓励作家勇敢地从

---

① 星桦 . 发刊词 [J]. 川煤文艺,2016(1):1.

更多的、更深刻的不同层面反映煤矿生活，从更高的、更具历史视野的站位去把握时代精神，能够在煤矿文学作品中熔铸深刻的思想内涵和丰厚的审美意蕴，创新文学体式和运作模式，积极开放地与其他艺术形式、艺术人群进行思想交流和创作联合。

最后，坚持文学史定位的视域高度。要充分认识、充分自信，煤矿文学是中国当代文学大军中不可或缺的一分子。"煤矿文学现象"、煤矿文学作家与作品一直是中国当代文学战队中的活跃力量，涌现出许多具有重要文学价值的作家、作品，已经也必将继续在中国当代文学史上写下辉煌的篇章。煤矿文学的各级各类组织团体和广大作家要树立信心，担起自己的责任，要自觉把煤矿文学创作站位到关注国家发展、民族复兴和时代巨变的高度上来，在颂美、斥恶、呼唤人性升华的创作原则指导下，发挥煤矿文学生活底蕴厚实、现实题材充实、冲突矛盾尖锐的特色，勇敢而自信地把握自身文学史定位，勇于突破创新，继往开来！

二、题材主题要勇于突破

新时代煤矿文学突围，首先要在题材主题上谋求突破，要勇于走出甚至摆脱产业"场域"的束缚而面向更广阔的社会和时代。煤矿文学可以而且应该充分利用产业"场域"作为自身存在的支撑，但绝不能将其固化为自己写作的圈子，反而应该特别注意，要尽量减少和摆脱产业背景的牵绊，勇于突破产业生活及其主导意识对文学创作的限制和束缚，在写作方式、题材领域、价值判断、艺术格调等方面进行大胆的革新和突破，打破题材禁区、话语禁区，走出行业文学的定位和包围，深刻揭示、表现煤矿人生产生活中真实存在的各种景象，充分展示、反映更加广阔多彩的时代生活画卷。具体说来，就是要积极拓宽题材领域，加强煤矿文学中煤矿职业因素与广阔社会生活的关联，不要让行业特征成为束缚自身发展的羁绊。

煤矿文学的核心是反映煤矿人的生产生活，而不限于煤炭行业。煤矿生产的特殊性让煤矿人对人性有更多认识、面对和思考的机会，传统的煤矿文学往往会借助于煤矿生产、生活中极端、激烈的情景，着力挖掘影响人物的职业因素和职业冲突。但是文学作品如果局限于人物的职业因素，仅展现特定的职业活动，便不能全面呈现人的真实性和完整性，也弱化了人之作为"社会人"的形象内涵，文学作品对社会生活开掘的丰富性、深刻性也会大打折扣。因此，煤矿文学创作应该积极向职业以外探出触角，将煤矿生产生活与社会生活相关联，去开拓更广阔的煤矿文学版图。作为我国能源中坚力量的煤炭行业，已经历经煤窑—煤矿—矿区—煤矿城市四个历程，"截至21世纪初，中国共有667座城市，其中63座属于煤矿城市，涉及人口达1亿多人。这还不包括历史上曾经是煤矿城市的一些城市，如山东淄博和台湾基隆；也未包括 21 世纪初达到煤矿城市标准的一些城市，如河南永城。"① 仅从这个不断扩展的"煤矿城市"格局而论，煤矿文学便没有理由不打破原有的煤矿"小圈子"束缚和主观思想禁锢，而应该从更广阔的社会性、更深刻的人性角度来把握文学走向。说到底，就是要突破行业化、职业化的定位，从各种社会关系的总和，即完整的社会存在层面去进行文学抒写；就是将煤矿文学的重心由煤矿转向文学，为煤矿文学"减负增容"，把煤矿文学由煤矿人在煤炭行业支持、管理下写煤矿的文学，变为煤矿人需要的和书写的文学。正如煤矿文学的领军作家刘庆邦所言："煤矿的现实就是中国的现实，而且是更深的现实。""我不大愿意承认我的小说是煤矿题材的小说，这样说会给人一种行业感。"② 借用巴尔扎克把小说定位为"一个民族的秘史"的说法，新时代煤矿文学应该成为煤矿人的秘史，精心书写交织在煤矿人身上的政治、经济、文化、地域等多种时代因素，成为基于煤炭行业而独立于产业体制之外的"文化之眼"，这是煤矿文学具有持久生命力和丰富内容的源泉所在。

三、人物塑造要深入人心世相

人物形象是文学的灵魂，人物形象塑造的成功与否是衡量文学作品成败与价值的重要因素。结合煤矿文学传统而言，寻求新语境下的突破，首要就是突破"场域"的限制，打破禁区，深入人心世相，创造具有浓厚时代气息的有血肉、有个性的人物形象。当下煤矿文学领军作家——"短篇王"刘庆邦塑造人物以细腻真实见长，成功描摹了众多大时代背景下的血肉丰满小人物，或淳朴善良，或利欲熏心，或孤苦无助，从不同视角真实反映了各色煤矿人的生存状态，为煤矿文学人物画廊增添了亮丽的一笔。但我们也不能不看到，新时代背景下还有相当比重的煤矿文学作品在人物塑造上停留于表层，是按照预设的主题来推进情节和人物性格的，没有能够深入探察生产生活矛盾产生的根本原因，真实地把握现实义利纷争，不能深刻真实地描绘人物内心的冲突和变化，塑造的人物自然也就缺少血肉。例如，基层新锐煤矿作家何大尧的短篇小说《辞职》（发表于《川煤文艺》2014 年第 6 期），塑造了一位平凡而可敬的矿工杨志。这位矿工家境殷实，本可过着衣食无忧的生活，却顶住金钱诱惑与亲友误解的压力，在煤矿业最困难的时候毅然扎根矿山。这本是一个值得深入发掘推广的先进人物形象，但由于对其所做抉择的原因及内心波折的简单化处理，导致人物形象扁平

---

① 薛毅.20 世纪中国煤矿城市发展述论 [J]. 河南理工大学学报（社会科学版），2013 (2): 183-188.
② 刘庆邦. 红煤 [M]. 北京：北京十月文艺出版社，2009:374.

化，缺乏可信度。正如作家汤雄评价这部作品："感到了这个矛盾的解决方式的牵强附会，从而也感到了这部作品的不真实，感到了作者要浓墨重彩描绘的这个小说主人公的不可信服。"[①]事实上小说的作者何大尧是一位非常勤奋、有潜力的煤矿作家，为了文学写作亲自参加煤矿工作，对煤矿有着深厚的感情。出现这样的遗憾，不仅是作者个人的问题，还反映出创作传统的影响。煤矿文学曾为中国当代文学史塑造了一批能吃苦、能战斗、能奉献的煤矿英雄形象，如 20 世纪五六十年代《赤胆忠心》中的节振国，80 年代《八百米深处》中的老矿工张昆等，都是当年闪耀着时代精神的崇高人物形象，曾影响了一代人。这是煤矿文学的宝贵财富和经验，但也无形中说明着煤矿文学长于塑造表现高大完美的行业英雄，而在深刻揭露和书写复杂丰富的世相人性方面则略显不足。

　　人的存在与文学的发声都无法脱离时代，脱离时代也就脱离了真实。20 世纪 90 年代之后，在市场经济的冲击下，人们的价值观念受到影响，煤炭行业改革的复杂形势也让煤矿人面对更多的利益冲击。人们对于利益的趋向与渴望是强烈而明显的，这虽然与文学惯有的崇高主题不合，但绝不能因此就忽视甚至抹杀其真实的存在，在人物塑造上就要特别注意避免简单的"高大全人物"技法，应该对人性趋利、自私的属性正视并重视，对人物克服负面人性的过程、原因给予充分、客观的展示。事实上对人物的这种变化的成功刻画，也正是文学书写崇高、展现影响力的重要过程。人物性格与塑造人物艺术手法的简单化曾经一度是中国文坛的时代通病，而在大众文化众声喧哗的今日中国，单一、浅表化的人物塑造方法已为时代所抛弃，广大读者更接受、喜欢不单纯但却真实的各色文学存在于新的文学空间里，人的各色生相、文学的各色曲调在交汇中得以繁荣生长。理所当然，在行业体制的支持、庇护和规范中成长起来的煤矿文学，也应该突破原有传统，积极把握新的时代性，开阔视野、细化笔触，突破行业背景和体制规范的束缚，去展现更复杂、更深刻的世态人生，用时代笔触去塑造更多样、更富血肉的典型形象，这应该成为新时代煤矿文学的努力方向和重要标志。就如深入矿井采矿一样，煤矿文学也应该深入人性和时代的深层，开创文学新的辉煌。

四、传播媒介积极与时代"并轨"

　　基于行业背景和体制原因，一直以来煤矿文学的传播推广自成体系，煤炭系统的

---

① 　汤雄.我喜爱这一筐筐的蜂窝煤 [EB/OL].2016-09-20.http://blog.sina.com. cn/u/1724506430.

报纸期刊和文化活动成为其主要的媒介平台，行业和体制保障了煤矿文学推广在资金和受众上的稳定。但在新的大众文化语境下，原有的行业和体制内的传播平台显然已不能适应网络时代大众传播的需要，传统纸媒和文化活动对大众的吸引力大大降低。如前文所述，煤矿文学的"触网"相对较晚，创作及传播的网络化程度不高，这是产业文学体制观念不重视的结果，而且在相当程度上压抑着煤矿文学的"与时俱进"。

煤矿文学要紧紧跟随奔涌向前的时代文学浪潮，在传播方式和传播媒介上必须主动从传统的体制平台中走出来，自觉和时代文化情境与读者需求接轨。这就要求：一是煤矿文学的相关机构组织与基层煤矿职能部门要紧跟时代步伐，充分重视和利用网络文化平台的开放性、互动性，大力推进煤矿文学的"网络化"建设进程，为广大文学创作者和读者构筑更多更好的网络传播交流平台，从政策和资金上支持、鼓励煤矿文学作家的网络创作和传播。各类各级煤矿文学评奖也应关注到煤炭系统的网络创作，将网络文学作品纳入自己的评审视野，能够不拘一格地培养和扶植煤炭系统的新生代文学力量，从而在原有的行业文学体制内为网络创作与传播开辟一条绿色通道。二是广大文艺工作者和基层文艺团体也应该勇于摆脱对体制的依赖，努力突破既有的体制内媒介平台，正确对待和处理社会主义市场环境下的义利观，培养自己的"野性"和"野心"，自觉拓宽文化视野、拓展传播渠道，积极借鉴网络文化产业运营模式，将线上创作、自媒体运营推广、影视节目制作、网络评论互动等结合起来，构建更加开放、灵活、多样和富于活力的文学创作空间，努力通过个体的成就和影响为煤矿文学发展增添新的动力与机遇。三是煤矿文学作家应该积极深入地与网络联姻，大力开发网络资源，借助网络便捷、即时、互动等特征，降低文学准入门槛儿，让普通矿山人越来越熟悉的网络成为造就煤矿文学青年、文学家的"初级平台"。拓展煤矿文学传播方式，利用博客（微博）、微信、文学网站、论坛、网络评选等途径提升煤矿文学作家、作品、期刊、奖项的社会知名度与影响力。邀请权威评论家、知名作家进驻煤矿网络建设，开辟专区实时与煤矿写作者互动、指导，提升煤矿写作者的创作热情和艺术水准，形成有受众、有品牌效应的煤矿文学网络传播途径。近年来，文学界开始尝试各种方式以有效地重建与读者的密切关系，如通过"为你读诗""睡觉前读一首诗"等微信公众号和"新诗实验课""中国诗电影"等活动，推动了诗歌的大众传播。对此，煤矿文学发展也应该大胆效仿借鉴，积极行动，从而有效拓展新的煤矿文学创作、传播、评价的方式和手段，向公众最大限度地开放和展示自己的风采。

五、打造煤矿文学网络写手

在传统文学创作、传统文学期刊日渐式微的当下，网络文学却异军突起，形成各类吸引大众眼球的文学样式。虽然网络文学创作水平参差不齐有题材类型化等问题，但已经为越来越多的受众和研究者所接受和支持，已经成为中国21世纪文学的重要组成，传统文学界已经正式接纳网络文学并与之融合，可以说网络文学已经成为中国文学新的生长点和腾飞点。对于传统气息浓厚的煤矿文学而言，必须积极建构自己的网络文学分支，而这种建构最有效也最首要的方式就是打造自己的网络写手。各级各类煤矿文学组织应该尽快大力开展此项工作，如应积极发现、选拔煤矿文学网络写手，给予支持、推广，积极与起点中文网、逐浪小说网、纵横中文网、一起看小说网、红袖添香等著名网络文学网站联合，建立完善的以网络为途径的煤矿文学创作、培养、销售的在线出版机制，培养煤矿文学网络写作大军。著名煤矿作家庄旭清，他以长篇小说《大声》获得"QQ作家杯"长篇小说一等奖，站上网络文学的领奖台，拥有一大批网络读者。中国煤矿文学应该借鉴、推广这样的经验做法，开拓各种新途径，大力培养新生代写作力量。

六、建构新型交流学习平台

通过搭建紧跟时代背景和文化语境新型人才交流学习平台，拓宽煤矿文学作者创作视野，吸引文学大家关注投身煤矿文学创作。煤矿文学，换句话说，是反映煤矿人风采、表达煤矿人心声的文学创作，当然要与地方煤矿、与基层矿工血肉相连，如果忽视了这一点，脱离煤矿真实生活和矿工声音，那煤矿文学就会变成无源之水、无本之木，但这绝不是要将煤矿文学自我封闭在煤炭系统内，而是要以积极开放、广交朋友的态度，充分与煤炭系统外的文艺形式、文化思想和创作人才进行广泛而深入的交流。要加强加深煤矿作家与广大读者的精神联络和思想交流，从真正不断壮大、繁荣煤矿文学事业的角度积极开展工作。

各级各类煤矿文学组织应定期举办相关宣传、联谊活动，如作家与矿工见面会、新书签售会、获奖作家与文学爱好者的交流会，读书会等。让矿工熟悉、了解、喜爱自己的煤矿作家和文学活动，让煤矿文学作家作品成为广大基层矿工熟悉关注的事情，让煤炭系统外的文学大家能够关注并深入体味煤矿基层矿工生活，让文坛评论家能够关注煤矿作家作品。针对不同层次的文学爱好者，聘请不同层次的专家或者当代名家做专业培训，创作互动，开展多形式的交流活动，创新人才交流学习平台，让煤矿的文学爱好者能够从著名作家的指导或近距离接触中提升文学创作的领悟力，提升作品的艺术感染力，学习更高站位地处理原始生活材料的方式方法，拓宽煤矿文学作者的创作视野和创作水平，勇于突破行业文学藩篱和煤矿文学传统。

煤矿文学发展还要注重吸引文坛大家关注煤矿主题、投身煤矿文学创作。行业外作家力量薄弱，圈外文学评论解读不深、关注不够，这使得煤矿文学成为行业的"小圈子文学"，极大地束缚了煤矿文学的社会影响力和发展后劲。煤炭系统应有组织地安排社会作家、文学大家、评论家、编辑家关注煤矿、走进煤矿，将煤矿主题纳入他们的创作视野和推广内容，以他者的眼光重新审视煤矿、发现煤矿，让煤矿人精神、煤矿文学艺术在中国文坛绽放新的更闪耀的光辉。

七、创新乌金文学奖评选策略

一直以来，乌金文学奖评选是煤矿文学最重要、最具有自身代表性的奖励、激励机制，举办届数多，参与人员和作品多，在煤炭系统内部颇具影响力。但在上文提到的对乌金文学奖评选的相关调研中发现，对煤矿文学最重要的奖项乌金文学奖的宣传和记录，都只能找到简单的新闻事件报道或对个别获奖作品作家的简要介绍，而缺乏系统全面的推广宣传与研究资料。宣传、推广力度的不足造成社会大众对乌金文学奖的了解度、关注度和社会参与度不够，社会影响力不大，煤炭系统外作家参选作品数量不多且逐届明显下降。纵观历届乌金文学奖获奖作品，以署名是否为煤炭系统的单位为准，第一届社会人员获奖作品为 33 篇（部），第二届为 56 篇（部），第三届为17 篇（部），第四届资料不详，第五届仅为 7 篇（部），第六届为 10 篇（部），所占当界作品的比值也是呈明显下降趋势，如图 5-1 所示。乌金文学奖出现的这些问题，事实上也集中而典型地反映出煤矿文学在发展中所存在的问题：即因组织、推广方式策略上的缺陷，导致煤矿文学发展态势向内收缩，行业化的限制越来越明显。针对于此，寻求煤矿文学新时代的逆袭，应该把创新乌金文学奖评选与推广策略作为重要的突破口。

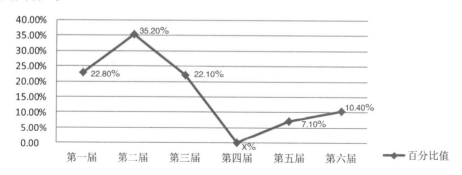

图 5-1　社会人员获奖作品数占当届获奖作品数的百分比值

一是应该在组织、评选和获奖作家作品推介各环节加大宣传力度、丰富传播渠道，紧跟时代传媒步伐，充分利用网络平台和微信、微博等大众媒体。乌金文学奖应该与时俱进，通过创建专业网站、开通公众号等方式，进行煤矿文学与乌金文学奖历史沿革介绍、评奖宣传、作品海选、接收社会意见和获奖作家、作品展示等宣传推介工作。总之，要积极主动地接近时代主流，用更新、更便捷、更受欢迎的形式向社会和文坛宣传、展示、推介乌金文学奖。

二是调整、丰富乌金文学奖评选的路径。"文学评奖有两种路向，一种是关注起点阶段的低端化评奖，另一种是着眼终点阶段的高端化评奖。前者旨在鼓励刚刚开始跋涉的青年作家，后者则在积极肯定和评价一个作家的最高成就；前者给获奖者以勇气和信心，后者则给人们提供有效的经验和可靠的方向。"①煤矿文学创作经过半个多世纪的积累，作品的艺术水准、作家群的规模与素质都达到了一定层次，但是在文化环境发生改变的今天，以及乌金文学奖所具有的行业特性，都决定其评奖应该高端化与低端化评奖兼顾，如可以设立"新人奖""提名奖"等，在保证选拔优秀作品的同时，充分关照、有效吸引、培育鼓励普通矿工、网络写手、文坛新秀投身煤矿文学创作，形成以评奖促提高、以提高推发展的良性发展格局。

三是结合实际，加强乌金奖评选的组织和领导。在新世纪、新形势下，乌金奖有必要进一步完善组织机构，这种完善不只是在评奖过程中，更体现在评奖环境的建设上。不能把乌金奖评选单纯地看作几年一次的阶段性事务，而必须将乌金评奖当作繁荣煤矿文学创作、带动煤矿文化产业的事业而常抓不懈。应该完善乌金奖的日常组织机构，从煤矿文联到一定级别的基层煤矿应逐步设立专门的乌金奖日常工作办公室。办公室平时主要负责组织地方煤矿文学创作的研讨学习，开展文学交流活动，掌握地方煤矿文学的发展动态，在评奖工作展开时进行基层的选拔与推荐工作。这些办公室由煤矿文联和地方煤矿联管的方式运作管理，设立共同的章程。作为煤矿文学建设与乌金奖评选的组织节点，这些办公室要结合日常工作实际，定期总结、汇报工作计划和进展情况，并对乌金文学奖评选提供改进的建议和方案。这样，通过组织机构的建设，把乌金奖评选与地方煤矿文学建设直接联系起来，以评促建，以建促评。

四是煤矿文学奖项在评选机制上应该借鉴、学习茅盾文学奖、鲁迅文学奖等知名文学奖评选的模式和规范。可由煤矿文联的负责同志牵头，约请相关专家和各基层煤矿代表组织专门的评奖研讨会，就评奖的时间安排、选拔对象和范围、选拔标准、评

---

① 李建军.我看文学奖[J].文学自由谈，2009（1）:11 -19.

委甄选原则等具体细则进行研讨，根据实际情况明确每届评奖的规章、程序和标准，并将其多渠道向社会各界，特别是基层煤矿文化单位公布宣传，之后的评奖工作要严格依照执行。如有可能，应明确固定评奖时间，逐步将煤矿文学最权威的乌金文学奖推向独立的文学评奖方向。如确需与煤矿文化艺术节联合举办，也要考虑周到，明确说明，不能将乌金奖评选湮没于煤矿艺术节的众多活动中，力求将乌金文学奖打造为一个组织严密、制度健全、程序科学的成熟而富有影响力的专业文学评奖。

五是加大资金投入。在今日市场经济的主导作用下，文学生长的情境发生了巨大变化，再没有精英文化时代大众对文学、对作家的无限崇敬与顶礼膜拜现象。文学与文学评奖在大众文化冲击下呈现出鲜明的市场化特征。优秀的作家与作品不仅需要精神的肯定和荣誉，也追求现实的经济收益，对此，大家有目共睹，也毋庸讳言。煤矿文学创作和奖项的建设也是如此，单纯的精神肯定和荣誉表彰不能给创作者们以足够的动力。加大资金投入，乃是今日煤矿文学、煤矿文学奖项发展不可或缺的重要措施。至于资金的流向主要包括组织机构的建设、完善，加大评奖的宣传力度，聘请权威专家费用，提高奖金额度，获奖作品、作家的推广投入等，以有效提高煤矿文学奖项的影响力和广大煤矿文学创作者的积极性。

六是要保持与基层矿区的血肉联系。乌金文学奖是煤矿文学奖，换句话说，是反映煤矿人风采、表达煤矿人心声的文学评奖，当然要与地方煤矿、与基层矿工血肉相连，如果忽视了这一点，就会脱离了煤矿真实生活和矿工声音，那么煤矿文学与乌金奖评选也就成了无源之水、无本之木，终将枯萎。乌金奖日常机构应定期举办相关宣传、联谊活动，如作家与矿工见面会、新书签售会、获奖作家与文学爱好者的交流会等。让矿工熟悉、了解、喜爱自己的煤矿作家和文学评奖，让煤矿作家深入体会煤矿基层矿工生活。虽然时代在变迁，但煤矿文学和乌金文学奖要把握全新的形势和契机，乌金奖植根矿山、深入生活的艺术原则不能变。只有这样，才能够在五光十色的文化万花筒中保持真我本性，才能让煤矿文学与乌金文学奖评选永葆初心，才能真正壮大、繁荣煤矿文学事业。

八、加强煤矿文学与大众文化模式的融合

20世纪90年代以来，文学逐渐由文化娱乐的中心日趋边缘化，煤矿文学必须及时把握当下大众的文学接受方式的变化，关注、加强、探索煤矿文学与其他大众文化形式的沟通与融合，以更丰富的渠道将煤矿文学作品推广到受众中去，扩大、提升煤矿主题文艺作品的覆盖面，扩大受众群体，提升煤矿文学的社会知名度与影响力，如

加强优秀煤矿文学作品与影视媒体的融合就是一个可行且有效的路子。在有关煤矿文学问卷调查中，对"能最好展现煤矿重大变革的文艺形式""能最好记录和反映矿工的工作生活和思想情感世界的文艺形式"的问题答复，选择电视纪录片的人所占比例最大，其次为影视作品，再次为小说、报告文学。而在对"是否看过反映煤矿生活的影视作品"的调查中，只有 35% 的被调查者回答"看过"，这不是说煤矿题材、主题的影视剧不好看，而是相关影视作品太少。回首 20 世纪八九十年代之交，优秀煤矿文学作品的媒体改编率很高，也收到良好的社会反响，21 世纪以来，许多优秀的煤矿文学作品与影视联姻也收到了很好的反响，如李扬改编小说《盲井》拍摄成电影《神木》，导演谢飞拍摄改编自刘庆邦小说《红煤》的同名电影，庄旭清的《我在北京当小偷》被华人导演工会评估为"三十年以来，最具票房价值的黑色幽默小说"等。与影视的融合，在让更多的普通民众能够看到、关注煤矿文学题材作品，扩大煤矿文学受众阵地的同时，会在商业运行模式上对煤矿文学提供新的思路和启示。

同时，加强与大众文化模式的融合，还要注重提高基层民众在煤矿文学奖项评选中的参与度。事实上，无论何种文学与文学评奖，都必须关注现实，重视受众的作用力，这是文学的生命。煤炭系统的文学奖项（最重要的就是乌金文学奖）具有自身鲜明的特色，相较于茅盾文学奖、鲁迅文学奖的评选而言，其行业性和民众性更为浓厚。随着大众文化时代的来临，不吸引大众参与、不考虑大众态度的文学评奖必将黯淡无光，不重视大众、不关心读者的艺术也必将衰亡。"网络媒介的出现使传播形式和媒介文化已经发生了翻天覆地的变化，受众已经不再是传统意义上被动接受的受众，而成为一支强大的参与式的生力军和创造者。"[1]21 世纪的新媒体环境对煤矿文学而言，既是挑战，也是机遇，应该借此机会，通过便捷、开放的各种网络平台，全面加大煤矿文学各环节与普通民众的融合度。在煤炭系统，人人写诗写小说还不太现实，但完全能够广开言路，让更多基层读者、受众更大限度地参与到文学评价工作中来。可以通过微信、微博、网站专栏链接等多种方式，将基层读者投票环节纳入作品评价、文学评奖，把民声、民意作为衡量作品艺术价值的标尺之一，扩大煤矿文学的群众参与度，打造煤矿文学大众化发展渠道。而事实上，这本身就是一种非常好的推广方式。组织机构还可以通过这种方式及时了解文学作品、评奖活动甚至煤矿文学整体在社会、在大众中受关注的情况，随时保持文学整体发展的危机感，以便及时做出反应和调整。

---

① 周根红.网络文学的生产机制与传播动力 [EB/OL].2014-07-12.http://www.chinawriter.com.cn/.

参考文献

[1] 史修永. 多维视野中的中国当代煤矿小说 [M]. 徐州：中国矿业大学出版社, 2015.

[2] 史修永. 乌金问道——煤矿作家访谈录 [M]. 北京：煤炭工业出版社, 2017.

[3] 白烨. 中国文情报告（2008—2009）[M]. 北京：社会科学出版社, 2009.

[4] 杜昆. 中原作家群研究资料丛刊 [M]. 郑州：河南大学出版社, 2017.

[5] 刘庆邦. 红煤 [M]. 北京：北京十月文艺出版社, 2009.

[6] 刘庆邦. 月光记 [M]. 南京：江苏凤凰文艺出版社, 2016.

[7] 刘庆邦. 刘庆邦小说自选集 [M]. 郑州：河南文艺出版社, 1999.

[8] 刘庆邦. 我就是我母亲：陪护母亲日记 [M]. 郑州：河南文艺出版社, 2017.

[9] 刘庆邦. 女儿家 [M]. 北京：中国文联出版社, 2003.

[10] 刘庆邦. 刘庆邦短篇小说选 [M]. 北京：作家出版社 2012.

[11] 孙少山. 黑色的诱惑 [M]. 北京：中国文史出版社 2015.

[12] 孙少山. 八百米深处 [M]. 北京：中国文史出版社 2015.

[13] 王成祥. 陕西煤老板 [M]. 北京：中国工人出版社 2013.

[14] 老五, 劲飞. 煤老板自述三十年 [M]. 北京：文化艺术出版社, 2011.

[15] 王光东. 二十一世纪中国文学大系（2001—2010）杂文卷 [M]. 南京：南京师范大学出版社, 2015.

[16] 吴义勤. 中国当代文学经典必读：1992 短篇小说卷 [M]. 南昌：百花洲文艺出版社, 2016.

[17] 夏榆. 物质时代的文化真相 [M]. 北京：文化艺术出版社, 2006.

[18] 周保欣. 沉默的风景——后当代中国小说苦难叙述 [M]. 合肥：安徽教育出版社, 2004.

[19] 杜昆, 程光炜, 吴圣刚. 刘庆邦研究 [M]. 郑州：河南大学出版社, 2015.

[20] 宋彬玉, 张傲卉. 创造社 16 家评传 [M]. 重庆：重庆出版社, 1998.

[21] （德）黑格尔著. 美学：第 1 卷 [M]. 北京：商务印书馆, 1979.

[22] 刘梦溪. 文学的思索 [M]. 北京：中国文联出版社 ,1985.

[23] 谭谈. 今生有缘：上篇——谭谈说朋友 [M]. 长沙：湖南文艺出版社 ,2003.

[24] 谭谈. 我们涟邵 [M]. 长沙：湖南文艺出版社 ,2006.

[25] 王惠. 孙友田煤矿诗歌的美学研究 [D]. 徐州：中国矿业大学 ,2015.

[26] 袁碧. 谭谈煤矿文学的审美阐释 [D]. 徐州：中国矿业大学 ,2015.

[27] 李茜. 新时期小说中矿工形象研究 [D]. 徐州：中国矿业大学 ,2016.

[28] 周李帅. 刘庆邦煤矿文学的文化阐释 [D]. 徐州：中国矿业大学 ,2014.

[29] 张明盼. 生态批评视域下的新时期煤矿小说研究 [D]. 徐州：中国矿业大学 ,2014.

[30] 闫建华. 卑微人生的关注　美好人性的挖掘——透视刘庆邦小说的底层关怀 [J]. 理论界 ,2006(6):184-186.

[31] 孙苏. 从边远到边缘 [J]. 读书 ,2006(3):81-85.

[32] 高扬文. 中国小煤矿问题的来龙去脉：上篇 [J]. 煤炭经济研究 ,1999(6).

[33] 高扬文. 中国小煤矿问题的来龙去脉：下篇 [J]. 煤炭经济研究 ,1999(7):4-7.

[34] 薛毅.20 世纪中国煤矿城市发展述论 [J]. 河南理工大学学报（社会科学版），2013(2):173-188.

[35] 李建军. 如此干净而温暖的反讽——读《到处都很干净》[J]. 北京文学（原创版），2010(1):66-68.

[36] 徐坤. 刘庆邦的味与笑与文学与酒的关系 [N]. 中华读书报 ,2005-02-16.

[37] 邵燕祥. 传统文学生产机制的危机和新型机制的生成 [J]. 文艺争鸣 ,2009(12):12-21.

[38] 成善一. 漫谈"煤矿文学"八十年 [J]. 阳光 ,2010(9):92.

[39] 李建军. 我看文学奖 [J]. 文学自由谈 ,2009(1).

[40] 刘庆邦. 说多了不好 [J]. 当代作家评论 ,2005(1):11-19.

[41] 辛楠 , 史修永. 当代煤炭工业题材小说的审美品格 [J]. 齐鲁学刊 ,2017(3):144-149.

[42] 李纬娜. 中国煤炭管理体制变迁 [J]. 财经，2010(4):61,63.

结　语

煤矿作协主席刘庆邦在他的长篇小说《红煤》的后记中说道："我把人物的舞台放在煤矿，因为我对这个领域的生活比较熟悉。我一直认为，煤矿的现实就是中国的现实，而且是更深刻的现实。"[①] 确实如此，就某个视角而言，煤矿世界深刻反映了中国社会的发展，从科技能力、管理体系到思想认知、文明进程，它浑然地包含着前现代、现代和后现代的中国发展的脚步。煤矿井上是麻雀虽小五脏俱全的矿区生活，煤矿井下是与世隔绝的黑暗的另一个世界，在这个矿山世界里，出现生死伤亡的生命考验的可能性远远高于其他许多行业和领域。也正因如此，在煤矿文学作品里浓缩汇聚着更加丰厚的人生的离合生死，透视着人性更为集中的美丑善恶，集合着社会更清晰的世态炎凉。

煤矿文学通过对煤矿人生存苦难的揭示和对苦难坚忍抗争的书写，从煤矿人角度彰显了国人生活经验与人生态度的一面。因其特有的生产、生活环境作为创作背景，煤矿文学也就相应地成为展现中国人丰富而独特的生命、生存状态的不可替代的、特有的重要组成部分。煤矿文学中对中国煤炭工业发展变迁的文学记忆也成为记录中国经济现代化历程的宝贵文化资料。或许与煤矿题材有关，煤矿文学艺术风格朴实厚重，如那乌金一般，没有光鲜亮丽的外表，却给人以光与热的温暖。这独特的"煤味"风格，以其特有的苦难书写方式，记录了中国煤炭工业发展壮大的过程，呈现了煤矿人各色苦辣酸甜的生存状态和生命感受。其中对文本世界的诗意建构，对煤矿女性的细致描摹，对煤矿管理体制的艺术阐释，都成为诉说中国社会人情世道的重要构成，是书写中国故事，讲述中国情感的艺术档案。

从发展历程上来看，煤矿文学伴随着我国煤炭工业发展，逐步成长壮大，一度繁荣兴盛。可以说，煤矿文学成长与国家经济政策与煤炭系统对矿工文化生活的高度重视紧密相关，而煤炭系统的各种文化组织积极推动、扶植引导更是功不可没。煤矿文学在多年行业文学创作和运营机制的推动和领导下，在作品创作、作家培养方面都取

---

① 刘庆邦.红煤[M].北京：北京十月文艺出版社，2009:374.

得了突出的成就，对中国煤矿文化建设及当代文学史建构具有重要意义。在媒体化、市场化为重要特征的大众文化背景下，煤矿文学与生俱来的行业机制局限愈发凸显，煤矿文学创作面临新的困难和问题。煤矿文学要想获得新的发展必须要在整个煤炭系统重新认识和深刻调整的基础上，发挥优势，改革创新，多方跟进，共同开创适合新时代文学环境的新机制、新方法。

任何人、任何组织与任何文化形式，都无法逃避时代变革的冲击，同时终将汇聚为变革时代的组成部分。也只有那些经受时代、文化考验冲击的胜出者，才能在人类文明的历史长河中留下闪亮的印迹。这册薄薄的小书，是作者多年来关注、思考煤矿文学收获的一段小结。因为作者能力和知行经验的限制，许多重要的作家作品和文学现象被遗漏或者没有能力去把握，观点的偏差和谬误也在所难免，敬请谅解和指正。与体量庞大的煤矿文学相比，作者和本书实在微不足道，谨以此作为对中国煤矿文学光辉历程的一次回眸，作为对煤矿文学在中国新时代文学征途迎风起航的祝福与远眺！

2020 年 3 月 26 日